散文 无界
+

虫齿

赵树义·著

山西出版传媒集团 北岳文艺出版社

图书在版编目（CIP）数据

虫齿 / 赵树义著. — 太原：北岳文艺出版社，
2017.9
ISBN 978-7-5378-5297-5

Ⅰ.①虫… Ⅱ.①赵… Ⅲ.①散文集—中国—当代
Ⅳ.①I267

中国版本图书馆CIP数据核字（2017）第196565号

书　名：虫齿　　　　　策　　划：续小强　　　书籍设计：张永文
著　者：赵树义　　　　责任编辑：贾江涛　　　印装监制：巩　璠

出版发行　山西出版传媒集团·北岳文艺出版社
地　　址　山西省太原市并州南路57号
邮　　编　030012
电　　话　0351-5628696（发行部）
　　　　　0351-5628688（总编室）
传　　真　0351-5628680
网　　址　http://www.bywy.com
E-mail　bywycbs@163.com
经 销 商　新华书店

印刷装订　山西人民印刷有限责任公司
开　　本　787mm×1092mm　1/32
字　　数　220千字
印　　张　8.75
版　　次　2017年9月第1版
印　　次　2017年9月山西第1次印刷
书　　号　ISBN 978-7-5378-5297-5
定　　价　36.00元

目录

抑郁症

1

你可以不承认自己是病人，但你绝不敢说自己是百分百健康的人。反过来讲，你肯定不是百分百健康的人，那么，你是病人吗？

如此逻辑无异于诡辩，在推理面前，你稍不留神便会掉落陷阱。貌似语言游戏，只因"病人"一词所指涉的意义含混，概念便随时可能被偷换。"病人"一词是陷阱，类似的概念或语境设置都可能是陷阱。事实上，我们一直在各种陷阱边缘行走，既然如此，冒一次险又何妨？

我决定以看似枯燥的理论布局这篇文章的开篇，让枯燥做新鲜事物的酵母。毫无疑问，这是一次冒险，我觉得太阳底下的许多故事已经发生霉变，只有站在更复杂的维度审视这个世界，才有可能打开另一重引人入胜的大门。请注意，我说的是更复杂的维度，并非换一个角度，匍匐在四维的时空里，无论站在哪个角度观察，事物都仿佛一块陈旧的抹布。我一点都不担心失败，我相信好读者都耐得住枯燥，而你也明白，只有越过空无人烟的地带，才可能别有洞天。

此时，此地；某事，某人。很久以来，写作者讲故事——不论小说的、散文的，还是诗歌的——通常都不忘这四大要素。文字是自由的，写作者却自觉或不自觉地把它限制在四维时空中去，似乎文字也像操纵它的人一样，最大的自由度便是四维空间。那么，真相果真如此吗？或者说，人到底是几维的生命？人所在的宇宙又是几维的世界？

排列这四大要素时，我刻意把它们分成两组，因为在现实世界里，此时、此地是构成四维时空的要素，某事不过是时空中的道具或桥段，某人不过是时空中的表演者或幕后推手。很显然，在我们的经验里，事是作为物而存在的，人虽非物，有时也作为物而存在，在这一时刻，人无形之中被物化了。人一向以主宰者自居，喜欢凌驾于万物之上，颐指气使，却又在不知不觉中，自由落体为物，岂不怪哉？

人之所以自视甚高，只因人相信自己的思维比动物更高级。这一判断无疑是成立的，不过，很多时候人又喜欢把自己仅仅当作肉体存在，似乎虚无的、捉摸不定的思维是一团空气。不，有时候思维甚至连空气都不如——空气还可测量，思维却不可测量，思维仿佛看不见、听不到、摸不着的存在，是空。可恰恰是这看不见、听不到、摸不着的空，又让思维显得非同寻常，或者说，思维是超越时空的、没有边际的维度，人因拥有这一特殊禀赋，才成为多维时空中的最大变量。

如此看来，人的思维无疑是时空之外的另一宇宙！

这一结论与众多物理学家推断出的宇宙维度是一致的。物理学家认为宇宙是十维的，他们还给出一个十维宇宙的创世时间表——

☆ 10E-43（读10的负43次方，以下同）秒，这是宇宙大爆炸的起爆点，从这一瞬间开始，十维宇宙分裂成一个四维宇宙和一个六维宇宙。六维宇宙崩溃，坍缩成10E-32秒。四维宇宙，即我们今天所生活的宇宙则迅速膨胀，此时温度为10E32（读10的32次方，以下同）度；

　　☆ 10E-35秒，大一统作用力崩解；

　　☆ 10E-9秒，电弱对称崩解，此时温度为10E15度；

　　☆ 10E-3秒，夸克开始凝聚，中子与质子出现，此时温度为10E14度；

　　☆ 3分钟，质子与中子开始凝聚成稳定的原子核；

　　☆ 30万年，电子开始凝聚在原子核周围，第一个原子出现；

　　☆ 30亿年，第一个似星体出现；

　　☆ 50亿年，第一个星系出现；

　　☆ 100～150亿年，太阳系诞生。又经过数十亿年，地球上出现第一个生命。

　　毋庸置疑，这是一张特殊的时间表，表中所列时间、长度、温度等数值虽难以直接测量，但这样的难题显然不足以让科学家裹足不前，破解难题的钥匙之一便是普朗克单位，即物理学上自然的最小可测量度。普朗克是一位物理学家，他是普朗克常数的发现者，也是量子世界的开启者，普朗克单位仅是其应用之一。在我的眼中，普朗克单位却仿佛实世界与虚世界的临界点：高于这一临界点，质量、时间、长度便可测量；低于这一临界点，质量、时间、长度便不可测量。临界点，这是世间最微妙的状态，也是世间最复杂的状态，懂得微妙且把握复杂，恰是人类高于动物的灵光乍现。在这里，我们无须怀疑创世时间表中每个数字的精确性和真实性，它们看似从天而降，实非凭空而来，在它们的背后隐藏着一堆严密的公式和复杂的演算，这些都是物理学家和数学家的事，不在今天的讨论范畴。物理学家和数学家的脑容量惊人庞大，宇宙的规律和奥妙最好交由他们去发现，我们只管践行一回拿来主义且做到由理及文、触类旁通，便不必为大脑缺氧而纠结。

设想一下，把史上最聪慧的大脑镶嵌在蔚蓝的穹庐之上，该是怎样一幅景象？阿基米德、伽利略、开普勒、牛顿、赫兹、拉格朗日、法拉第、高斯、安培、麦克斯韦尔、布朗、爱因斯坦、普朗克、玻尔、薛定谔、海森堡、克劳修斯、波恩、狄拉克、费曼、霍金、杨振宁，当然，还有罕为人知的黎曼、罗摩奴詹、维藤、温伯格、格拉肖、希格斯、格林、施瓦茨、爱德华·威滕，等等。这群星光灿烂的智者仿佛附着在天幕上的幽灵，他们从一维空间开始，一层一层揭开宇宙多维的帘幕，他们在纷纭的现象中抽丝剥茧，历经百代才找到支撑宇宙的四大支柱，这便是电磁力、强核力、弱核力和引力。普罗大众的大脑和眼睛仅为四维时空而生，匍匐在大地之上，我们仅需掌握双手、肌肉与力的关系，便可从容应付日常生活。物理学家却不然，他们对宇宙的起源和消亡充满好奇，超弦理论便是他们最富想象力的发现之一。"弦"本指乐器上发声的线，物理学家却用最微小的"弦"来建构最苍茫的宇宙，创造力不可谓不奇妙。在他们的眼中，宇宙的时空是十维的，我们赖以生存的四维空间为爱因斯坦时空流形，"垂直"于此四维空间之外，还存在一个很小很小的六维流形，"弦"便自由纵横在这两个流形中间，状如古希腊哲人所描述的"小到不能再小，完全无法分割的""原子"。古希腊哲人的"原子"是泛指，性质类似基本粒子。物理学家把宇宙看作一把巨大的琴，十维空间便是音箱，拨动琴弦产生的基本粒子便是宇宙的琴声。超弦理论之妙俨然老庄论道，它从最小的基本粒子入手，认为每个粒子都是一个"弦"，所有的"弦"都完全相同，"弦"的振荡模式决定了它最后成为什么样的粒子。无疑，"弦"的运动轨迹旋律一样复杂多变，三维空间无法容纳，十维空间才是它畅游的世界。自然界的基本组成单元，譬如电子、光子、中微子和夸克等等，都是"弦"的不同振动模式或振动激发态，它们看似粒子，实际上却是一维的"弦"。当然，物理学家眼中的"弦"与我们日常所说的"弦"并不相同，他们称之为"宇宙弦"。"宇宙弦"的每种振动模式都对应着一种特殊的共振频率和波长，它的典型尺度便是普朗克长度（10E-33厘米），比电子的半径还要小1015倍。"宇宙弦"如此微小，我们根本无法区分它是"弦"的共振，还是粒子，只有把它放大，才能发现它并非一个点状粒子，而是一种振动弦。如果说宇宙是"宇宙弦"组成的大海，那么，基本粒子就像水中的泡沫，它们在不断产生，也在不断湮灭。

超弦理论几乎囊括了所有物理学知识，它太超前了，好比21世纪的物理学提前投胎于20世纪，而21世纪的数学尚未在20世纪出生，物理学家不知该如何来精确描述它。1887年，一位数学天才在印度南部的一个小镇横空出世，是他破解了这一难题。这位数学家的名字叫罗摩奴詹，像所有天才一样，他少时坎坷，命运多舛，甚至未能通过升高三的考试，却一生痴迷于数学演算。信息闭塞，无师自通，罗摩奴詹与欧洲数学界几乎隔绝，却用自己的方法重新推导了欧洲百年数学史以来的所有重要定律。罗摩奴詹写在笔记本上的方程式密密麻麻，包罗万象，他只对提出公式感兴趣，却很少提供证明或导出公式的方法，他的研究成果写在3册400多页的笔记本中，仅公式就多达4000余个。1913年，罗摩奴詹26岁，名不见经传，行为乖张，他把自己的发现整理到几页纸上，寄给三位鼎鼎有名的英国数学家。这几页纸看似轻如鸿毛，却包含了120个定理。他人对此嗤之以鼻，视如敝屣，哈代却慧眼识珠，青眼有加。1914年，哈代把罗摩奴詹带到英国，让他参与到自己的多项数学计划当中，也是这一年，罗摩奴詹患了严重的维他命缺乏症。五年之后，罗摩奴詹英年早逝，年仅32岁。罗摩奴詹独立完成的计算令人难以置信，与其说他是一个数学奇才，勿如说他是一台超级计算机，近百年过去，后人才在他的演算基础上推导出罗摩奴詹模函数。这个奇特的模函数是个包含了24次乘幂的数学式，它证明了超弦理论只有在十维中才是自洽的，否则，便无法用这一理论整合已知的物理定律。换句话说，产生现存宇宙的高维度宇宙应该是、也必然是十维的！

在罗摩奴詹之前，另一位数学天才黎曼率先登场，他让世界记住他的方式，便是把世界平整光滑的表面弯曲。1854年6月10日，黎曼在德国哥廷根大学发表演说，公开质疑统治数学界2000多年的欧几里得理论，直接宣告了这座圣塔的倒掉。黎曼说，精确运算的欧几里得数学建立在直觉的流沙之上，它缺少扎实的逻辑推演。黎曼问道：欧几里得几何认为三角形三个内角之和等于180度，且是无须证明的公理，那么，如果我们所处世界的表面是弯曲的，这个公式还成立吗？黎曼颠覆了公理的存在，这不仅是一次科学行动，还是一次哲学行动，黎曼一边将公理请出数学圣殿，一边将自己的研究触角伸向物理学领域，认为电力与磁力实际上是同一种作用力的不同表象，作用力则是几何结构扭曲所造成的必然现象。黎曼的伟大之处在于他以多维空间理论简化所有自然作用力，提出以"场"来描述重力，以"度量张量"来描述空间每个点的重力场，同时提出了虫洞的概念。黎曼未来得及计算空间褶皱到什么程度，才足以描述不同的作用力，便像罗摩奴詹一样英年早逝，他未竟的事业随即落到爱因斯坦的肩上。小时候，认为成功的秘诀之一便是"少说废话"的爱因斯坦，却常常不得不面对自问自答的尴尬："如果你追上一束光线，它看起来是什么样子？你会不会看到一束静止的光波冻结在时间中？"爱因斯坦是孤独的，这位狭义相对论和广义相对论的奠基者试图把宇宙的四种力统合在一起，创建"万有理论"，却未能如愿。今天，他的继承者终于发现了一个框架，一个能描述一切现象的、统合所有自然律和作用力的理论，这便是超弦理论。数学家维藤说："所有物理学上的伟大思想，都是超弦理论的副产品。"

无论黎曼、罗摩奴詹，还是维藤，他们的大脑无疑都是一种"超弦"，正是他们弹奏出的"弦"外之音，才在冥冥之中指引物理学家找到开启宇宙奥秘的钥匙。

那么，宇宙是怎么开启的？或者说，在宇宙开启之前，是否有第一推动？是否有上帝存在？

牛顿生前未能解答第一推动问题，他将此归功于"上帝之手"。超弦理论却把上帝无情地赶下神坛，还宇宙的统治力于自然，其中最有影响力的理论，莫过于霍金的平行宇宙、黑洞、虫洞等。19世纪末，尼采预言"上帝死了"，他在诗中写道："谁终将声震人间，必长久深自缄默；谁终将点燃闪电，必长久如云漂泊。"21世纪初，霍金宣称"哲学已死"，他在《大设计》中嘲讽道："哲学跟不上科学，特别是物理学现代发展的步伐。"霍金创立的量子宇宙学以爱因斯坦的古典宇宙学为出发点，把整个宇宙看成一个量子粒子，用宇宙波函数来描述多重宇宙的无穷集合。霍金推断，宇宙不止一个，而是无数个，各宇宙之间通过虫洞系统相互连结，我们的宇宙只是无数平行宇宙之一。在众宇宙当中，大多数宇宙是死寂的，不具备孕育生命的物理定律，只有我们所处的宇宙符合生命生存的条件。

既然宇宙可能是一个量子粒子，那么，人也可能是一个独立的宇宙。在人的宇宙中，肉体是四维的，或可称之为"身宇宙"，大脑思维可能是六维的，或可称之为"心宇宙"。六维的"心宇宙"不仅可以弯曲，甚至可以超过光速。如此看来，于一个写作者而言，此时、此地构建的只不过一个四维空间，而某人——一个无有穷尽的变数

——还是一个六维空间的携带者，某事将因之而变得复杂起来。身心二宇宙合一，此时、此地、某事、某人构成的世界便因之更多彩或更暗淡。

2

思维者，思之维度也。一个看似约定俗成的词汇，其实也是藏着玄机的。

在我的想象中，思维仿佛装在瓶子中的玻纤花朵，细微的花蕊如晶莹剔透的针芒，它穿透密闭容器四散开来，或如岩水的寒光，或如隐秘的核辐射。想象中，思维或呈渗透状，或呈发射状，好比黑暗处发出的红外光，眼睛看不见，却客观存在。又似一根又一根筋一样的琴弦，能够持续地、坚韧地发出各种回响，还是娇嫩的，某些时候会生锈、发潮、腐烂，不小心便会折断。当然，思维也可能是一团棉絮，大脑一旦浸了水，思维便萎靡作一团，再也理不出头绪来。

生锈、发潮、腐烂或折断是一种病，思维生了病会是什么样子呢？被水浸湿也是一种病，思维浸水的人又会是怎样的人呢？

行文至此，你的心中或许已有答案。是的，我说的是抑郁症，一种城市病，一种时代病，我称之为思维病。

行走在城市，我常常回想乡村的三样东西：阳光、空气和水。乡村的阳光是无遮拦的，空气是不滞塞的，水是流畅的。换句话说，乡村的阳光、空气和水一直以裸露的方式呈现，仿佛一丝不挂的婴儿。不是仿佛，乡村事实上就是婴儿，你见过无忧无虑的婴儿患过抑郁症吗？城市多愁善感，情感表达方式丰富而脆弱，俨然多情的女子——"这次第，怎一个愁字了得"，又似敏感的文士——"多情应笑我，早生华发"。城市也有阳光，城市的阳光有时也像乡村一样明亮；城市也有空气，城市的空气有时也像乡村一样浩荡；城市也有水，城市的水有时也像乡村一样清澈。可这不过是表面的光华，在我的经验里，城市与乡村总归是不同的，这不同与看到的东西无关，与隐藏在背后的东西有关。好比两个看似同样健康的人，一个粗粝而结实，一个肌肉健美却先天患有血液病，血液病即使不遗传，也存在随时质变的危险。乡村喜欢让埋在地下的东西拱出来，自由生长，城市喜欢把东西埋到地下，变成隐私。看到水从岩隙挤出来，你会怀疑它的纯净吗？看到水从化学处理厂进入地下管道，你会相信它是纯净的吗？你或许觉得城市人的思维有些庸者自扰的意味，其实，也并非庸者——在世人眼中，乡村人比城市人更像庸者——自扰，而是生活方式由生理而心理、由外在而内在、由简单而复杂之后的必然。城市忧心忡忡，便容易得病；得了病便须治病，医学便发达了；医学越发达，病变被发现的概率便越高，城市便越发忧心忡忡……仿佛一条纠缠不清的生物链。所谓文明进程，便是不断厘清这一纠缠的过程，这样的纠缠在乡村显然少了许多。我这样说，并非想以此证明乡村不会得病，事实上，乡村也是多灾多难的，只不过与城市精致和娇嫩的"心宇宙"相比，乡村的头疼脑热多是肢体的，多是"身宇宙"的，乡村的痛是看得见、摸得着的。

一块骨头放在托盘里，状如一只肥大的蝴蝶。大夫示意我摸一下，我心有所思，手伸出去又缩回来。并非恐惧，也不担心产生俗常所形容的触电感觉，我只是突然意识到它应该有些神圣，我不能也不该触碰它。是的，在这一瞬间，它在我的眼中并非一块生了病的骨头，而是某种禁忌，这禁忌不单单来自我的情感寄托，还来自一个城市人对待情感的方式。大夫笑了笑，他是职业医者，在他的眼里，骨头就是骨头，他见惯了各种病变的器官，早对家属或直接或委婉的反应习以为常。从业经验让他漠然，他或许以为我在害怕什么，其实，经验像常识一样，也是靠不住的。不过，我依然要感激大夫的友善，即使从他麻木的神经上绽放出的微笑像他额头上浸出的汗珠一样细小。我说，谢谢大夫，您辛苦了。大夫是朋友的朋友，他习惯性地用镊子敲打着托盘里的骨头感慨道：我做了半辈子手术，什么样的甲状腺都见过，长成你姐姐这样的还很少见——它太硬了，我费了半天劲才把它锯下来。姐姐变异的甲状腺的确够坚硬，这场手术也比常规时间多耗去一个小时，在超出时长的等待里，我的焦虑也是坚硬的，它一直骨骼一样磕碰着我的神经，我只能用水一样的平静把它软化。我很少到医院来，站在手术室外等候这还是第一次，我能够感觉到走廊里的沉重。走廊太安静了，走廊里每个人的呼吸都粗重而清晰，以至于手术室的门每次打开，我都仿佛听到乡村木门的吱扭声——其实，手术室的门根本没有声音。终于听到护士喊出姐姐的名字，终于在一扇窗口看到这只托盘，托盘里蝴蝶状的骨头便在这一刻深深地刻在我的脑海里。大夫的表情半是欣赏，半是吃惊，很显然，能够啃下这块硬骨头，足以让他为自己精湛的医术自豪，姐姐的甲状腺如此坚硬，又让他诧异。大夫不断敲击着托盘里的骨头，说到"锯"时吐字特别清晰，我分明听到镊子落在托盘里的声音，甚至听到锯齿深入骨头的声音，心里不禁颤了一下。我想象不出大夫使用的锯子是什么形状，更不曾想到喉结附近的骨头居然这么大，甲状腺居然是眼前这个样子！我一直觉得喉结是柔软的，它周围的事物也应该是柔软的，即使藏着一些坚硬的骨骼，也应该牙齿一样细碎而精致。大夫说，都长成结石了，你姐姐好像也是医生吧？她对自己怎么这么不负责任?！怎么能忍受到现在?！我只能无奈地笑笑，眼前却出现磨刀石的形状，在大夫问话的刹那，我的心底几乎流出泪来。我清楚听到了骨头轻微撞击托盘的声音，我感觉这声音好似锤子砸在骨头上。这一刻，我的眼前清晰地浮现出姐姐在电话那端说疼的模样。

姐姐的忍耐力极强，她说疼，那便是真的疼，便是无法忍受的疼。

　　姐姐下定决心来太原看病，心里一定挣扎了很久。我说来吧，什么也别想，来这里好好做个检查，不要考虑钱的问题。姐姐说，我有医保，不担心钱，我是不想给你添麻烦。我说，我是你弟弟，你把我也当外人？姐姐在电话那端沉默了很久。我又说，一辈子总为别人考虑，就不能为自己考虑一回？姐姐这才犹犹豫豫地答应了，嘴里还在嘟囔着你那么忙。我知道，姐姐比谁都清楚自己的病情，她是实在扛不住了，才给我打电话的，我如果不说几句重话，或者，我的口气略有一丝迟疑，她都不会来太原的。

　　第一次陪姐姐去肿瘤医院那天是个周末。检查，化验，等待结果，最后确诊为甲状腺腺瘤。大夫建议做手术，姐姐又犹豫起来，甚至想放弃治疗。我说你是医生，你不知道拖下去的后果吗？姐姐只是憨厚地笑笑，说大城市办事太麻烦，你跟大夫说说，咱开点药回家养着行不行？我说吃药管用，你会来太原吗？姐姐依然憨厚地笑笑，终于答应住院手术，可心里还是有些忐忑。姐姐说，手术那天，你能不能来医院陪我？我也笑了，你不是什么都自己扛吗？一个小手术也害怕了？姐姐又一次憨厚地笑笑说，不是怕，是有你在，我心里踏实。姐姐在乡村行医30多年，肯定经见过不少意外事故，她嘴上虽不说，可我知道她在担心什么。

　　从麻醉开始，只要大夫允许，我一直陪在姐姐身边。从麻醉室到手术室的路上，麻醉师随口问道：你是病人的儿子？我笑笑说，不，她是我姐姐。麻醉师有些尴尬，我知道他并无恶意，在他的生活经验里，他想象不出环境对人的改变究竟有多大。其实，姐姐仅大我四岁，几十年她一直在乡村生活，田野里的辛苦劳作和起早贪黑的行医生涯让她过早地衰老了，看上去就像一件埋在地里的盛满水的陶器。我因为赶上高考，摇身变成城市人，我不再被风吹日晒，便城市人一样肌红面白起来，仿佛一件摆在书架上的瓷器……

　　手术室外的走廊安静得有些怕人，病人家属或三个或五个聚在一起，他们除了眼神交流，很少说话，也很少走动。我坐在等候区的角落，无所事事，又不愿总去想手术室里的姐姐，便在手机上胡乱涂鸦一些句子。我看上去轻松，内心其实并不平静。在漫长的等待里，我坚信姐姐的手术会一切顺利，心底却依然被悲怆的气息所笼罩，涂鸦在手机上的文字让这种气息变得更沉重。我反复删改着每个字，我小心翼翼地对待文字的态度，就像大夫对待病人的每个器官。寂静中的压抑可以深入骨髓，我在城市生活了30多年，这种压抑一直在我的周边存在着，我并不在意。沉浸在文字的痛苦中，身心便是沉陷的，仿佛自由落体一般，越沉落，越快乐，写作似乎是世上最大的苦中作乐。我信手涂鸦的文字自然与姐姐有关，想到躺在手术台上的姐姐，想到永远笑呵呵的姐姐，我突然意识到，乡村虽有艰辛，有贫困，有疼痛，可乡村的艰辛、贫困和疼痛就像乡村的阳光、空气和水，是敞开的、裸露的，是可以在太阳底下、石板之上暴晒的，它坦坦荡荡地呈现在那里，或许怵目惊心，却少有城市的压抑。是的，乡村有自己的伤痛，不过，乡村的伤痛更多是肉体的，我见惯了乡村的喉结粗大、关节变形、腰身佝偻，见惯了乡村因疼痛而变形的表情，但与城市相比，乡村的表情显然更干净——乡村会把痛苦藏在心底，但不会把抑郁藏在心底。是的，在很早很早之前，乡村人曾经不刷牙、不洗脚、不洗澡，甚至几天洗一次脸，他们每天亲近泥土，对身体是否干净并不在意，生活习惯也不讲究，思维方式却是干净的。当然，乡村人也有爱恨情仇，也有疾病与罪恶，但在他们简洁而直观的线形思维里，这一切都可以拿到地上晾晒，他们的思维便少了皱褶和污垢。

3

在我的经验里，乡村生活偏重于"身宇宙"，城市生活偏重于"心宇宙"，乡村人向往城市，城市人回归乡村，都不过是寻求自身宇宙的内在平衡罢了。在平衡未达成之前，造物主是公平的，他把身体痛苦更多地赐予乡村，把精神痛苦更多地赐予城市，乡村与城市便因之独立为两座痛苦不同、幸福也不同的"围城"。

不过，痛苦也罢，幸福也罢，人一生真正的难题都是生死。于生死而言，生似乎是过程，死似乎是结局，生的过程躁动，死的结局安宁，所谓向死而生，不过是智者放下躁动之心的修行。佛家相信生死轮回，在佛家眼中，死又何尝不是过程？生又何尝不是结局？自宇宙创生那一刻起，时间便是无限的，生命便是有限的，在有限的生命里，众生明知死是结局，却不愿直面结局，能够真正向死而生者其实寥寥。人心如此，躁动不安便是生命常态，人稍一放纵自己，便沦为情绪动物。

我在城乡之间行走多年，虽非佛教徒，如若拂去生死表面的浮尘，我倒很愿意把生界和死界看作心中的净土——唯其如此，生才是有希望的，生的每一刻便是蹒跚在去往净土的路上；唯其如此，面对沿途的艰辛、磨难和挫折，众生才不患得患失，才心情晴朗。阅历丰富的人都明白，艰辛、磨难和挫折无可逃避，就像生老病死，就像日出日落，它们是生命的常态，无论我们接受或不接受，它们照常存在，有时甚至超出常态。亘古以来，白昼与黑夜一直轮替，在白昼之后，肯定是黑夜，在黑夜之后，有可能还是黑夜。在旅途上，隧道一个接着一个，有时候，不给自己保留一丝光亮，便不会心怀绝望，可我们可以一丝光亮都不要吗？世上有极端，但没有绝对；有狂热，但没有决绝；或者说，绝对和决绝都是接近死亡的形态，仿佛一只即将破裂的气球。活着便离不开光亮，有光亮便会有失望，有失望便会有绝望，绝望或许便是压倒活下去的最后一根稻草。

　　走在通往肿瘤医院的路上，天光虽已大亮，我却总觉刚刚黎明。这种感觉很奇怪，就像一夜辗转反侧，思来想去，梦中的景象依然纷乱不清。其实，任何一条路都不过是生活中寻常的路，天亮之后，城市的街道上熙熙攘攘，人来人往，楼窗里和楼窗外的日子一直重复如昨。不过，肿瘤医院所隐含的意义于我却是特殊的，我走近郊外那座洁白且安静的建筑时，想到的居然是离它不远处的生命最终安放之所，我不知道这是不是城市人的刻意安排。是的，在我的印象中，肿瘤医院总归离死亡更近一些，这种错觉来自生活经验，经验有时便是某种莫名的气息。细细想来，人们常常谈肿瘤色变，其实，人们担心的不是肿瘤，而是肿瘤给人的某种暗示。事实上，肿瘤不过是某一器官的变质，良性恶性本质不同，结局迥异，我们以五谷杂粮为生，又何必大惊小怪呢？退一步讲，日常生活中我们遭遇变质的事物并不少，譬如权力、金钱和性，谁又分辨过良性和恶性呢？谁又会感到恐惧且坚决拒绝呢？其实，病变在任何时候、任何地方、任何人或物上都可能发生，人便是会变质的事物之一，人的一生便是一次保质期中的抵达，有时走的路很长，有时走的路很短，更多时候，人都在有限的距离上不断重复。把隐藏在生命背后的真相打开，仿佛把人的胸腔打开，病变或不病变并不重要，打开的动作却很残酷。在起点，一个人打着点滴来到世界上；在终点，一个人举着吊瓶悄然离去；在起点与终点之间，行程反反复复，如果把反复部分剔除，生命还有多少痕迹值得留恋呢？医院不过是寻常旅行中的不寻常客栈，在这里，无论病人，还是探视的人，宿命感都格外强烈。宿命仿佛吊瓶里的盐水，它缓慢的嘀嗒疑似催促，液体是透明的，催促却是黑暗的，如此黑暗犹如漫漫长夜，不管多么坚强的人，不管多么坚硬的心肠，在这一刻都会变得柔软。躺在病床上的人如此，站在病床旁的人也如此，或因一切皆如此，每次去医院探望病人，我都很少说话，我觉得只要握住病人的手——不管这只手是否沾染了病菌，是否会传染——便是对病人最好的安慰。是的，如果与病人谈论病情，无疑再次揭开伤口；如果回避病情，不仅暴露了自己的虚伪和冷漠，还加重了某种暗示。是的，站在病床前，我常常手足无措，不管躺在病床上的这个人与我亲近，还是疏远，不管躺在病床上的这个人被我爱过，还是被我恨过。

我无法忘记那一天。姐姐被推进手术室，母亲打来电话，说她的心碎了。一扇门打开又关上，打开又关上。我想，在这样的时刻，天下所有的母亲都会心碎的。坐在手术室外空荡荡的寂静里，我仿佛一个溺水的人，埋头在手机上缓慢书写每个字的间隙，我偶尔会用余光扫一眼周边的世界。这时候，姐姐把病痛当贫穷一笑了之的脸便从我的眼前闪过。姐姐的笑容仿佛火光中的木炭，让我温暖，又让我心悸。手术室淡蓝色的门遥远而虚无，门内的世界陌生而空寂，面对这个神秘的世界我不禁想到雪域，想到雪芒寂然的冷静和洁白。是的，洁白的，洁白的，洁白的，一座冰雪的穹窿，它多么像人的思维！我不知道医院为何选择白色为基调，白色的大褂、白色的墙壁、白色的床单和病床……究竟因为白色更干净，还是因为白色离死亡更近？我是个医盲，搞不懂医院的很多事物，在我的印象中，医院就是一座洁白的房子，就是一张洁白的病床。是的，洁白的，洁白的，洁白的，一张病床。疗养的，病重的，病危的，一张病床。缠绷带的，打石膏的，插管子的，一张病床……记得手术前，大夫以平静的口吻向我讲述甲状腺腺瘤的危险性，我却在惴惴地想，怎样才能把口袋里的红包送出去。在这一刻，红包仿佛一个肿瘤，我处于精神分裂状态，如果长期焦虑在这苏打味的空气里，我一定会抑郁的。

在医院，我特别忌讳说出"死"这个字，我想每个走进医院的人，都不愿说出这个字，就像谁也不愿指出守护医院大门的门童，一个叫生，一个叫死。医院的门无疑是一种象征，有的人从这儿笑着进去，哭着出来；有的人从这儿哭着进去，笑着出来；有的人不断进出在这道门里，既不哭，也不笑……在病房，在走廊，在院子里，在轮椅上，一张张表情各异、形态不同的脸虽让我惊悸，一想到还有一群人看上去一切正常，却时时在想着自杀，我的心底不禁倒抽一口凉气。或许，挣扎在细菌到处繁衍的世界上，麻木也是一种保护。芸芸众生穿梭在病痛中间，在上一刻，他们还站在病人身旁愁苦满面；在下一刻，他们走出医院大门便像穿过阴影来到阳光下，脸上的阴霾顿时一扫而光，该吃便吃，该喝便喝，该活下去还得活下去。医院门额上的红十字仿佛关于救赎的隐喻，看到进出这道门的人从容而淡定，我便在想，我若赞叹，便是我的错，我若指责，还是我的错。是啊，设身处地想一想，他们如果不够从容和淡定，这世上又该增添多少抑郁症病人呢？

生活中有多少种矛盾，思维中便有多少种悖论，抑郁或许便是思维悖论的产物。

其实，我也是他们中的一分子，我或许没有他们麻木，但也不比他们悲悯，我甚至也想躺在病床上，暂时远离尘埃飞扬、病毒喧嚣的世界。是的，生活如此疲惫，如果有机会躺在病床上，就像祖先躺在依山傍水的泥土和安静里，该有多好！当然，我仅是想想而已，仅是有些累而已，仅是想歇一会儿，仅是想躺在病床上，感受一下周边的事物如此安静、如此干净、如此洁白而已。如果有一天，我真的躺在病床上，真的与恐惧为伴，我的想法或许会有所改变。不过，如果这一天真的来临，我不希望任何人来看我，包括那些爱我的人，那些恨我的人，那些无关的人。我不愿看见爱我的人雨打梨花，那么白；不愿看见恨我的人心底暗中雀跃，那么灰；那些无关的人，他们的表情不痛不痒，无关乎黑白，来与不来又如何呢？或许，我又很想让他们来看我，毕竟躺在病床上的不是一副臭皮囊，而是一颗曾经跳动、依然跳动的心，虽然心率正一天天慢下去。一路走来，每颗心都伤痕累累，爱曾让她碎过，恨曾让她碎过，无关的，曾把她当成一枚蛋壳，磕碰过，挤压过。草木春秋，或青或黄，夕阳西下时刻，能够安静地躺在乡下的床上，依山傍水，放掉一切，让回忆一穷二白，任窗户或明或暗，由病痛或去或来，如此时光该多么奢侈！

4

浓密的黑发大把掉落的时候，一个新世纪降临了。我以我独有的方式辞旧迎新，并未因此感到焦虑，唯一让我遗憾的是，头发掉落的姿势并不像树叶那样翩然，更缺少画面感，这让我多少有些落寞。每次洗头，黑发都在大把大把地脱落，照此速度掉将下去，不出一年我便该顶着闪闪发光的头颅招摇过市了。这情景有些吓人，如果早发生十年，我一定会纳西塞斯般每天盯着镜子发呆，即使不一头撞向镜子，也会患上抑郁症的。好在我的头发天生浓密，我并未在意；更何况，头发掉落的速度日渐呈下降趋势，十多年过去了，我减少了四分之三头发的头颅才教授一样稀疏起来。我是个随遇而安的人，我觉得头发掉落不过是自然现象，草到了秋天会枯黄，树木到了秋天会落叶纷纷，没必要大惊小怪。年龄在一天天增长，放弃一些东西是正常的；心智在一年年成熟，思维占去大脑的大部分养分，头发自然会慢慢枯萎。当然，这仅是我的推测，头发所需营养与思维所需营养是否同一物质我不得而知，养分从大脑皮层转移到脑髓的过程好像也不曾被人捕捉，但我相信，大脑既然自成六维的宇宙，这样的能量以

"弦"的方式转化完全是有可能的。思维是"身宇宙"的另一极，是"心宇宙"的操控者，当代最伟大的物理学家和数学家仅为我们计算出六维空间存在的合理性和可能性，并未制作出六维宇宙的模型。不过，这并不妨碍我为"心宇宙"建构一个六度空间。众所周知，脑海中的世界不过是现实世界在大脑中的映射，"心宇宙"的第一维度自然便是这映射在大脑中的世界镜像，它是网状的。大脑接收到世界的镜像后会产生情绪波动，这波动便是"心宇宙"的第二维度，它应该像光一样，具有波粒二象性。大脑产生情绪波动之后，将自动对这些情绪进行过滤，让一部分东西沉淀下去，让一部分东西显现出来，这一过程便是"心宇宙"的第三维度，它像碳纤维一样，具有吸附和净化功能。过滤之后，大脑需要对信息做出再判断，再判断需要思考，思考便是"心宇宙"的第四维度，它像核辐射一样具有强大的穿透力。思考的同时，还须对信息进行存储，这存储无疑是"心宇宙"的第五维度，它像云计算一样，拥有庞大的数据库。最后，这第六维度应该是想象。想象仿佛四维时空中的时间，它在"心宇宙"中自由穿梭，创造性地处理大脑中存储的各种信息，并以此为基础重新建构世界，有了神奇的想象，六维的"心宇宙"才算修成正果，这硕大的果实便是"思维云"。

头发掉落不曾让我抑郁，本世纪第一个十年过去之后，我却差点与抑郁来一次亲密接触。我觉得一个写作者一生能够抑郁一回也是一件幸事，至少证明他的情感还足够丰富。我认识的写作者中便有几位女性抑郁过，只不过她们的自我修复能力相当强，很快便走出抑郁的阴影。读书、写作、摄影、养花、品茶、收藏，生活是有情调的，也是健康的，可恰是这健康的情调，让她们与现实格格不入，又是这健康的情调，让她们超然现实，自成格局。这样的抑郁来源于生活落差，升华于生活落差，黯然神伤也罢，独自憔悴也罢，出离尘世也罢，向往空门也罢，最终，她们还是在自我疗伤中趋向淡泊。相比于男性的粗枝大叶，女性是柔弱的、易碎的，又是连绵的、坚韧的，女性之美天然亲近抑郁，抑郁又让女性之美愈加凄迷，这是与生俱来的秉性，与意志力无关，与气息有关。喜欢文字的女子表现尤甚，她们知性、独立、自尊、敏感，洁身自好，仿佛槛外的梨花，在某个寂静的季节兀自洁白着，抑郁着，也逃离着，这洁白的抑郁便显出几分楚楚动人。不过，物极必反，美便因之春天般短暂。某一日，她们抬眼望见满山蓬勃的绿色，心中便释然了，脸上的红晕也烂漫起来。这样的抑郁更像生命中的一个桥段，一颗敏感的心被滋润，被激活，心头的云雾便风一般散去。这样的抑郁还是落差式的，仿佛悬崖上跌落的瀑布，虽透着逼人的寒气，却是晶莹剔透的。云翳驱散，天空晴朗，阴柔的抑郁只不过是现实镜像与想象力世界的一次错位，它是心灵的别样风景，是思维的短暂停顿，只要不沉溺其中，便会萌生出新的气象。写到此，我突然想起激流岛，想到一个诗人和一把斧子。浅度的抑郁仿佛黛玉葬花，深度的抑郁则可能是万丈深渊，人一旦陷落其中，便会不自觉地病变为自戕或戕害他人的一道寒光……

我的境遇显然不会如此唯美。姑且算作政见不同吧，我曾与曾经的上司产生过纠葛，于我不过公事公办罢了，于他却仿佛一场你死我活的战争，似乎一夜之间，我便质变为异己或拦路石，党同伐异事小，捍卫绝对权威事大。我不过是一介为稻粱谋的书生，委身于一家小小的报社，见诸报端的新闻都不成其为新闻，自己竟也新闻人物一般，有机会遭遇一场比电影还电影的故事，我该多么荣幸！是的，再平凡的日子也可能不平凡，再平凡的人也可能是主角，现实终于让我相信离奇确实无处不在。在长达两年多的时间里，你能想象到的情节都在一样不少地上演，譬如造谣、污蔑、诽谤、排挤、人身攻击、匿名举报……谎言满天飞，唾沫星子也满天飞。与此同时，你想象不到的情节也在同步发生，譬如剪除"党羽"、剥夺"权力"、克扣工资，甚至禁止任何同事与你往来。本是草根一族，也从未眷恋过所谓的"权力"，我却意外地享受到"软禁"的待遇，至今想来，依然令人啼笑皆非。在他的逻辑里，似乎掌握了话语权便掌握了一切，只要刀把子在手，任何人都是任他宰割的羔羊，而实际上，我只不过是一只沉默的羔羊。无疑，这是一部自编、自导、自演的系列剧，戏剧效果出人意料，遗憾我根本没有演对手戏的兴趣。我只不过是出现在海报中的男二号，名字一闪便从戏中隐身了，并非我多么淡定，而是在看不到公正的时候，我只能主动放弃公正；在看不到正义的时候，我只能主动放弃正义；在无事可做的时候，我只好踏踏实实地去做一个写作者。这时候，我惊奇地发现，安静和孤独原来是命运赐给我的最好礼物。于是，我放下一切俗务，逍遥文字江湖，一心去打磨我的《虫洞》，每天行走在迎泽公园和文字当中，脑海里竟是一片澄明世界！现在想来，这或许是我生命中最黑暗的时刻，却无疑是我生命中最明亮的时刻。当一场大戏落幕的时候，我惊讶自己既非这出戏的主角，也非这出戏的配角，在一场类似"小文革"的风暴当中，我竟然做了风暴眼中的看客！这样的故事不过是生活插曲，我却因此懂得了磨难，喜欢上磨难，且对磨难感恩戴德，我是不是也很变态？当然，我所轻描淡写的磨难，只不过是众多现实版本中的一个，身为亲历者，如果我当时换一种活法，譬如对抗、反击、针尖对麦芒——这一切，曾是桀骜不驯的我最擅长的——如此等等，除了两败俱伤，我会不会也患上抑郁症呢？

再坚强的人也有脆弱的时候，如果执着其中，"心宇宙"中的"弦"迟早会断裂。我只是在无奈中恰巧收获了这样的经验，我之所以能够好好活下来，并非我多么强大，而是我恰巧有更喜欢的事情去做。不纠结，换一种活法，这或许也是预防抑郁的方法之一，可很多时候，人都难以咽下屈辱，难以放下身段，追根溯源，便是人都有证明自己的欲望。太把自己当一回事，自己可能并非那么回事。自尊虽好，过度自尊无疑是思维"弦"上的锈迹、霉点或裂隙，貌似无过错，过错却悄然滋生于斯。是的，太看重自己，"心宇宙"中的"弦"便容易崩断，"心宇宙"一旦断"弦"纷纷，便可能刮一场心灵暴风。暴风过后，便是一地抑郁的鸡毛。抑郁不过是名利的副产品，它或许并非物质，却是比物质还难以消除的欲望罪证。宗教是疗伤抑郁的偏方之一，它让抑郁者向上帝忏悔，通过忏悔把思维"弦"上的锈迹、霉点或裂隙抚摸光滑，但也仅是光滑而已，根本无法消弭断裂、铲除病根。更有甚者，连忏悔也懒得去做，这抑郁便只能埋在"心宇宙"深处生根发芽了。

"心宇宙"也会得病，却是看不见的，在一个抑郁的年代，抑郁和被抑郁便司空见惯。当然，并非所有的人都会抑郁，也非所有的抑郁都会病变，有些人天生拥有抗体，就像酒量大的人体内天生富含化合酒精的酶。最糟糕的，是那些没有抗体的人，天生有贼心没贼胆，偏偏又爱做贼事——看见别人抢了，自己便也抢了；看见别人占了，自己便也占了；看见别人贪了，自己便也贪了；看见别人泡女人、养小三、三妻四妾了，自己便也呼啸着脱轨而去……可之后呢？秋后算账，惶惶不可终日，这样的人，他不抑郁谁抑郁呢？如果遇到同流合污者恰巧还是个狠角色，被抑郁也是难免的。

天生有抗体的人有之，天生抗体强大到无以复加的人也有之，用"出淤泥而不染"来形容毫不为过，虽然这样的借喻有损莲花的名声。修得"金刚不坏"之身的人，是从来不管洪水滔天的，往好里说是天生大心脏，往坏里说是无所敬畏。无所敬畏便无所顾忌，无所顾忌便没有底线，一个没有底线的人怎么会抑郁呢？我曾听到一个升级版的"雷政富"故事。在这个新版本中，女主角既是导演，还是主演，同时兼职摄像，而男主角不仅有高官、富商，还有一条狗！勇于实践"美女与野兽"激情故事的女子自然堪称奇女子了，像这样的奇女子，到死也不会写出"抑郁"二字的。

5

一眼望去，门口、过道和椅子上都等待着一群或站着或坐着的人。如果你不留意他们的表情，你会怀疑这儿是候车室；如果你不留心墙上的宣传画和门牌，你会怀疑这儿是电影院；如果联想到刚乘坐过的一楼直达二楼的扶梯，你或许还会怀疑这儿是商场。其实，这儿既不是候车室，也不是电影院，更不是商场。其实，这儿是什么地方并不重要，重要的是你的怀疑并非空穴来风：旅途有怎样的疲惫，这儿便有怎样的疲惫；电影院有怎样的悬念，这儿便有怎样的悬念；商场有怎样的嘈杂，这儿便有怎样的嘈杂——甚至，这儿的疲惫、悬念和嘈杂比任何公共场所都有过之而不及，而弥散在疲惫、悬念、嘈杂之上的，竟是尘埃一样挥之不去的焦虑！

是的，这儿就是医院，一个安放伤痛，同时又放大抑郁的地方。

每次陪家人到医院，我都仿佛被福尔马林浸泡过，舌尖总残留着怪怪的味道。独自坐在候诊处的一隅，我不愿打量身边匆忙的身影，不管他是健康的，还是患病的。更不愿观察病人和家属的表情，人世间的痛苦在这儿都变得格外具象，或者说，这儿更像一只收容痛苦和灾难的透明容器。作为写作者，我对人间的喜怒哀乐兴趣浓厚，踟蹰在医院，我却不愿直面这些被悲戚扭曲的脸孔，不愿旁观这些被无奈锁紧的眉头。即使走出医院，每每想起空气中弥散的药剂味道于我都是一种折磨。并非脆弱，也不完全是多愁善感，磨难降临到我身上时，我曾是坦然的，甚至视而不见的。不过，我无法承受自然造成的灾难，即使目睹影视中夸张的表演，心有时也会抽搐，悲凉瞬间如水荡开。或许真的老了，秋风也会让我落泪，生命在无助中缓慢凋落，最后的弧线竟有些触目惊心。人生风景被岁月移形换步，年已半百，我参加婚礼少了，参加葬礼多了，去电影院少了，去医院多了——或为亲人，或为朋友，却很少为自己，可不管为谁，我总能从空气中嗅到抑郁的味道，这味道或轻如夕阳，或重如末日。是的，就是夕阳，就是末日，一种红磷式的燃烧，一种漫漶的覆盖和碾压。每次走进医院的自动旋转门，我都会低下头，尽量把目光落在脚下，偶尔回首身后透明而无声的旋转，心头便生出阴阳两隔的狐疑。客观而言，医院不过是一座生命维护站，汽车跑得时间长了，需要养护或加油，生命不停地运动，自然也需要定期保养或维护。可不知为什么，我总不自觉地把医院与痛苦或死亡联系在一起，每次走进医院，我总被生死问题反复纠缠，我对医院的印象是何等无知、片面、简单和粗暴！草木一生，生死为大，在生死之间，还横亘着诸多我们不愿正视的山峰，而疾病——肉体的，或心理的——无疑是最棘手的生存难题，没有之一。生不过是一瞬间，死不过是一瞬间，疾病却是漫长的。在病痛中踽踽行走，这是每个生命都必须直面的无形或有形的峡谷。如何穿越这峡谷而不忧心忡忡，无疑是一次灵魂炼狱。当病痛没有袭来之前，任何人都可以坦然处之，且有权将自己置身事外，而病痛缠身之后呢？我习惯了冷眼旁观，习惯了熟视无睹，每天折返在上下班的途中，我会突然对着路边的一块石头、一株草、一棵树、一朵花、一枚果实凝神发呆，却常常对周边的人流和车流听而不闻、视而不见。我在孤独和喧嚣中间行走，早已熟稔了路边风景的荣枯，心境波澜不惊，可一走进医院，我便背上包袱似的，再也超脱不起来。我觉得任何漠视生命的行为都是不可饶恕的，偶尔看到医者近乎麻木的职业表情，我很为他们悲哀。孟子曰："医者，是乃仁术也。"一个医者岂可对生命漠不关心？

　　坐在候诊处的椅子上，我的目光不经意间瞥到墙上挂着的横幅：视病人为亲人，视医护为朋友。我对标语式的企业文化向来漠视，可看到这红底白字，仿佛看到一个四肢健全的人拄着一支拐杖，感觉特别扎眼。我揉揉眼睛，好像一只虫子落进眼睛里。有什么不对劲吗？我愣了一下神，旋即明白，这横幅貌似画蛇添足的后半句，其实就是一双哀告的眼神，就是一个多余的拐杖。救死扶伤，天经地义，这是医者的义务和操守，医者自当待病人如亲人，医院竟请求病人和家属"视医护为朋友"，这难道不是主客颠倒吗？看到这支"拐杖"，我仿佛看到上访者乞求的眼神：请关心我吧，请把我当朋友吧！患者有求于医者乃人之常情，医者有求于患者，仅在证明医患关系已经发生病变，长此以往，提心吊胆的医者即使不为病人所伤，也会抑郁的。生活是荒谬的，荒谬如斯便有些荒诞了，当医者也是患者的时候，这个拐杖便不再是多余的。人人皆强者，人人皆弱者，医院如斯，医院之外的世界也如斯。在这个多余的"拐杖"面前，强或弱不再是一种性格，一种能力，而是一种病灶，它仿佛潜伏的肿瘤，仿佛隐形的轮回，善恶真假莫辨，喧哗和骚动荡漾不息，久而久之，拥挤的城市会不会变得麻木不仁呢？突然想起王菲演唱的《百年孤寂》，歌中的轮回俨然涂了霜的抑郁：

　　　　背影是真的 人是假的

　　　　没什么执着

　　　　一百年前 你不是你 我不是我

　　　　悲哀是真的 泪是假的

　　　　本来没因果

　　　　一百年后 没有你 也没有我

在童年，我经常看见拄着拐杖的人从大街上走过，他们却很少去看医生。如今，在熙熙攘攘的城市，我经常看到四肢健全的人拄着一个隐形拐杖穿行在人流中，这世界是不是越来越荒诞不经呢？大队卫生所房屋简陋，设施也简陋，它像学校一样，是大队少有的公共场所之一，卫生所里的人也像老师一样，是备受村民羡慕和尊敬的。我的父亲是老师，我的舅舅是赤脚医生，姐姐读到三年级便辍学跟着舅舅行医了，村民爱屋及乌，常常会摸着我的脑袋夸奖我几句。我在卫生所的院子里玩耍，无忧无虑的笑声泉水一样纯净。我清楚记得薄荷味的卫生所清新而整洁，人与人的关系也仿佛这薄荷味，简单而清爽。可如今，我匆忙的城市似乎患了焦虑症，它疲惫的灵魂还守护着几许单纯和天真呢？

是的，我并不想说出这是个抑郁的时代，可不管在医院，还是在医院之外的城市，身边的一切似乎都在提醒我，抑郁或被抑郁不仅是某一特定群体的集体症候，还是这个时代的症候。世界卫生组织、世界银行和哈佛大学的一项联合研究表明，抑郁症已成为中国的第二大疾病，其中约有15%的患者死于自杀，高居自杀人群之首。世界卫生组织和哈佛大学公共卫生学院还预测，到2020年，抑郁症将成为人类死亡和疾患的第二大疾病，全球成年人中患抑郁性障碍者占比将攀升至11.3%。也就是说，十个成年人中至少有一人是抑郁症患者。调查还显示，抑郁症患者主要来自两大人群：一是高收入、高文化、高职位的"三高"阶层，他们"高处不胜寒"，却又向往更高的高处，仿佛看不到头的攀援者，莫名地失落，莫名地沮丧，城市里的白领一族便是其中的代表。一是低收入、低文化、低职位的"三低"阶层，他们挣扎在生活最底层，仿佛迷途的羔羊，自卑心强烈，挫败感更强烈，城市里的农民工便是这样的典型。这两大人群仿佛城市漂移的两极，他们生存压力大，多疑，敏感，孤独，情绪化，"心宇宙"之"弦"容易出现锈迹、霉点或裂隙，甚至发生断裂。如果某一天，他们自觉脑子生了锈，便以为自己活在这世上是多余的。轻者或行为缓慢、生活被动，或闭门独居、回避社交，或蓬头垢面、不修边幅；重者则不语、不动、不食，俨然"木僵"；更有甚者，直接爬上楼顶与这个世界挥手告别……

毫无疑问，抑郁是这个时代罹患的一场心灵雾霾，在思维灰暗的穹顶之下，人性被啃噬，人格被撕裂，良知在焦躁不安中遍体鳞伤。四顾周遭，众生不过是一堆浮动筹码，生活不过是一台搅拌机，清洗复清洗、揉搓复揉搓之后，心理脆弱的人便放任情绪鹅卵石一样，一下一下挤压自己的心口，心痛便在挤压中一点一滴漫延成潮汐。站在风景之外看风景，这世界或许便是一堆纷扬的线条，或笔直或弯曲，或坚硬或柔软，或光滑或粗糙，每个线条上都结着花蕾一样的伤疤，每个伤疤里都藏着骨节一样的暗疾。站在风景之中看风景，这世界或许便是一场繁殖，肉体以交媾的方式叠加，痛苦以传染的方式复制，抑郁以病毒的方式呈现。当夜色来临的时候，我们会看到有人用药物安眠，有人手握酒杯自说自话，有人在黎明前走向观景的悬崖……想到阳台上徘徊复徘徊的身影，想到这身影仿佛在说，抑郁是一种活法，也是一种死法，我的脊背上不禁渗出一层冷汗。

6

在众多艺术门类中，最高级的表达方式莫过于音乐。虽然文学、绘画、书法、舞蹈、戏剧、电影、雕塑、建筑等作品也是思维的产物，但因其呈现方法离不开有形的载体，譬如文字、颜料、墨汁、纸张、色彩、形体、线条、光影和钢筋水泥等等，内容或可在宇宙内外自由翱翔，形式却很难挣脱四维时空的束缚。音乐则不同。无论创生音乐的乐器，还是传达内容的音符，音乐在形神上都是最接近"弦"的艺术，音乐的世界或许便是一个六维宇宙。中国古代音律讲究五声音阶和十二律吕，五声音阶即为宫、商、角、徵、羽，十二律吕则为黄钟、大吕、太簇、夹钟、姑洗、中吕、蕤宾、林钟、夷则、南吕、无射、应钟。古代音律学说脱胎于《周易》的阴阳五行理论。《周易》是中国传统文化中最具大宇宙观的典籍，如果把五音之宫、商、角、徵、羽比之为思维之映射、波动、过滤、判断、存储，把律比之为想象，那么，音律构成的音乐世界俨然六维世界，音乐的艺术形态与"心宇宙"的"思维云"竟然高度吻合。行文至此，我突然发现一个很有意思的现象：无论在现实的四维空间中，还是在六维的"心宇宙"或音乐里，都存在一个看不见的、自由连贯的、流水般不阻断却又无法触摸的维度，这便是时间、想象力和律。换句话说，时间、想象力和律都仿佛"弦"一样的存在，它们在空间里几乎扮演着同等的角色，这难道是偶然的吗？即使回到生物本身，神奇莫名的事也不鲜见，譬如"遗传微粒"去氧核糖核酸（DNA），它的结构也类似"弦"，生命的遗传密码或许也是以"弦"的方式延续的。"弦"是生物的遗传密码，是大脑的"云"储存方式，是音乐的传播形态，音乐因这巧夺天工的"弦"结构，才超越其他艺术形式，高蹈于性灵之上。音乐的特殊表现形式很容易让它切入艺术的本质，与人的心灵世界达成共鸣，或者说，音乐世界和心灵世界仿佛两个天然的平行宇宙。

　　无疑，音乐是造物主对人类的恩赐，是"弦"世界的另一映像，音乐之弦与思维之"弦"仿佛一对孪生的姊妹花，是妙不可言的情感杀手。在音乐史上，赖热·谢赖什或许算不上大师，但肯定是个传奇，他幽灵的一生与他创作的"自杀圣曲"有关，这首曲子叫"忧郁的星期天"，在二战时期，曾有157位匈牙利人因聆听这首曲子而自杀。那是个忧郁的时代，也是个绝望的时代，忧郁和绝望叠加，无疑便是抑郁。抑郁也还罢了，抑郁的方式竟电脑编程一般出于同一旋律，令人惊惧。警方调查发现，在自杀现场，无一不播放着《忧郁的星期天》，或许正是黑色的忧郁契合了157名聆听者的末日情绪，他们才援着"自杀圣曲"的旋律款款走向天堂。物理学家认为，《忧郁的星期天》的低音部分接近于次声波，这种次声波的频率与人体器官的振动频率非常相近，二者一旦产生共振，便具有核辐射一样的杀伤力，轻者受伤，重者死亡。心理学家声称，自杀者选择《忧郁的星期天》走向死亡，源自集体潜意识产生的心理暗示或精神传染。而在我看来，这种大规模的自杀现象更像抑郁者精神崩溃时的集体表演，在这场死亡秀中，《忧郁的星期天》不过是扮演了引力的角色，音乐的六维宇宙与聆听者的六维"心宇宙"在此刻达成的强烈共振，才是自杀者走向绝望的根源所在。其实，《忧郁的星期天》是赖热·谢赖什写给自杀女友的"魔鬼的情书"，是一支祭奠亡友的爱情圣曲，在那个黑色的年代，它却鬼使神差地成为聆听者最后的精神寄托，多么令人不可思议。赖热·谢赖什最后也因抑郁而自杀，这似乎是一种宿命，《忧郁的星期天》不过是打开宿命的魔盒。

抑郁是一种病，是一种末日情结，在末日黄昏里，慵懒的忧郁却是一种美。在艺术家的眼中，忧郁是让人怦然心动的景象之一，或因如此，在这个世界上，艺术家是最亲近忧郁，又最容易患上忧郁症或抑郁症的一个族群。

贾丝汀长达八分钟的几乎凝固的眼神和眼神中几乎死寂的世界让我恐惧："郁星"撞向地球的那一刻，末日终于来临，地球上的万物渐次在静谧中陷落，陷落，陷落……越无声，越缓慢，越窒息。《末日惊悚》是我看到的节奏最为缓慢的影片之一，也是场景和人物关系最为简单的影片之一。时间凝滞，世上的一切突然慢下来，忧郁或不忧郁的人都在等待"郁星"撞向地球的最后时刻来临。简单的，惊悚的，也是末日的，这是人类最古老的情结，也是忧郁者最后的狂欢，仿佛贾丝汀盛大的婚礼。一切都是隐喻，置身末日意向的丛林当中，无论个体，还是族群，无论有生命的，还是无生命的，都不知不觉陷落到恐惧的泥潭里，难以自拔。这一切不禁让我想起我们的近邻。我不想在这里谈论政治或主义，谈论历史或恩怨，但作为一个岛国，我们的近邻仿佛一颗"郁星"，末日情结与生俱来且代代传承，正是这末日情结催迫他们冲出岛国到世界各地去冒险。又是这末日情结，让他们至今不愿为70年前犯下的罪恶道歉。有良知的人常常会感到困惑：忏悔真的那么难吗？可于一座岛国而言，它显然比自戕还难，因为它是忧郁甚至抑郁的。

但《末日惊悚》的导演并非生于这个岛国的忧郁王子高仓健，而是一个曾患上严重抑郁症和心理恐惧症的家伙，他的名字叫拉斯·冯·提尔。拉斯·冯·提尔是丹麦人，素以"惊世骇俗"著称，喜欢用放大镜式手法窥探人物心理和情绪，擅长用手持摄影捕捉人间磨难和痛苦，偏好用长镜头呈现人物极端心理状态。拉斯·冯·提尔近乎自虐的风格或与他曾是抑郁症患者有关，在《末日惊悚》中，他也是用几乎静止的长镜头来呈现忧郁症和世界末日的。

《惊悚末日》的原文片名为 *Melancholia*，意指"忧郁症"。也有人把片中的"郁星"直截了当地译为"忧郁症"，似乎"忧郁症"就是悬在人类头顶的一颗末日之星。

瑞典病理学家福尔克·汉申说"人类的历史即是疾病的历史"，其实，这句话仅说对一半。福尔克·汉申显然只关注到肉体的痛苦，却忽略了精神的痛苦，如果站在精神层面纵向观察，人类的历史或许也是抑郁症的历史。当然，于肉体而言，谈虎色变的传染病令人不寒而栗，譬如天花、肺结核、梅毒、艾滋病、流感、黑死病、霍乱、疟疾、黄热病、血友病、卟啉病、马铃薯枯萎病以及SARS和埃博拉等等。这些疾病不但杀死生命，还重组人类文明基因，古希腊文明的衰落便与一场瘟疫有关。历史学家修希底德斯在《伯罗奔尼撒战争史》中详细记录了这场瘟疫，不过他并不知道这场瘟疫的名字。故事发生在公元前430年，瘟疫夺走希腊城邦四分之一的生命，直到现在希腊科学家才确定其为伤寒。在公元165年至180年，黑死病还席卷了罗马帝国，短短15年时间，罗马帝国本土人口便减少三分之一。更可怕的是，公元211年至266年，罗马帝国又一次遭到传染病袭击，从此，西方文明史被彻底改写。诸如此类的故事，人类历史上曾多次发生，譬如公元1347至1351年，西欧蔓延黑死病，多地近一半生命死亡。14世纪欧洲殖民主义者把传染病带到美洲，灭掉美洲土著90%的人口。公元1555年，墨西哥爆发天花，200万人不治而亡……传染病与人类文明相伴而行，它的每次暴发都无疑是一场细菌战，远比战争、革命、暴动还惨烈，可在这些灾难的记录中，有谁关心过灾难挤压下的人类情感呢？或者说，从第一次灾难开始，抑郁是不是一直相伴相生呢？

我经历过的最恐怖的瘟疫是SARS。前些年，整个世界还在为埃博拉焦虑。埃博拉和艾滋病一样，同样源起非洲大陆，我第一次听到这个名字的时候，想到的却是SARS。所有传染病在传播初期都仿佛一道咒语，这咒语裹挟的，却是雾霾一样厚重的焦虑和抑郁：埃博拉——爱不了？艾滋病——爱之病？SARS——杀死？或许是文字游戏，也并非文字游戏，传染病像自然灾害一样，它们在改变人类文明进程的同时，还在改变人类的心灵史。譬如埃博拉病毒吧，在电子显微镜下，它的线形结构竟形似中国古代的"如意"，如此巧合何其匪夷所思！我不禁要问，在灾难降临的时刻，到底谁在"如意"？又在"如意"什么？这无疑是原始生物形态对人类文明的一次嘲弄，又似乎一个魔咒般的隐喻，当精神与肉体发生错位的时候，荒诞不经便可能成为常态，就像我不反对你站在枝头歌唱，你偏要把树枝当成大树一样。其实，人最初的理想家园不过是让鸟儿飞，让马儿跑，让驴埋头吃料，让猪哼唱小曲，让狗汪汪叫，人只要安静地坐在太阳底下好好说话便好。然而，人有时偏不愿好好说话，却企图让鸟儿去说人话，让马儿去说人话，让驴、猪和狗去说人话，你说，这个世界怎么能不抑郁呢？

我曾为雾霾写过一首诗，这首诗同样可以献给抑郁症的携带者——人类：

关闭眼睛和呼吸，想象中的事物可曾美好？风景慢下来
4000吨悬浮物挂上天堂，雾与霾联姻颠昼为夜
夜以牙为氧："尔等可奸吾身，但吾绝不与尔等表演高潮"
昼以欲望为疆，二氧化硫、氮氧化物和可吸入颗粒物
皆是滋阴壮阳的良药。天空越来越黄，肺越来越大
金属脊椎依然骨感。那个抽烟的人顶着雾蒙蒙的天空行走
那个喝酒的人拎着空荡荡的河岸漂流，常识是失效的
雾与霾、妓女与嫖客、道德与法律……形而上的颠鸾倒凤
多么春风荡漾！哦，已是人间五月，即使天空下起梅毒
也不是我该关心的事，瓶底的尘埃或粒子遭遇的规则透明
衰变是随机的，或发生，或不发生，生死之果终将完整呈现
我陷落在过程之中，一枚粒子可被肺部吸入
也可不被肺部吸入，雾或霾也不例外。其实，无人关心
中毒者是谁，杀手藏在杀手心中，这是常识唯一高明之处

7

"森林中有一棵树倒下，假设没有人在场，树会发出声音吗？"

你或许会给出肯定的回答，抑或觉得这个问题很愚蠢，因为过往经验让你相信声音是一种客观存在。其实，一棵树倒下仅是声音产生的第一步，枝条与树干击打地面的瞬间，振动引起空气脉冲，频率如果在20至20000赫兹之间，耳鼓便接收到信号，刺激神经，大脑才最终确认了声音的存在。空气振动频率是15赫兹，还是150赫兹，于空气似乎并无本质不同，不过，由于前者不能让耳鼓知觉到刺激，自然无法向大脑传递声音认知信号，人意识中的声音自然不会出现。也就是说，声音是振动、空气、耳鼓和大脑神经共同作用的结果，是一个连续不断的状态，任何环节缺一不可。事实上，于真空、聋子或死者而言，声音一直是不存在的。那么，一棵无人在场的树倒下既不能被耳鼓接收，又不能被意识认知，凭什么说声音就是存在的呢？很显然，这样的错觉源自生活经验，是经验让你相信，即使你不在场，树倒下依然会发出声音，声音不会因你不在场而消失。

哲学家贝克莱说："存在就是被感知。"

科学哲学家罗伊·巴斯卡说："假如人类不再存在，声音还会继续传播，重的物件仍然会以同一方式往地面掉下，只是按照假设，没有人会知道。"

如果触摸倒下的树木，你还会感觉到它很坚硬，这种感觉同样是大脑将固有经验投射到手指上的反应。事实上，压力感觉并非手指接触固体产生的，而是树皮上的电子排斥手指上的电子，你才感觉到阻止手指的某种力量，这种力量便是经验中的硬度。一直以来，我们糟糕的经验让我们相信自己认识世界，如今却发现宇宙的96%都是由暗物质与暗能量组成的，我们从未见过它的全貌。牛顿的经典物理理论无疑是经验泛滥的始作俑者，我们亟须忘掉固有的常识，追随霍金们的脚步，重新审视世界、生命和意识。自以为了解真相，却发现真相离我们很远，这是不是人类抑郁的深层根源呢？社会越文明，人的生存焦虑越强烈，世界末日如果真的到来，我们还有机会逃生吗？

超弦理论描绘的十维宇宙给出另一重生天，霍金的M理论则认为，宇宙是从十一维开始演进的。以我的理解，霍金的第十一维只不过是在十维之外，又为我们指出一条从四维逃向六维的时间隧道——虫洞。M理论并未破坏超弦理论的十维结构，反而是一种补充。

前面讲到，十维宇宙"大爆炸"时一部分膨胀为四维宇宙，一部分坍缩为六维宇宙，六维宇宙微小如"弦"，我们根本无法观测到，可它一直存在于我们周边。当我们所处的四维宇宙崩溃时，与"大爆炸"过程正好相反，原本收缩在我们周围的六维宇宙开始慢慢展开，智慧生物有机会在这一瞬间，由四维宇宙逃到六维宇宙中去，开始另一种生活。实现这一逃生过程必须穿越虫洞，或者说，在这一刻，我们需要搭乘一艘力和能量更强大的、能够超越光速的宇宙飞船，从虫洞的这端逃向虫洞的那端。天文学家说，虫洞的最大直径只有10万公里，这个直径恰恰小于宇宙飞船飞行必需的最小直径，宇宙飞船显然无法拯救世界。那么，我们还有可能穿越这以光年计数的时间隧道吗？就在人类走投无路的时候，坐在轮椅上的霍金轻而易举地便把"时空弯曲"，为我们打开一扇逃生的天窗。打个比方，在地毯的另一边有一个瓶子，我们怎样才能坐在原地拿到它呢？霍金告诉我们：通过地毯卷曲，拉近我们和瓶子的距离，瓶子便会乖乖来到我们身边。弯曲的时空无疑就是一块魔毯，在这样的时空里，我们无须跨越距离，便可以从这一点到达另一点。不过，越是捷径，越需要更大的能量，弯曲时空所需的能量并非弯曲地毯可以比拟，它是人类所掌握能量的1000亿倍，它需要统合四种自然力才能实现。霍金把这一弯曲的空间命名为"四度空间"，也即虫洞，我却觉得，虫洞便是搭建在四维宇宙和六维宇宙间的桥梁，它将引领人类从此宇宙逃向彼宇宙。

末日逃生成为困扰人类的又一重大课题，环顾身边足以将地球毁灭100回的核力量，这样的焦虑便不再是科幻。在这个时候，网络世界横空出世，我觉得，学会在虚拟世界中生存便是人类练习逃生的一次及早彩排，或者说，是人类适应新生存方式的一次能力测试。在有限的时空里，西方先哲苏格拉底告诫我们要把练习死亡当作一种智慧的生活方式，东方先哲老庄则劝喻我们要学会向死而生。在无限的时空里，我们不但要学会向死而生，还需直面向生而死的课题。是的，向生而死，这是一种置于死亡之海而渡向生的彼岸的勇气和智慧，而非温水煮青蛙一样，耽于末日的恐惧里慢慢麻木或沉沦。

网络在生活中一出现，我便感到迷惑，甚至焦虑，我不知道为什么。有时候，我觉得网络世界是虚拟的，有时候，又觉它是真实的，网络世界似非而是的特性，就像造物主赐给人类的一剂迷幻剂，在这个适于情感宣泄的世界浸润久了，网络更像抑郁症者的另一场狂欢。其实，如果说四维时空是我们赖以生存的现实世界，那么，网络世界便是现实世界的另一镜像，或者说，是四维时空的平行宇宙。大数据，云计算，防火墙，网络游戏，支付宝，滴滴打车，远程教育和医疗，还有QQ、博客、微博、微信和黑客……总之，网络的横空出世颠覆了我们传统的生活方式，这颠覆有物质的，也有精神的，它缩短的不仅是空间距离，还有我们走向疯狂的距离。人人都有表演的机会，人人都有疯狂的可能，随之而来的，便是狂躁，便是挫折，便是歇斯底里，便是恐惧不安，便是抑郁。我们的世界正从阴阳演绎的物理世界跨入0和1构建的数字世界，虚拟现实为打开六维宇宙提供了一种可能，六维宇宙的洞开则意味着心理疾病将以几何级数增长。

从"身宇宙"到"心宇宙"，我们距离疯狂究竟有多远？

我不奢望末日来临时能够沿着虫洞逃生，却一直虫子一样走在迷途上，忘记故乡很久了。从乡村到城市，从城市到乡村，折返期间，身心疲惫，有时我不禁问自己，难道这就是我寻找的旅途吗？互联网把世界变成地球村，四通八达的高速铁路和高速公路网又把道路拉直，把距离缩短，旅途反而显得格外拥挤。在拥挤的高速交通网上行走，我非常怀念道路上曾经的皱褶——在那些拐弯处原本藏着很多不显眼的行人，他们原本像路边的草一样过得很安逸，现在却被宽阔而平坦的道路凸显出来，必须学着像树一样活着。我能感受到他们的疲累和局促。这一刻，我便像所有回家过年的人一样，正被阻挡在高速路的入口处，我觉得这些路口便是现代道路仅剩的皱纹，我为这些皱纹焦虑，也必须像现代人一样为这些皱纹忧心忡忡。

大雾弥漫，道路消失，赶往旅途上的人多起来。昨天大雪，今天大雾，如果不是旅人，我会把这一切当作风景，可我现在是旅人，明天还会是旅人，我的风景在哪儿呢？

天光明朗起来，雾终于散去。车窗外的风景是简单的，除了雪，便是树。或者说，除了白，便是黑。其实，简单的词汇并不一定能呈现简单的事物。如果仔细观察，车窗外更多的色彩是灰白或灰黑，前者弥散在空中，后者站在路边。其实，在路边的树与地面的雪之间，还有大块裸露的土地，这些泥土是湿漉的，昨天的雪滋润了它，今天的光映衬出它的黑来。是的，与路边灰黑的树相比，泥土的黑显然更纯粹一些，料峭但藏着春色的阳光照下来，它又会还原到更大的灰中去。只要不被植物遮蔽，北方的泥土便肆意地灰着，冬天只不过是让这灰显得更广阔、更无边而已。当然，我说的是无雪的日子，雪来临之后，一切都将改变，可这样的日子已越来越少，越来越短暂。

这一刻，我抬头望去，恰好遇到一缕阳光从车窗上方斜照下来，一座隧道从旁边一闪而过。

除了旅行或公差，我已有十多年不坐长途客车了。我爱走神，不会开车，也不打算学开车，前几年逢年过节回家，都是别人送我。我曾很享受这种情分，可随着岁月老去，我却突然感到了情分的沉重。我要过年，别人也要过年，我为何要麻烦别人呢？想到这些，我连搭顺风车的念头也没有了。年过半百，必须学会做减法，最方便的减法应该从旅途开始，放下累赘，简单地爱自己。

阳光照下来，雪消失的速度比想象的快。很快就是春天了，在春天中行走，呼吸一种久违的气息，这是我喜欢的生活，也是我多年在城市的行事方式。我以为我正努力回到简单中去，其实，我并不知道某一天，我是否还有勇气从城市一直走回故乡去。不过我相信，生活在这个世界上，简单便好，率性便好，自私一点也好。是的，这个世界之所以还不够好，是很多人活在经验里，不够坦荡，不够大自私，不能像"弦"一样自由，更不能像"弦"一样自在。

2015年3月　一稿于太原

2016年6月　二稿于太原

2017年3月　三稿于太原

习惯性

狗的符号意义

看到农业户口被取消的新闻，我仿佛农人看到一地庄稼被洪水卷走，眼前一片空荡。30多年前，我背井离乡仅为改变农村人身份，而在此刻，这一切似乎都已归零。窗外春光大好，我本该为我的乡亲感到高兴的，可不知怎么了，我竟有些莫名伤感。农村户口是什么？不过是一张纸而已，当年，我就是凭着一张入学通知书和一张户口迁移证来到这座城市的，在故乡，我从未见过城市人手中叫本或簿的东西。来到这个世界，冲着烟熏火燎的房梁大哭一声，我就是农村人了，农村人根本不需要任何东西来证明。是的，城市人需要出生证明，农村人从不需要，农村户口像粮票、布票一样黯然走进历史名词序列，可事实上，我从未见过农村户口本或户口簿。是的，我就是凭一张纸从农村迁移到城市的，那张纸很薄，却比粮票、布票沉重。

我最后一次看见票据一样的东西是在柳巷市场。快过春节了，城市人正排队凭票买烟、买酒、买粮。我在寒风中远远望了一眼，这场景便定格为我的记忆。

我站在阳台上发了一会呆，信手打开微信设置，清空所有聊天记录。我已活在数字时代，迟钝而艰难地习惯着刷卡消费，数字于我不过一地落叶。我知道，归零的方式有多种，譬如一纸行政命令、一次司法判决、一条短信通知，抑或一次操作失误。我对银行卡的使用小心翼翼，归零就归零吧；我对消费积分兴趣不大，归零就归零吧；我对家乡的记忆越来越遥远，它也会归零吗？

习惯被归零，习惯不耿耿于怀，这是人不得不去完成的修炼。修炼恰似熬中药，味道慢慢溢出来，药渣慢慢沉下去，治不治病不打紧，煎熬却不可少。我在祖父的中药味中长大，我的味觉是中药的，我的视觉、听觉、嗅觉和触觉也残留着中药味。我时常跟着舅舅在大队卫生所玩耍，对药铺的中药味更是习以为常。是的，习以为常，而非条件反射，习惯与习惯并不一样，就像小时候我看见邻居的狗便绕道而走，看见拦路的蛇也绕道而走，可前者是厌弃，后者才是本能。是的，对狗的厌弃是一种心理习惯，对蛇的恐惧是一种本能反射。在这里，反射是个中性词，它与巴甫洛夫有条件的狗实验相近又相异。

巴甫洛夫是打开习惯背后黑暗的人，我一直怀疑他的研究动机：一个生理学家为什么要做一个阴险的心理学实验呢？在给狗送食物之前，把红灯打开，让铃声响起，如此反复多次，直至变成狗的进食习惯。这个时候，红灯再次亮起或铃声再次响起，狗便像看到食物一般产生条件反射。巴甫洛夫的实验方向，仅在关注狗在何种情况下分泌唾液，这无疑是个生理问题。可实验的溢出效应却是心理的，骨子里还残存着奴性或狗性的人，看到狗的驯化反应会无地自容吗？

巴甫洛夫的实验设计颇为阴暗：红灯或铃声为中性刺激物，与狗对食物的本能反射无关，可它们总伴随食物一起出现，久而久之，狗看到或听到它们时也会流哈喇子。可怜的狗，太没有定力了，它不幸沦为经典性条件反射的标志性符号。当然，这不是狗的错，巴甫洛夫为狗准备的"肉粉"很简单，狗也并非贪食。巴甫洛夫把管子插进狗嘴里测量分泌物的行为，却无疑是一种折磨。是的，狗也以食为天，它不过是一件恰好被选中的实验品而已。换作狼、狐狸或兔子，结论也大体如此。当然，也不能指责巴甫洛夫的实验不怀好意，巴甫洛夫说，"我们的一切培育、学习和训练，一切可能的习惯都是很长系列的条件的反射。"这句话意味深长，让我想到驯化，想到洗脑，想到格式化，想到网络对生活的侵入——我每天早起的第一件事，便是蹲在坐便器上看微信。如今在卫生间看微信就像当年在卫生间看书，都是不经意间养成的习惯，它并不说明文明与排泄仅咫尺之遥。实际上，并非巴甫洛夫阴暗，而是我的联想不够阳光，我赋予狗太多的暗示意义，巴甫洛夫是无辜的。而我的联想也不过是一次条件反射，这反射是生存环境不断强化的结果，我是不是也很无辜？生存环境主要由人构成，我便是其中的一个小零件，生存环境是不是更无辜？如此看来，反射更像一个链条，更像一件冤无头、债无主的连环案。

　　伯尔赫斯·弗雷德里克·斯金纳是新行为主义心理学旗手，他的实验重点是人或动物对奖惩的反应，即操作性条件反射或工具性条件反射：如果一个人做出组织所希望的行为，组织便应给予奖赏；如果一个人做出组织所不希望的行为，组织便应给予惩罚。斯金纳同样在强调强化，但他的强化是"操作性"的或"工具性"的，实验对象是可爱的白鼠或鸽子。在此之前，行为主义心理学创始人约翰·华生干脆把实验直接应用到人自身。他认为人的情绪是能够"被条件"的，选择的实验对象是遗弃在医院的孤儿，名叫阿尔伯特。阿尔伯特不怕老鼠、兔子、猴子、狗、棉絮和没有头发的面具，却对巨大的铁锤敲打声感到恐惧。于是，华生便让老鼠和铁锤敲打声同时出现在阿尔伯特的生活当中，如此场景不断重复，终于有一天，阿尔伯特看见老鼠也恐惧起来。华生利用制造恐惧的方式来发现恐惧，行为治疗大师约瑟夫·沃尔则打破条件刺激和非条件刺激之间的联系，采用系统脱敏疗法，去矫正习惯，消除恐惧。发现者通过强加的条件让人或动物过敏，治疗者则反其道而行之，通过行为矫正让患者"系统脱敏"，人似乎很喜欢自己折腾自己。

经典也罢，操作也罢；制造也罢，消除也罢；狗、白鼠、兔子也罢，人也罢。我不会把制造原子弹的人当作杀人犯，科学研究与道德无关，我从不怀疑科学工作者对生命的尊重，不管他们的实验方式是人道的，还是非人道的。但我的确觉得巴甫洛夫的实验是阴险的，他想把阴暗的人性挖出来，让它赤条条地暴露在阳光之下。当然，我的感觉仅是我的感觉，与巴甫洛夫无关。巴甫洛夫不过是发现者，他和他的同行仅想告诉我们，人的恐惧因何而来，焦虑因何而生，喜欢或厌恶因何而成，甚至还想让我们明白，人的性欲在何种情况下被激发或被丧失……我不应该怀疑科学工作者的善意，但让我好奇的是，假如巴甫洛夫也像约翰·华生一样，把实验中的狗换作人，这该是怎样的一幅场景呢？

我知道我的想法不够人道，人不会把自己置于如此尴尬的境地，就像人不会把自己置于狗群当中。可我看到一些人便会想到狗，我不人道的联想似乎也是一种条件反射，这种反射与巴甫洛夫实验有关，也与我的生活经验有关。我在乡村长大，我从村这头走到村那头去看舅舅的时候，常常在村中间遇到一条狗，起初我会寻找石头或木棒与狗对峙，后来我再遇到它时不理不睬，它便摇摇尾巴走开了。舅舅告诉我，狗是仗人势的，你进它退，你退它进，你逃它追，你不理它，它便无趣。家狗的秉性如此，野狗的秉性也如此。狼和蛇似乎比狗具有攻击性，可只要你不让它们感到威胁，它们也会绕道而去。人与动物的关系是微妙的，人不喜欢与动物对峙，其实是人不愿从动物的眼神中看到自己的另一面。这层窗户纸很薄，却有些残酷，人不愿意去捅破它，便只好选择回避或忽略。不过，美国电视剧《迷失》中的一个场景还是满足了我不人道的好奇心：人被关在狗笼子里，笼子里有食物，有电击，还有按钮。那么，人被电击之后，究竟会发生什么呢？没有残酷，只有更残酷，人凭本能做出的选择竟然与狗毫无二致！

艺术虚构是残忍的，也是超脱的，它把隐藏的真相血淋淋地撕开，让人获得偷窥快感的同时，还可以置身事外。而人也的确是更高级的动物，他在反对某种习惯的同时，又培养了另一种习惯。习惯仿佛一条悖论的锁链，环环相扣，没有尽头。

语言的立场

读初中的时候，我有吐唾沫的坏习惯，父亲听到我干咳便皱起眉头：舌头旁边三点水才是"活"，你每天"呸呸呸"个没完，是不想活吗？父亲越是责骂，我越是紧张，越是控制不住自己，吐唾沫的习惯便越来越严重。其实，父亲错怪了我，那时候，我的舌尖总有一种干燥、不洁的感觉，不吐就难受。后来我才知道，我吐唾沫的习惯是胃病引起的生理反应，可我到底患的是胃炎还是十二指肠炎，我自己也不清楚。细细回想，我开始时是肚子一饿胃就疼，胃一疼就吐唾沫，后来发展到口一干也吐唾沫。父亲请中医为我调理多次也不见效。上大学之后，我的胃病不知不觉中痊愈，吐唾沫的习惯也突然消失，可胃究竟什么时候不疼的，吐唾沫的习惯究竟什么时候消失的，我竟想不起来。不过，有一点我明白，我吐唾沫的习惯固然是胃病引起的生理反应，也与父亲的管教有关。父亲是教师，常常对我言辞责罚，我心存畏惧，看到父亲便忍不住舌尖痒痒。这其实已是一种条件反射。离开父亲独立生活，父亲在我心目中由严父变成慈父，吐唾沫的毛病自然便消失了。我想，我吐唾沫的习惯变化就是一个"反射"和"脱敏"的过程，它是如此自然，就像大三的时候，我突然迷上写诗。后来，写诗成为我的习惯，不写就难受，写诗也是有瘾的。我曾说过，写作者的大脑里一定是长了罂粟的，否则，他不会上瘾。反之，如果你的大脑里没有生长罂粟，最好不要去写作，因为写作是件挺折磨人的事，又换不来多少银子。

总之，写作也是一种习惯，是一个人发呆。

静坐窗前凝视夜漫过来，我不敢把灯打开。惦记是暗室的底片，它那么轻，那么薄。灯光一照下来，你便泪流满面。我不会让你看到脆弱，它像你的脸一样白皙。望着月光柔软成水，我又错失三月的花期。春风衔枚徘徊，木质的气息正一瓣一瓣散开。想着你的憔悴我不说思念，就像你不提心跳。你不知道忧伤是明亮的，它一直挂在枝头；我不知道孤独是黑暗的，它一直埋在根部。时光在左，空寂在右，叶与根间什么在游动？我看到了你的忧伤，但没有看到黄昏；你触到了我的孤独，但没有触到夜。牵挂一生的人惧怕爱情，忧伤在上，孤独在下。背靠背的影子里浸着两颗清露疗伤的心，晨曦从窗口跳进来，我一直不肯将灯打开……

这是诗吗？是的，起码当初我是当作一首诗来写的。

这不是诗吗？是的，此刻，当我不再把她分行的时候，她看上去更像一节散文或散文诗，甚至忧郁症患者的呓语。

如果撇开诗中的散文化倾向来讨论，这节文字是什么并不重要，重要的是我把它排成什么样子。如果我按诗的习惯把它分行，它便是诗；如果我按散文或散文诗的习惯把它连在一起，它便可能不是诗。习惯竟如此粗暴，我有些吃惊。在人不知鬼不觉中，我居然赋予习惯对某一事物的命名权，我对自己的行为更吃惊。

我决定把她还原回诗的模样，并恢复她的名字：《不敢把灯打开》。

静坐窗前凝视夜漫过来，我不敢把灯打开
惦记是暗室的底片，它那么轻，那么薄
灯光一照下来，你便泪流满面

我不会让你看到脆弱，它像你的脸一样白皙
望着月光柔软成水，我又错失三月的花期
春风衔枚徘徊，木质的气息正一瓣一瓣散开

想着你的憔悴我不说思念，就像你不提心跳
你不知道忧伤是明亮的，它一直挂在枝头
我不知道孤独是黑暗的，它一直埋在根部

时光在左，空寂在右，叶与根间什么在游动？
我看到了你的忧伤，但没有看到黄昏
你触到了我的孤独，但没有触到夜

牵挂一生的人惧怕爱情，忧伤在上，孤独在下
背靠背的影子里浸着两颗清露疗伤的心

晨曦从窗口跳进来，我一直不肯将灯打开

　　我很少对自己的诗歌品头论足，因为我对自己的诗歌习惯性不自信，不过，这并不妨碍我怜惜自己的羽毛。可在今天，我为什么破例拿出这首诗来说事呢？仅仅因为她是散文化的吗？答案显然是否定的。事实上，这首诗仅是一首游戏之作，是应朋友之邀，用来在网络上为情人节设播的。我对西方节日向无感觉，对应景之事、应景之物一概不太珍惜，包括官方的、民间的，生活中的、生活外的，当然也包括诗。

　　这也是我的一个习惯：不逐流，不奉迎，也不拒绝，多少年来不曾改变。

　　其实，诗也罢，散文或散文诗也罢，撇开叙述本质的诗性差异，语言形式只不过是一种约定俗成的惯性。形式的惯性不一定是无害的，强加于语言之外的习惯性思维却贻害无穷。我生于20世纪60年代，在"文革"语境中长大。在我的童年，语言不是用来表达的，而是用来宣誓的，仿佛墙上"斗私批修"的标语，不仅有醒目的红色装饰功能，还有匕首一样的警示功能。换句话说，语言的信息传递功能在减弱，情感宣泄功能在强化，语言本身便是身份或立场。尤其荒唐的，"地富反坏右"使用一些语言的权利还被"红卫兵"无情剥夺，公众产品竟也沦为特定阶层的特权。如此传统让人很容易联想到孤家寡人，联想到"朕"。宫墙之内不仅享有某些字词的专有权，还享有某些色彩的专用权。宫檐之下，三叩九拜的臣子便只能对八股文如蚁附膻了。"文革"语言是一种强迫症，本质上更像皇家语言的全民化翻版，人人高呼万岁，人人便可能是万岁，人人打倒皇上，人人便可能是皇上。一边反封建，一边把几千年的封建惯性隐藏在骨子里，这样的惯性延宕至今，不仅未被剔除干净，反有格式化趋势。就拿讲话这件事来说，曾几何时，那些坐在主席台上的人，或一脸习惯性的道貌岸然，或一口习惯性的空话套话，或一腔习惯性的慷慨激昂和言不由衷；而坐在主席台下的人，或一耳习惯性的听而不闻，或一眼习惯性的视而不见，或一脑袋习惯性的难得糊涂。台上和台下都沉溺在习惯中，究竟是台上的悲哀，还是台下的悲哀？血肉之躯竟沦为形貌丑陋的稻草人。装腔作势久了，腹中空空事小，失语事大。语言失去自然本性，仿佛人失去天性，后果可想而知，可大多数人却对此保持沉默，这沉默也是一种惯性。如果说"文革"的语言惯性始于全民狂欢下的精神传染，是一种经典性条件反射，此后的惯性倒更像"文革"后遗症，是一种工具性条件反射。联想到巴甫洛夫们的实验，我突然觉得，惯性并非圈养狗的笼子或挂在笼子上的铃铛，而是一把看不见的铡刀，它安静地躺在时光中，它的投影甚至比时光还长……

牛顿的尴尬

我在办公室走廊走了不到十步，便停下来。

你或许会问：为什么不写具体走了多少步？那样写不是显得观察生活很仔细吗？你的疑问或是出于习惯，出于文学传统，而我对别人创造的技术性传统一向不太感冒；更何况，我根本就记不住自己走了多少步。我有我的真实，我不会模仿，也不愿杜撰。

我返回办公室门口，准备从包里掏钥匙时，又停下了。

我站在门口想了想，确认自己是关了门窗和电源的。不是我此刻记起来了，而是习惯让我相信，我肯定是关了门窗和电源的。我摸一下牛仔裤的裤兜，感觉到了 U 盘的小巧和坚硬，它贴着大腿安静地躺在自己的世界里，这一可触摸的细节让我坚信，在离开办公室之前，我的所有习惯性动作——关电脑、拔U盘、关热水器、关窗户、关灯——都肯定是完成了的。这一系列动作是个组合，在这个组合中，最容易被我忽略的是U盘，而我最在意的也是U盘，是存在U盘里的数百万文字。可U盘插在写字台下最不显眼的电脑主机上，我越是惦记它，越是容易忘记它。记不得多少回了，我已经走到单位大门外很远的地方，一摸裤兜空空荡荡，便又返回办公室去寻它。U盘在我生活中的重要性不亚于手机，只要不随身携带着它，我的心底便有些空落，而只要记得拔掉了它，便意味着我离开办公室时，肯定完成了所有习惯性动作。

我站在门口，确定U盘装在裤兜里，便不再怀疑是否关窗。我暗自一笑，转身离去，同事看着我返回又离去的背影，有些莫名。

其实，在这样的习惯养成之前，我对自己的行为经常心存惶惑，只要感觉某件事不曾做过，便会返回办公室重新检查一遍。可每次回去检查，发现我以为没做的事，其实都做过了。我为自己的记性懊恼，很多时候，我说过的话，转脸便忘，我做过的事，转身也便忘。就像走惯夜路的人无须照明一样，因为习惯性动作，我常常以为没做过的事，实际上已在下意识中完成了。这种状况已经持续很久，且随着时光流逝，竟有些炉火纯青的味道。我喜欢这种味道，它意味着我开始放弃很多东西，生活方式越来越简单，心中也不再有大的波澜。我也偶尔为这种味道沮丧，因为它证明我正在走向衰老，至少我的记忆力正在衰减。我习惯了独来独往，我的背影俨然槛外之人，了却诸多牵挂，心境便日渐澄明和开阔。

老而弥坚？或许吧。

于写作而言，这样的心境显然是我喜欢的。于工作而言，我或许已不适合做一些具体事务，尤其日常的俗务。我时常对着眼前的人出神或发呆，对方喋喋不休半天，我却不知他在说什么。在生理动作上，我变得越来越机械，我只能把日常必须做的事流水线一般养成习惯，否则，我随时都会丢三落四。譬如，我会把雨伞、钥匙、香烟、打火机、充电器和工作证、身份证、银行卡等日常必需品，一股脑儿放在随身携带的背包里，出门的时候，我背包抬脚便走，不管去什么地方，办什么事，离开时也会随手把包背在身上。即使在酒桌上，即使喝高了，我也会在离开时随手把包背在身上。在外人看来，我像个守财奴，于我只是一种习惯，就像习惯性地醉醺醺地走回家，第二天却什么也不记得。习惯的好处，便是做任何事都无须思考。习惯的不好处，便是一旦改变，就会发生差错。如果我连续三天不背包，到第四天，当我背包出门的时候，我走到什么地方，便会把包丢到什么地方。这样的事屡有发生，经历多了，我便觉得自己越来越像个习惯性动物。还未到退休年龄，这样的习惯无疑是糟糕的，它逼迫我不得不去做一些改变：如果想体面地活着，便要养成体面的习惯，否则，便会闹出笑话来。

　　不管怎么说，改变并非易事。著名的牛顿第一定律曾信誓旦旦地说，一切物体总保持匀速直线运动状态或静止状态，直到有外力迫使它改变这种状态为止。依照这个惯性定律，若把人当作物体来看待，人便不可能实现自我改变，好在人并非物体。惯性定律是牛顿第一牛的定律，它建立在独立的参照系里，拥有绝对的时空。也就是说，在牛顿的牛眼里，参照系是相对固定的星体，而相对论却告诉我们，世上没有一个星体是固定不动的。牛顿最牛的定律被爱因斯坦釜底抽薪，牛顿式的惯性还客观存在吗？早在一千多年前，亚里士多德便指出，物体的运动需要力来维持。亚氏的观点出自日常经验，牛顿却嘲笑他说："长期以来人们形成了一种印象，以为要使小车（物体）匀速直线运动，就必须有外力推动，不去推动它时，它就会停止下来。这种错误的一个根源是没有看到在外力撤去后，小车之所以会停止下来，其实是由于另外一个力（地面给的摩擦力）作用的结果。如果地面十分光滑，小车就会继续运动下去。"自以为是的牛顿自以为发现了新大陆，其实，他的惯性定律是建立在假设的"质点"——即在考虑物体的运动时，将物体的形状、大小、质地、软硬等性质全部忽略，只用一个几何点和一个质量来代表此物体——之上的，牛顿虚构的惯性世界与超弦理论建构的多维宇宙相比，无疑是理想国。牛顿看见苹果落地发现了万有引力，而万有引力定律（即牛顿第三定律）像惯性定律一样可疑。万有引力定律认为，凡物皆有引力，而作用力与反作用力是相等的。也就是说，当物体停留或运动在地面上时，物体的引力将作用于地面，而地面则会对物体产生反作用力，作用力与反作用力彼此共存，地球上根本不存在不受外力作用的物体。既然如此，又何来不受外力作用而保持静止或匀速直线运动的物体呢？很显然，牛顿最牛的惯性定律和牛顿最伟大的万有引力定律是自相矛盾的：如果说牛顿第一定律是正确的，那么，牛顿第三定律便是错误的；如果说牛顿第三定律是正确的，那么，牛顿第一定律便是违反自然规律的。以其之矛，攻其之盾，牛顿经典物理学的三大基石便有两个发生动摇，而我们的中学课堂依然对牛顿定律津津乐道，这是多么不可思议！

而在这一尴尬时刻，黑格尔还不忘站在亚里士多德一边，对牛顿惯性定律落井下石："这无非是按照同一律表述运动与静止，说运动就是运动，静止就是静止"，是对"孤立的运动和孤立的静止……的空洞论断"。牛顿爵士一向飞扬跋扈，他的三大定律曾统治经典物理学数百年，最后竟被黑格尔盖棺定论为"空洞论断"，这多少有些讽刺。黑格尔还以辩证逻辑否定了惯性理论的两个前提：一是运动物体的周围没有引力场吸引它；二是运动物体的前方没有障碍物阻挡它。黑格尔认为惯性理论的两个论据是虚构的，其既无内在必然性，又无外在必然性，既违反主观逻辑，又违反客观规律，而牛顿的惯性坐标系、惯性力、惯性定律，便是这双重错误下的产物。牛顿理想化的"质点"物理模型几乎引发一场自然科学危机，真理在他那里转了一个大圈，最后又回到亚里士多德身边，最牛的惯性定律竟也遭遇到惯性的滑铁卢，令人嗟叹：凡是建立在理想状态下的理论，不管其逻辑推导多么严密，都是靠不住的，因为理想状态本身便是一座空中楼阁，根本经不起风吹雨打。

我活在惯性中，早把理想从我的生活中排泄出去。是的，理想曾让我活得很累，直到把它从体内排泄出去，我才轻松起来。排泄是一种惯性，也是一种隐喻。我走出单位的卫生间时，常会站在走廊里发一会儿呆。不过，我并非在怀念排泄掉的东西，而是在想，这些排泄物被我放水冲洗干净了吗？我似乎没有听到流水的声音，可一想到自己多年养成的习惯，我便释然了。

暧昧的风景

这个春天来得有些早，清明还走在路上，迎泽湖边的树已经绿了。沿曲折的湖堤漫行，春光水波般潋滟，春意仿佛渗出在女子鼻尖上的细小汗珠。越是一尘不染时刻，脚步越是提在心尖上，人与自然的情分不过一份怜惜，黛玉葬花大体也是这般心境吧。湖边多垂柳，或因垂柳喜水的缘故。湖边如今又种了许多高楼，莫非高楼也有喜欢水的性情？其实，喜与不喜不过是一种习惯，就像春华秋实一直是季节的习惯。垂柳把自己的影子倒栽在水中，高楼也把自己的影子倒栽在水中，藏在楼窗后的人是想通过这水中的镜像，偷窥另一宇宙中的自己吗？垂柳藏在湖底的心事不可知，人藏在窗户后面的心事也不可知，春天来了便到湖边走走，这不过是一种习惯。

一座园子便是一个世界，这个世界与一草一花相比，更直观，更易抵达，与围墙外面的世界相比，它却一草一花一般，也是精致的。人与自然的亲近不过俯拾的天然情趣，然而于一座园子而言，天然情趣固然是题中之意，人工匠心也不可或缺。众生的审美多是被动且懒惰的，总指望别人把精致之物归拢起来，端在自己眼前，自己只管欣赏，不去发现。可正是这懒惰，众生的审美又是可以被训练的，这种被训练其实也是一种习惯。于发现者而言，他或她或更喜欢散落在自然中的情趣，园子的美虽符合统计学标准，总归少了自然的散漫，这无疑是一大缺憾。其实，散是一种大美，就像淡才是人间真味一样。在诸文体中，散文便是以散安身立命的，却时常遭遇园林式尴尬。散本是散文的命脉，就像性感是女人最要命的魅力，可偏偏有人把散文当作小脚的女子，一边把眉眼描画得格外精致和玲珑，一边又奉上长而臭的裹脚布。更可悲的，偏偏还有人喜欢这精致和玲珑，似乎只有笑不露齿才配作女人，自己却转身去青楼寻花问柳去了。性感本是女人最女人的天性，反被贴上风骚的标签，似乎性感是上不得厅堂、下不得厨房的。此等审美自然是非人性的，是古代男权社会对女性的打压，久而久之，古人便信以为真，便养成一种习惯，或刻意为之，或随波逐流，或奉为圭臬，可天知道他们心底最渴望的是什么。其实，说古人并不恰当，在古人的古人时代，风气还是纯粹的、天然的，《诗经》中便不乏率真活泼的本性流露，后来却被宫廷中阉割了的八股气熏臭了。宫廷既然能造出太监这样的怪物来，自然也能造出没有性别的小桥流水来，当民间也对这种审美趣味趋之若鹜时，精致便成为一种习惯。有人欣赏精华荟萃，便有人去做精华荟萃的事，世间精致的园子便多了起来。可精致总归人工气重了些，好比人造的眼睫毛、鼻子、乳房，甚至臀部，标致倒是标致，丰满倒是丰满，曲线上的天然韵味却荡然无存。捧在手心端详，无异一堆冰冷的硅胶。此刻，躺在我眼前的这座湖便是人工的，围在湖堤边的假山也是人工的，这人工的线条都是比了尺子画出来的。站在人工湖边，无论如何都不会生发跳进去的冲动。人工湖的水少了流动，水质自然不够清澈，倒映在湖中的树影虽添了几许自然，只是这翠绿的丝线来自湖边的垂柳，光线暗淡下去，这依依的自然便杳然无踪。不过，园中的人大多还是喜欢这修剪过的风景的，毕竟在一座钢筋水泥的城市，能够有一座园子也是一种奢侈，更何况，欣赏别人发现或制造的美，一直是众生的习惯。

我也时常在这座园子走动，只因它位于我上下班的途中。走在一座园子里，终归比走到大街上惬意一些。这儿虽缺少一些田野的生气，可它毕竟聚集了花草树木和流水，退而求其次也是人习惯性的选择。倦了累了，便坐在湖边想一想园子外面的世界，也是一件不错的事。湖的四周很干净，湖水却难以说清颜色。独自在园子里行走似乎很清静，其实也不清静，园子里的世界与园子外面的世界并无二致，就像眼前这湖不干不净的水，你既不能用浑浊来形容它，也不能用混沌来形容它。它仿佛一个风尘女子，浑身散发着暧昧的气息。这暧昧不只盘桓在湖水中，如果你把目光投放到岸边跳舞的人群，那人群也是暧昧的；如果你把目光投放到园子四周的小树林里，树林里的身影也是暧昧的；如果你把目光投放到园子之外，暧昧似乎是渐渐暖起来的春风，它俨然一个季节的基调呢！

暧昧也是生活的基调，生命从出生那天开始，便被这晦暗不明笼罩：入幼儿园要托人情，是暧昧的；上小学、初中、高中、大学要托人情，是暧昧的；入职、升职要托人情，是暧昧的；做生意、揽项目要托人情，是暧昧的；打针吃药、看病住院要托人情，甚至被送到火葬场还要托人情，依然是暧昧的。暧昧花式繁多，层出不穷。世上最暧昧的东西便是权钱性，这三种东西勾连在一起，才是真正扯不断、理还乱的，才是真正打断骨头连着筋的。权钱性大多是物，又并非完全意义上的物。权凌波微步于钱和性之上的姿势固然美妙，权沦为钱和性的砧上肉也很煎熬，权钱性貌似如胶似漆的铁三角，实则上更像一架暗藏玄机的绞肉机。当然，也有亲密无间的，官人、商人、情人三位一体，商人既是利益掮客，又为床上尤物，权力坚挺于后，钱性冲锋于前，俨然江湖上的绝代双骄，又似舞台上的合体双簧。这样的剧情宛如神仙情侣一般，连高高在上的老天爷都会嫉妒的。当然，这仅是当代权钱性演绎出来的风景。在旧体制中，权俨然主子，钱和性不过是体己的丫鬟，密室深谈或有，操纵之心却无，颠鸾倒凤或有，登堂入室却无。也就是说，在古人那儿，权钱关系是单向的，权性的关系也是单向的，或因这单向性，才不时制造一些传奇或佳话出来，或如开仓施粥济贫的善人，或如怒沉百宝箱的佳人。古人即便做交易也是有底线的，可不知从何时起，突破底线就像脱掉底裤一样简单，官商勾肩搭背，妓女嫖客出双入对，酒店、歌厅、桑拿、发廊、洗脚屋到处充斥了荷尔蒙的味道，性像吃饭一样随随便便，明知可能染上梅毒，依然乐此不疲。官商联体说到底就是吸食大麻，上了瘾便戒不掉，瘾犯了不抽几口，是会出人命的。权性勾结又仿佛虐待狂偷情，他们偏好52度灰，自虐或受虐都是一种享受，离开了皮鞭和尖叫，也是要死人的。权是稀缺资源，钱性是扩张资本，这样的联姻剧本狗血般铺天盖地，或精彩绝伦，或千篇一律，就像我所在的城市——"塌方式腐败"最精彩的地方根本无须想象，就像矿难根本无须彩排一样。塌方似乎是这片土地的习惯，就像滑胎是习惯性流产者的习惯。地下掏空了掏地上，地上掏空了掏空气，空气掏空了掏什么？只是这习惯一旦从毛孔深入到骨肉中去，该来的总归会来，官商交媾欠下的风流孽债还要官商来还。患上艾滋病事小，惯性出轨事小，抑郁或被抑郁事小，要命却体大。

我浸润机关文化近30年，离权力也很近，深知最难打交道的那部分人都是奴才熬成主子的，他们俨然"夹心饼干"的中间部分，甜不得，酸不得，也苦不得。这部分人未发达之前，端茶、倒水、点头、哈腰、谄笑，见到任何人都一脸温驯，可一旦飞黄腾达，便摆出一张臭脸来，颐指气使，架子最大，官气也最盛。这些人当年甘心为奴才，为的便是今天有机会做主子。半生奴才，半生主子，做什么像什么，倒也滋润平衡。乍一看人情练达，可实际上人生不一定通透，可很多人却习惯了把职位高低当作衡量成功与否的指标，这也是机关文化的思维惯性吧。这些年来，大家都在惯性里行走，习惯了以习惯对待习惯，大家便习惯性地变成阿谀奉承者。大家心照不宣，习惯了三缄其口，因为大家知道，谁打破习惯谁便是破坏潜规则的人，谁便可能是第一个倒下的人，大家便习惯性地变成沉默者。而我是个过敏者，在未脱敏之前，我在一个多灾多难的春天写下这样的诗句：

> 我必得扎紧篱笆，学会首鼠两端
>
> 既不恨，也不哭
>
> 我必得把自己修炼成金刚不朽之身
>
> 置身是非之外
>
> ……
>
> 我必得麻木，必得睁一眼闭一眼
>
> 必得在活着的时候，不说灾难
>
> 在死去的时候，不说浪漫
>
> 我必得狠一狠心，将脏水和孩子一起倒掉
>
> 我必得收回诅咒，打烂牙齿
>
> 让碎玉和灾难一起下咽

这个春天，我莫名地敏感花粉

我厌倦了虚伪和无耻

我必得更虚伪，才能活得更真实

我必得更无耻，才能死得更高尚

股市的逻辑

突如一夜春风来，千朵万朵微云开，微信颠覆信息传播习惯的速度，远比短信、QQ空间、博客和微博来得更为快捷和猛烈。在微信的世界里，人人都有资格登上舞台，人人都是表演者，当众生都是主角的时候，世界便是一片混沌或狂欢的海洋。我曾在微信上看到一段创意舞蹈，这段舞蹈看似简单，却仿佛一种暗示：蔚蓝色的背景，每个舞者都是一个轮廓。是的，将表情消解，以轮廓呈现，这时，轮廓竟然可以组合出比表情还丰富的图案，譬如山川，譬如动物。轮廓仿佛众生本相，模糊拥有最多种可能，这是人的创造性模仿再现，还是原始审美情趣回归？遗憾的是，我们早已习惯了相信表情，离线条的世界越来越遥远。不可思议的舞蹈实验，却是想象力的另一出路，就像网络为我们开启的另一扇窗。这段舞蹈令我惊疑，我在想，如果把一座园子也变成一个轮廓，它会是什么样子呢？

或许，它是一幅黑白剪影；

或许，它是一张蝉蜕或蛇蜕下的皮；

或许，它什么也不是……

想起另一座水池子。

出迎泽公园西行，过一个路口便是南宫广场。很久以来，南宫除了周末一直冷冷清清，最近又热闹起来，杠杆撬动的股市盛宴有多么热烈，盛宴谢幕后的一地鸡毛就有多么惨淡。不过，在这个春天，股民还不知道什么叫股灾，就像20世纪末开启网络股行情的时候，股民还不知道什么叫B2B。1996年，单位安排我下乡扶贫，我无所事事，便随波逐流，混入股民行列期望为自己脱贫。那时的南宫古玩、书画市场生意火爆，证券交易大厅更是人声鼎沸，我每天在老股民中间走来走去，散碎银子没有挣下几个，散户的辛酸和血泪却收获了几大筐。这座城市的第一代股民大多是从南宫摔打出来的，那时候，南宫不仅是民间股票投资讲习所，还是股票资讯传播中心，即使在别的地方开户的投资者，收盘之后也会聚集到这里来。每个交易日下午，我都会站在交易大厅前的小树下，听老股民讲故事，而所有的故事讲到最后，都是一声叹息：每天泡在股市里的，都是赔钱的。长线是金啊，老股民人人知道，人人做不到，而真正做了长线投资的，都是生活中出了意外的。不管冬夏，这样的故事都要讲到夕阳西下，第二天太阳升起的时候，前一天的故事又在重复上演。新千年以后，股民大多从交易现场转战到网络上去了，老股民还像周末淘宝的古玩爱好者一样顽固地盘踞在这里，延续着第一代股民的血脉和香火。这些老股民差不多都成了职业股民，他们不追随网络大潮而去，很重要的原因便是舍不得这个地方，舍不得在这儿养成的习惯。记得香港回归那年，资本市场波诡云谲，看到大批新股民蜂拥而至，老股民个个胆战心惊起来，有的人买进卖出，竟然靠门外停放自行车多少来做判断。老股民大多患有"恐高症"，即使行情刚刚蹒跚出底部，他们已然有些不适应。他们坚守熊市养成的见好就收的习惯，不仅不为新股民的疯狂所动，反而为新股民的不怕死担忧。在熊市摸爬滚打多年，能够活下来的老股民心理素质都是过硬的，可他们能承受下跌之重，却承受不了上涨之轻。股市的疯狂波及扫马路的大妈，老股民依然拒绝传染。他们的淡定是用血泪换来的，他们熟悉这儿的一呼一吸、一草一木，相信自己的风险嗅觉，可股市却在他们的胆战心惊中一路走高。终于，老股民成为新股民嘲笑的对象。终于，老股民也不再淡定，他们发现自己频繁买进卖出不过是在为证券公司打工。终于，老股民也像新股民一样，敢冲敢打，一往无前了……而轰轰烈烈的牛市，也在老股民的最后疯狂中轰轰烈烈地谢幕了。

　　每次行情来临，启动的情景惊人相似，谢幕的情景也惊人相似，股市的故事从来就没有新版本，而老股民却永远都是股市的晴雨表。老股民最迷信习惯，老股民也多死于习惯，老股民的交易习惯是在时间中熬煎出来的，且越老越固执，老股民迷信经验，不相信技术，而他们的经验却总在最后时刻失效。换句话说，老股民不绝望，股市不见底；老股民不疯狂，股市不见顶；这似乎一个铁律，而为这铁律背书的，无疑是人性。可老股民一直挣扎在这铁律里，痴心不改，即使互联网横空出世，他们依然不愿离开这里，就像老人不愿离开故土。无疑，老股民是可爱的，他们像农人守着庄稼一样，守着这座屠宰场，像农人守着时令一样，守着这里的空气，守着空气中的不安和焦虑。无疑，老股民也是悲哀的，他们沧桑的身影仿佛南宫老式建筑投下的轮廓，仿佛时光蜕下的一堆皮壳，这皮壳是脆的、空的、透明的，还是满满当当的。在这风一吹就会响起呼哨的皮壳里，藏着他们的悲欢，藏着他们的习惯，还藏着他们的投资逻辑。老股民都懂得，股市是一种趋势，股市的趋势最终必然走向极致，顺势而为是投资之道，他们却总在顺势而为的高潮中欢乐至死。顺势而为无疑是股市最大的习惯，只有熟谙习惯，时刻与习惯并行，却又时刻游离在习惯之外的人，才可能在股市涅槃，可这种人是极少数。老股民都渴望自己是极少数，渴望自己某一天得道成仙，渴望自己超脱于股市之上，仿佛或穴居或草丛中爬行的蛇，渴望蛇一样习惯性蜕皮，蛇一样习惯性脱胎换骨，蛇一样昂着头，探寻空气中灾难的讯息，又蛇一样敏锐地出击。这样的人才是股市最后的赢家，但他们是极少数……

我也算一个老股民，这些年却很少去南宫走动，但我知道，股市这座水池子比迎泽湖的水更深，更浑。浑水中的故事多年来总在重复同一剧本。恐惧，绝望，贪婪，疯狂，股市看似一座封闭的水池子，其实并非独立的水池子，在这座水池子之外，还联通着一座更大的水池子，这便是人性和欲望。牛、熊仿佛两个馅饼，股市只不过是以此为饵反复培养人的思维惯性，人性只不过是惯性的润滑剂。或者说，股市就是实验条件反射的笼子，股民不过是关在笼子里的实验对象，股市还是一池温水，股民不过是被惯性的温水煮熟的青蛙。

骑在牛背上的人，是不能够看到完整的牛的；骑在熊背上的人，也是看不清完整的熊的；而人性的弱点恰恰是自以为自己是个例外。在这个多空各占50%的随机游戏中，缺憾本是常态，却总有人幻想完美，这完美便是毁灭。

在一个偶然场合，我曾听朋友讲过一个有趣的赌博故事：猜硬币的正反面。故事的真伪无从考证，细节也不太清晰，轮廓或象征意义却意味深长。

那是一个漆黑的夜晚，一众赌徒聚集在一座密不透风的房子里。房子分内外两间，赌徒们围坐在外间的赌桌旁，掷硬币的人则关在里屋里，与外面隔绝。在两间房子的隔墙上凿有一扇很小的窗户，类似车站卖票的窗口。每次下注完毕，掷硬币的人便会在窗口放上一个托盘，托盘里随机显示的正反面便决定着赌徒们的命运。

非正即反，非输即赢，决定命运的方式极其简单，也极其残酷。这是典型的随机事件，正面与反面发生的概率各占一半，赌博的魅力便是以50%的概率博取100%的机会。博弈在乎心理，更在乎运气，人的心理波动难以揣测，赌徒们便把输赢押在看不见、摸不着的运气上。可到了后半夜，出现了一件奇怪的事：托盘里连续数次出现的都是正面。这无疑是一件小概率事件，理论上发生的概率几乎为零，于是，摇摆在正反两面间的赌徒们便争相去押反面。可奇怪的是，托盘里显示的结果依然是正面。伴随着正面雷打不动的反常出现，赌徒们押反面的决心越来越大，筹码也在不断加码，不到天亮，所有的赌徒都输了个精光。众人哗然，怀疑庄家作弊。赌徒们瞪着血色的眼睛，一拥而进隔壁的小屋，却发现掷硬币的人早已直挺挺地躺在窗口下面，不知道什么时候一命呜呼了。

心动的输给心不动的，死人才是最伟大的赌徒，不可战胜。

“理科男”的奇思

人有惯性，自然也有惯性，譬如这季节吧，或阴或晴本是季节多变的惯性，近些年环境遭到严重破坏，季节的惯性便有加速的趋势。惯性被加速无疑是事物脱轨的前兆，极寒，极热，暴雨，暴雪，还有频仍的地震、火山、海啸和融化的冰川，自然变脸也就罢了，恐怖主义、极端宗教组织也赶来凑热闹，人与自然都想过把瘾就死，这世界到底怎么了？

人世间最大的惯性其实是人性，人性最大的惯性其实是欲望，欲望最大的惯性其实是占有，占有最大的惯性其实是贪婪，贪婪最大的惯性无疑是恐惧：恐惧失落，恐惧失宠，恐惧失势，恐惧失败，恐惧一无所有……人性在极端的轨道中滑翔，仿佛一朵绚烂的烟花在半空盛开，迷狂的人越是想把这虚幻死死抓在手里，这虚幻便越发缥缈，地心引力与挣脱地心的欲望鬼魅相随，恐惧在夜风中摇荡，烟花熄灭的瞬间，便见一地鸡毛。世间万物都是从低潮走向高潮、从高潮走向低潮的，向上或向下都是一种惯性。人在这惯性中间沉浮，荒谬或悖论便野草般成长为一种常态，就像牛顿第三定律是刺破牛顿第一定律的矛一样，在引而不发的万有引力面前，惯性的盾是无力画出彩虹的。

在人的惯性思维里，"理科男"似乎是一枚不懂情趣的标签，可看到一位"理科男"发在网上的帖子，我觉得这样的评价无疑是一种偏见。这位"理科男"应该是90后，他运用生理学原理和物理学原理设计了几种泡妹方式。看到他的奇思妙想，我这个老"理科男"在大跌眼镜的同时，也为后辈的另类才智雀跃。

第一类方法源自生理学，或可称之巴甫洛夫泡妹法，理论依据自然是巴甫洛夫著名的条件反射实验。条件反射，我总觉得这个词充斥着贬义，可经"理科男"精心包装一番，这个词便变得格外美好起来。是的，所有的美好都是从早晨开始的，当你心仪的女神打着哈欠、睁开一双萌萌的大眼睛时，你一定不要忘记把一份精心准备好的早餐送到她的面前，不管她问你什么，你都三缄其口。是的，坚持是金，沉默也是金，如是一月或两月，直到她对定时早餐习以为常。是的，习以为常，就像她习惯了伸出小手便接到鲜花，撅起小嘴便收到巧克力，美好越来越触手可及，这时你却让所有的美好突然停止下来。是的，这样做似乎有些残忍，看到她失落的表情你会十二分不忍，可想到她楚楚可怜的目光正四处寻找你的情景，你会不会心花怒放呢？是的，收获爱情的季节来临了，不管你的女神多么矜持，在你无声而密集的爱情攻势面前，她的防线瞬间便可能轰然倒塌。

对巴甫洛夫泡妹法进行升级，便是斯金纳泡妹法。斯金纳操作性条件反射实验是在箱中进行的，这只箱子也被称为斯金纳箱，大约0.3米见方，箱内装一根突出的活动杠杆，杠杆上有灯光，杠杆下有与食物贮存器相连接的食物盘，箱内关着一只白鼠。白鼠按下杠杆，便有食物滚入食物盘，白鼠即可饱餐一顿。白鼠如果什么都不做，便只好忍饥挨饿。杠杆与记录系统相连，白鼠的行为可通过程序改变和控制。在这一实验中，白鼠必须做出实验者所期望的反应，才能获得"报酬"，否则，它将一无所有。

无疑，这是一种正强化，应用这一原理去泡妹，会发生什么有趣的事呢？

她对你微笑，你便在她的抽屉里放上精心准备好的早餐；她称赞你，你也在她的抽屉里放上精心准备好的早餐；她无意间来到你的房间，你便赠她奶茶；她无意间触碰到你的身体，你便赠她巧克力；她对你表示厌恶，你便把她厌恶的东西不动声色地放在她的抽屉里……一切都在缄默中进行，正强化为主，负强化为辅，如此反复，层层递进，她还能忽略你的存在吗？你还担心她做别人的新娘吗？

第二种方法是量子力学的，名为薛定谔泡妹法。薛定谔的猫是个不怀好意的实验，霍金当年就恨不得拔枪把这只猫打死，可在90后"理科男"的眼中，科学就是科学，与任何说教无关。薛定谔把一只猫关在一个封闭的盒子里，盒子内安装了一个放射性原子核和一个有毒气体装置。放射性原子核衰变与否的概率各占50%，如果衰变发生，衰变产生的粒子打开毒气，猫被杀死，如果衰变不发生，猫仍然活着。随机和概率是薛定谔猫实验的实质，它的不可知让猫的生死变得神秘莫测。你每天早起的第一件事，便是去掷硬币，如果硬币显示的是正面，你便把精心准备好的早餐放到女神的抽屉里，如果硬币显示的是反面，你便一个人发呆。你的送餐行为是独立的、随机的，女神打开抽屉前并不知道会发生什么，早餐有无于她永远是未知存在。天长日久，女神定被这一现象所吸引。这个时候，你好像薛定谔神秘的猫，你量子式的哀愁仿佛迷幻剂，女神一旦陷落到你的迷局当中，她还能自拔吗？

把海森堡测不准原理应用到这一方法中，事件将越发扑朔迷离。

你每天早起的第一件事，便是去掷硬币，如果硬币显示的是正面，你便将准备好的早餐搅拌成糊状，精心包好后放在女神的抽屉里。如果硬币显示的是反面，你便拍一张完整的早餐图，并配上食谱，一并放到女神的抽屉里，然后一个人发呆。如此一来，女神要么吃到了早餐，却不知道吃的是什么；要么知道早餐食谱，却什么也吃不到。女神被你搞得神魂颠倒，你还愁她这辈子不陪你发呆吗？

当然，"理科男"的想入非非只不过是一场游戏，人不会轻易被关进笼子或箱子里，也不会生活在量子世界里，但透过这游戏的背后，你是否隐约感觉到一种无名的悲哀？

"清明时节雨纷纷，路上行人欲断魂。"搭乘郝川的车返乡祭祖的途中，我一直注视着车窗外迷离的春雨，我觉得这春雨是一种哀愁，仿佛我习以为常的忧伤。我喜欢忧伤的事物，这或许是诗写者的习惯，而郝川是山大二院的泌尿科专家，也是个"理科男"，他更喜欢严谨、条理和精确。我从口袋里掏出一包烟，示意郝川抽一支，他摆摆手，朝我随和地笑一笑道，我开车时不抽烟。我知道郝川平时是抽烟的，便也笑一笑，自己点燃一支烟，把烟吐向车窗外。郝川或许从我的笑里感觉到了什么。他说，我一个人开车也抽烟，车上坐着人从不抽烟。开车必须精力集中，你要对坐车的人负责。我想，郝川的思维方式是一种职业习惯，他说话的语速平缓而冷静，显然还是一种职业习惯。郝川说，如果实在想抽烟，我会把车停在路边，人坐的时间长了会得前列腺炎，下车走动走动对身体有好处。我喜欢郝川手术刀般的理性，而他的行事方式其实也是一种惯性，望着他笔直的身体侧影，我想起牛顿爵士，想起这位痴迷于炼丹术的物理学家：

灰，53度。一场雨穿过，天空清且明
巴甫洛夫和他的狗守在远方
那儿叫俄罗斯，也可以叫任何一个名字
那条狗叫狗，也可以叫任何一种名字
命名是最性感的惯性
条件反射也是一种高潮

早上好，牛顿爵士！今天还去炼丹吗？
哦，你不要目中无人
这些不过中国皇帝玩剩的把戏
在酒中添加重金属，在惯性中练习滑翔
或逃生。牛顿爵士
你的傲慢不过舌尖上的第53种味道
没有什么能挡住皮鞭和尖叫
我发誓在天空撕开一线蓝
但并不意味着
我会把狗理想主义的尾巴割掉

我在手机上写下这首诗，随手发到微信好友圈里，也是一种习惯。

惯性的轨道

W君离婚了。郝川说，眼睛望着前方。
一桩死亡婚姻，总算解脱了。我说。
真替他高兴。郝川说着，竟然把手伸向我的烟盒。

我也是，回家找他喝两杯？我逗郝川道。

好啊，陪他好好开心一下。郝川边说边把车停靠在路边，他的确是个严谨的人。

路边的草色开始返青，不过，那青色近似无，就像我吐到空气中的烟。

知天命之年，婚丧嫁娶、生老病死见怪不怪，当今的婚姻似乎也不像原来那样神圣，鞋不合脚便换一双，年轻人更不会因为离一场婚就死去活来。不过，我的同龄人对待婚姻还是慎重的，不到万不得已不会轻易拆散家庭。想到W君名存实亡的婚姻，我一度为他难过，可W君并未因此而传出绯闻。我敬佩的同时还为他感到遗憾——一生最好的年华就这样虚度了，是否值得呢？我突然问郝川，你是医学专家，你说有的人为什么要出轨？有的人为什么就不出轨？郝川笑道，从专业角度看，有两种因素不可忽略，一是心理饥渴，一是生理饥渴。"饥渴"一词令我惊讶，没想到"理科男"用词也如此生动。我瞟了郝川一眼，问道，有没有心理生理双重饥渴的？郝川说，当然有啊，人一上百，形形色色，有一种人天生性饥渴，离开性没法活，这种人就像吸毒一样，一天不做爱就难受，也算一种病吧。我问道，欲火烧身，身不由己？郝川道，是的，欲壑难填。我见过这样的女人，别人都说她滥情，其实是生理原因，她也控制不了自己。我说，看来生理出轨是一种习惯，不偷人会死人的。心理出轨更像猫偷腥，找刺激，心中有愧就回去了，还有救。郝川道，生理出轨是习惯，生理心理双重出轨是惯性，不可救药……

双重饥渴的话题让我想到发生在日本的一则新闻。日本警方逮捕了一名涉嫌违反《儿童色情禁止法》的男子，名叫高岛雄平，60多岁，曾任横滨市立初中的校长。在案发前的20多年里，高岛雄平对多名女性实施了性行为，她们的年龄从十几岁到七十多岁不等，未成年女子竟占到一成。从十几岁到七十多岁，这该是怎样的性癖好呢？更奇葩的，高岛雄平还拍摄了所有女子的照片，并对14万张照片分门别类进行了编号。14万张，这又是怎样的一个数字呢？"艳照门"与之相比，是不是小巫见大巫呢？关于拍照动机，高岛雄平如是回答警方："为了留下回忆。"

回到车上，我把高岛雄平的故事讲与郝川听。郝川道，此人的行为不只是生理需求，一定还有深层心理原因，人一旦滑到惯性的路上，没有外力几乎不可能自行停止下来。郝川的话提醒了我，我觉得高岛雄平最像牛顿第一定律的人文标本，在他近乎病态的心理深处，牛顿第一定律竟然是适用的。牛顿"质点"状态不存在，接近于牛顿"质点"状态的心理变态却存在，人要是一门心思变异起来，无疑是卫星脱轨，谁还能把他拉回来？我一直望着前方，在想高岛雄平到底是个什么样的人，我能感觉到车向着故乡方向奔跑的速度，却听不到车窗外呼啸的风声。郝川也一直盯着前方，他看到我沉默，突然感慨道，世道真的变了，在我们出生的年代，出轨就是天大的事，会被戳断脊梁骨的。人性被道德绑架不对，可人要一点道德感都没有，那还是人吗？我说，做什么都有一个度，就像你们开药方，剂量合适可以治病，超过剂量，再好的东西都是毒药。郝川说，人身上的很多东西都是天性，天性也是习惯，有好有坏，好的习惯就是创造力，坏的习惯就是藏在身体里的毒瘾，想剔除干净几乎不可能。我说，性也是一种天性吧？可禁锢久了，从笼子里放出来就变成洪水猛兽。郝川说，其实，凡事自然就好，越自然越好。我说，自然也有度，凡事过了度，都是令人不堪的。郝川点点头。之后，我俩很少说话。我斜倚着靠背，有些昏昏欲睡。

世上的事没有无缘无故的，就像有一个女人出轨，便有一个男人不守本分，红杏出墙并非女人的专利，可舆论更关注墙上的红杏，无意间便忽略了骑在墙上看风景的人。这种忽略也是一种惯性，一种性别歧视。花花世界，万紫千红，出轨的理由像花开的方式一样多，撇开饮食男女、两情相悦的天经地义，生理、心理、性格，以及社会、家庭、经济、风俗等也是重要影响因素。在这诸因素中，生理性出轨最像习惯性流产，只要开了头便挡不住，《金瓶梅》中的诸男女便是这样一群尤物。在小说中，西门庆和潘金莲、李瓶儿除了吃饭穿衣，每天惦记的便是男女之事，且不玩出花样誓不罢休。他们的做派与中国传统文化格格不入，潘金莲、李瓶儿们自然要被扣上淫荡的秽名，西门大人自然要被看作天下一等一的淫棍，《金瓶梅》自然就是不折不扣的淫书了。抛开滥交之类的性变态，所谓淫，实质上便是性爱过度而已。性爱本是世间最美好的事物，只要不伤风化，只要不妨碍别人或别人的家庭，便无可厚非。可在男女授受不亲的文化习俗里，性是丑陋的，还是只可黑夜里做、不可白日里说的。国人谈性色变，潜意识里便集体性压抑，女性表现得尤甚。据性学家调查，中国女性性冷感占比远高于西方女性，除了生理结构差异外，文化差异也是重要因素。文化惯性竟由人的心理影响到人的生理，可谓一把杀人不见血的软刀子。譬如性感这个词，长久以来一直是羞答答的，有人甚至把性感等同于性欲，把性欲强烈的女子等同于青楼女子，这无疑也是一种习惯性偏见。习惯性偏见一旦被符号化便变成一种文化惯性，脸谱化的文学艺术只不过是将这种惯性固化和极致化罢了。

雨停了，阳光穿破云雾，故乡方向的天空格外明亮。很久没有看到如此晴朗的蔚蓝了，我指着南边那片一尘不染的天空让郝川看，郝川说，家乡就是干净，就是阳光。

我说，阳光的，便可能是健康的。

郝川说，阴暗的，便可能是霉变的。

我说，霉变到一定程度，便可能长成毒瘤。

郝川说，这毒瘤烙在人体上，就是胎记。

我说，习惯性出轨如此。

郝川说，习惯性流产如此。

我说，习惯性告密如此。

郝川说，习惯性受虐如此。

我说，习惯性表演如此。

郝川说，习惯性传染如此。

我说，一个人长期浸润在霉变的习惯性酱缸里，会变成什么样子？

郝川说，我被你传染了，我俩是不是在说双簧？

我哈哈大笑：在你的职业生涯里，你最厌恶的病是什么？

郝川被我问住了，一时竟回答不上来。

我提示道，是癌吗？

郝川摇摇头，不，是艾滋病。

我心领神会，郝川却突然反问道，你最讨厌什么？

我想了想说，习惯性。

2015 年 3 月—4 月　一稿于太原

2016 年 5 月—6 月　二稿于太原

2017 年 3 月　　　三稿于太原

第八宗罪

在我的身体上，看得见的最丑陋的部件无疑是牙齿。家乡的水质含氟量高，我从不在意乡人的满口黄牙，对自己参差的牙齿也漠不关心。仿佛丘陵有沟壑、岩石有罅隙、镰刀有豁口，牙齿有瑕疵天经地义。当然，这都是年少时的想法，进城之后，我自觉或不自觉便恪守了笑不露齿的古训，并非有教养，而是满口不自信；尤其照相的时候，我会嘴唇紧闭，就像人有意无意把心底的恶念隐藏。我有时想，如果把我的牙齿放大，会是峡谷里林立的怪石吗？牙齿似乎我的暗疾，关于牙齿的记忆便沉淀下去，这沉淀也是一种暗疾，一种遮蔽。在潜意识深处，我相信牙齿好坏是先天遗传，无法改变，也无须改变。补牙或是补救方法之一，但在牙齿未松动之前，我从未动过这样的念头，至于冷光美白之类的现代工艺，我连想都没想过。我不愿暴露自己的丑陋，不屑于作假，但这并不妨碍我羡慕牙齿整洁的人，尤其牙齿光洁如玉的女子。我觉得齿白如玉的人都是漂亮的，想一想她们被白玉衬托出来的笑容，都是一种享受。

在我的儿时经验里，牙齿是寻常之物，又是神秘之物。上牙掉了，便把它埋在土里；下牙掉了，便把它扔到房顶上——这是乡人的待牙之道，乡人虽不护理牙齿，但"身体发肤，受之父母"，乡人对牙齿的身后事还是不敢怠慢的。进城以后我才开始刷牙，每天在镜子前与牙齿照面，儿时的神圣感消失，牙齿回归寻常之列，直到牙疼反复发作，才发现自己长了龋齿。是的，牙齿虽是日常咀嚼必须之器官，我却很少正视它，更没想过满口坏牙也会长成龋齿，甚至以为坏牙便是龋齿，龋齿便是坏牙。知道自己也长有龋齿时，左下第三颗牙齿已被蛀成空壳，除了不断牵动疼痛的神经，它不再有任何作用。坐在牙科诊所，大夫很惊讶，这是颗龋齿，早烂掉了，你怎么现在才来治？我半张开嘴微笑着含混不清地说，是吗？我以为黄牙就是龋齿。大夫也笑了，黄牙是黄牙，龋齿是龋齿，怎么能是一回事？大夫用金属镊子敲打着大小不一、高低不齐的牙齿，或许在牙齿间发现不少异物吧，她狐疑地问道，你不刷牙吗？我说，刷呀。大夫摇摇头，你抽烟很厉害吧？我却说，我的牙是天生的。大夫大概觉得我有些古怪，便直截了当问道："拔掉？"我说："拔掉。"

大夫把拔下来的牙齿放到托盘里，端到我的面前，表情复杂，我却像在欣赏战利品。这是我第一次看到龋齿，觉得它是一枚掏空的玉米壳，我想用手指搓一下，犹豫一下还是作罢。我不知道别人的龋齿长什么样子，反正我的龋齿就是一枚玉米壳，像极了祖母当年粮仓里储藏的玉米。祖父去世以后，农村不再缺粮，祖母便把储藏多年的玉米当作饲料粜给大队。那些玉米颜色暗淡，用手指轻轻一搓便碎了。

上网查阅资料，我才明白所谓的龋齿，"系指龈肿腐臭，齿牙蛀蚀宣露，疼痛时作时止的病症"，也叫虫齿。如此专业的表述出自《内经·寒热病篇》。我对医学知识知之甚少，在故乡，我只知道乡人把坏了的牙统统叫作虫牙。

如果不是连续三次牙疼，我是不会去医院的。我肝火旺盛，火气总在鼻子或口腔处找出口，后来居然跑到牙龈上。春夏之交，牙疼不断骚扰，我不得不去看大夫。镜子里看到自己肿胀的腮帮子，我想起母亲。母亲经常牙疼，看到母亲躺在炕上疼痛难挨，比炕高半头的我不知所措。牙疼不是病，疼起来真要命。母亲几乎眼泪汪汪了，祖母却很淡定：是树义他老奶奶又嘴馋了，去给她弄点好吃的，到村东头烧两炷香，磕俩头，就好了。祖母话音刚落，母亲的牙疼便减轻许多。母亲本来一手捂着右腮，一脸痛苦状，这时却从炕上一骨碌坐起来，破涕为笑。我对这幅场景印象深刻，觉得牙齿或许便是家族传承，就像托梦一样，祖先可以通过这骨质的根系向后人传话。事实上，乡村的确存在很多古怪的事，不管你信与不信，它就是灵验。父亲身为教师竟也相信魂灵。父亲告诉我他成年后还被多次"叫魂"。"叫魂"是故乡古老的习俗，孩子受到惊吓哭个不停，家长便去"叫魂"，仪式因陋就简，心却极诚恳。孩子丢魂可以理解，成人丢魂也不难理解，可成人也被"叫魂"就有些不可思议了。我弄不明白乡村的很多事，每次看到母亲用祖母传授的"偏方"治牙疼，且屡试不爽，只得半信半疑。不过，我是不可能采用祖母的"偏方"治牙疼的。进城之后，乡下的很多事渐渐淡忘了，现在回想，乡人的朴实与其说是一种本性，毋宁说是一种敬畏。乡人不在庙宇打诳语，不在祖宗面前打诳语，即使路经坟地，也是谨言慎语。乡人不敢自以为是，只好把希望寄托给神灵，寄托给古老的物事，村东头那棵老槐树倒下三十多年了，树桩至今依然突兀地站在村口，仿佛村庄的守护神。

一年之后，我的两颗上门牙也出现问题。这一次没有牙疼，但有碍观瞻。吃饭时总有东西塞在牙缝里，我未在意。不久，门牙中间仿佛被锥子刺穿一般，留下米粒大小的洞，洞的边缘呈褐色，我也未予理会。某一天，我觉得门牙上落着一只苍蝇，仔细端详才发现黑豆样大小的洞已足以穿过一支筷子。我不敢开口说话，不敢张嘴大笑。第二次走进牙科诊所，我一副熟门熟路的样子，还未等大夫问诊，便毫不犹豫告诉她把我的两颗门牙拔掉。

有两颗光洁的瓷牙装点门面，照相时我也可以咧嘴一笑了。瓷牙颗粒硕大，光洁度惹眼，与其他牙齿相比，似乎有些鹤立鸡群的味道，可它毕竟是假的，也是我身体里第一样、唯一一样假的东西。牙齿无疑是人体中最结实的部件，细菌竟能把它销蚀为空壳，我对细菌甚至有些敬仰了。当然，细菌摧毁骨头的过程并非一朝一夕，即便如此，这骨头毕竟一直在接受舌头柔软的舔舐，这骨头毕竟是人体在黑暗中唯一发出光泽的东西，我对它的陨落还是有些伤感的。

　　电影《七宗罪》是解密谋杀动机的。
　　在一座灰暗、潮湿、肮脏、混乱的城市里，除了连环杀人案，还有美女、性和心理分析等涂抹了荷尔蒙的调味品。当然，宗教、忏悔和尖叫同样不可或缺。西方人讲故事也很程式化，就像我们与政治有关的文字都会打上八股的烙印。只不过，西方的程式是暴力、性、美女、英雄以及宗教，更贴近个体生命的日常饥渴或需求。东方的程式则是脸谱化，个性被淹没了，集体主义便以统计学的方式机械而黑白分明地呈现出来。《七宗罪》既然为好莱坞经典，显然不会简单重复一个连环杀人故事，如此便老套了；也不会只撒一点性的味精，如此不仅老套，还不可救药。性最接近舌头的本性，或者说，性仅是一餐剧烈的消食运动，并非实证主义的心电图。或许发明了测谎仪的缘故吧，许多西方故事都以探测人性的名义贴上精神分析的标签，罪与非罪摸爬滚打一起，缠绵如麻，在汗腺或迷雾中窥视或潜行的艺术便显得前卫或后现代了。其实，所谓谜团仿佛乡村古老的习俗，仅是肉眼无法看清也不可能看清而已，谜团产生的动机与迷信或宗教诞生的心理却如出一辙。看不见便恐惧，与生俱来的影像便会投射出某种威慑力，你会像接受阳光一样心安理得，又会像接受黑暗一样无所适从。迷信或宗教让人敬畏，敬畏便如潺湲的流水；无法窥透的心理会营造出恐惧气息来，这气息便空气般无处不在；于是，人一边把天地或上帝敬若神明，一边在自己心里藏起一个神来，让心中的神与罪同在。

生活中杀人不常有，有罪的行为却司空见惯，我不能说这是人先天携带的病菌，不过，带病或带毒运行的行为确实是生活常态。有罪的行为呈现出的状态便是破坏，破坏冠冕堂皇的理由却是创建，仿佛拔牙与镶牙，仿佛毁灭与再造。我生活的城市1000多年前叫晋阳，曾缔造过近1500年的辉煌，出产过大大小小一箩筐的皇帝，北宋的二官家赵光义看见不顺眼，便一把火、一场水让它灰飞烟灭。赵二官家当然有冠冕堂皇的理由，叫参商不两立。宋之封野为商星，晋之封野为参星，"天上参商不相见，地上宋晋不两立"，老赵家想在汴梁坐稳龙庭，晋阳自然便不得活了。晋阳没了，太原还在。赵二官家命潘美在汾河对岸新修了一座太原城，此举当然也是创建。不过，宋太原城不但规模小，城墙也薄而矮，除了钉死龙脉的丁字街显得气量狭窄，几乎没给后人留下什么印象。明太原城历经数百年叠床架屋倒是像模像样了，可惜苟延到现在，残喘的古城墙仅存小北门一处。不声不响地完成如此工程的不是火，不是水，而是时光，时光的创建向来是以埋没为终极目标的。小北门旧时有一个极文化的名字，叫拱极门，很容易让人想到太极。拱极门始建的年代史称洪武，距今已600多年，如此漫长的时光无疑是一次大的轮回。拱极门能够拒绝时光的销蚀，阅尽战火、硝烟、风雨、冷暖、生死而不倒，也算得上城门奇观了。我在太原生活了30多年，地道的老城墙仅亲眼见过这一段，我觉得它是历史留下的一条弧线，有它在，一座古城，至少一座不光彩的宋城便可以从太原的记忆中隐身了。宋太原城仿佛一枚拔掉的虫齿，没留下任何遗迹，因为它在太原人的眼中是有罪的；明太原城厚重的拱极门在城市东北拔地而起，好像从旧时光中突然冒出来的巍峨，又似一枚瓷牙，反倒让我觉得怪怪的。每次经过这座沧桑的城门，我都有些恍惚：现代城市为何不再建城墙呢？城市以后难道真的不需要城墙了吗？在旧时光里，城都是围起来的，城既然是围起来的，自然就该有城墙的，可眼下的城墙却在一次次的创建中消失得无影无踪。消失之后才被惦记显得有些虚情假意。实际上，这一过程是藏着大秘密的，就像赵二官家火烧晋阳，他其实最想烧的仅是晋阳龙脉，并非"挂羊头卖狗肉"的参星。大地在，星空便在，他怎么能把天上的星宿烧掉呢？山河在，龙脉便在，晋阳的土地是无法毁掉的，毁掉的只不过是北宋的北屏障罢了。赵二官家看似一叶障目，其实他是无法跨越心里的那道坎，心底一旦长了草，便会春风吹又生，还有什么力量能挡得住？该发生的必定会发生，不论悲剧还是喜剧，都只不过是需要一个机会或一个理由而已。就像现代的城市，它非但没有拆掉城墙，反而修建了更多的城墙。那些密布的城墙便是纵横的道路，它们分割和贯通了城市的每寸土地和每个方向，让城市变得像一群蜂房。生活在更有秩序的鸟笼里，这是城市当下千篇一律的选择。当地球亲密为一座村庄的时候，城市便是一只鸟窝。消除或拉近距离的唯一方法便是把曲线捋成直线，再用直线分割出各式各样的格子。试想一下，如果城市没有四通八达的道路，何来四四方方的社区？如果城市未被道路菜畦一样切割，社区会孤岛一样散落各处吗？毫无疑问，社区便是一座座孤立的方城，道路便是一道道最矮的城墙，喜欢隐身的现代人一边把自己安放在一座座看似开放的建筑空间里，又一边在不自觉中把自己彻底封闭起来……

貌似开放的封闭便是今人制造的精神盲区，今人喜欢借助仪器抹平过去，规划未来，又常常把当下囚禁在失去自然的盲区里与世隔绝，自鸣得意。如此结局是自以为是的思维习惯造成的，自以为是便是人的第八宗罪。几年前，我与李杜一起迎着寒风在双塔西街上行走。走着走着，李杜突然说道：人类的罪其实不是七宗，而是八宗，这第八宗罪便是自以为是。自以为是还是八宗罪之首，是人类所有原罪的根，是万恶之源。那天中午我们喝了酒，我不知道这个话题是怎么引出来的，却分明记得李杜严肃的样子。我知道李杜思考这个问题很久了，那些日子我正为这座城市到处可见的工地纠结。在破旧立新和尘土飞扬里，我常常早晨穿过高高的吊车出门，晚上便找不到回家的路。我迷失在日新月异的尘埃里，李杜这番话仿佛为封闭的黑屋子打开一扇天窗，我从这扇骤然开启的天窗里看到了城市上空飘荡的一切事物，这些事物说到底都是原罪变幻出来的蘑菇。提到蘑菇，我不由联想到一类昆虫，它们绝大多数生活在野外树上、岩石间、土壤表层和地表枯叶层当中，也有一部分生活在仓库、图书档案和动植物标本当中，它们也叫虫齿，却非龋齿。虫齿蘑菇一样繁殖，仿佛无处不在的原罪，不管这原罪有益或无益，于我并不重要，重要的是我突然找到了隐蔽在事物背后的真相：创建。是的，人就是自以为是的创建者，是自以为是让人变得傲慢且不可一世，是自以为是让人学会妒忌且老大不掉，是自以为是让人动辄暴怒且振振有词，是自以为是让人变得懒惰且不时耍些小聪明……当然，贪婪、贪食和色欲也是自以为是的心理魔障在作祟，人只有彻底放弃自以为是的贪念，"不可拿，不可尝，不可摸"，才会怀念家园昨日的流痕。

七宗罪的概念是西方人提出来的，自然与宗教有关。在 13 世纪，道明会神父圣多玛斯·阿奎纳列举了人类的七宗罪：贪婪，失控的欲望；色欲，肉体的欲望；饕餮，贪食的欲望；妒忌，财产的欲望；懒惰，逃避的欲望；傲慢，卓越的欲望；暴怒，复仇的欲望。这七宗罪仿佛人的满口龋齿，神父大人以为它们囊括了人的所有恶行，却忽略了万恶的渊薮：自以为是。西方人善于实证和罗列，似乎很理性，很实用，直指被遮蔽的人性；东方人则爱说废话，爱神游，爱天马行空，貌似一副引而不发的逍遥姿势，却总在关键时刻一针见血。这或许便是东西方的文化差异吧，我只能以我的东方思维去理解西方的七宗罪。如果说神父所指的七宗罪都是人的原罪，都源自人的本性，那么，自以为是便是原罪中的原罪，本性中的本性。人的本性牙齿一样结实，却比牙齿神经复杂，本性被虫蛀是难免的，依此做出对错判断是简单粗暴的，纯粹的善恶也是不存在的。凡是人都会在不同场合或多或少地表现出一定程度的恶来，所谓善恶，只不过是本性中的原罪在现实中的表现程度而已。李杜从人性深处挖出第八宗罪来，就好比把一把利刃刺向罪的本质或源起：凡罪皆是自以为是的心理和蠢蠢欲动的欲望混合而成的产物，它弥散着精子或卵子的味道。人来到这个世界上，总归要活着的，人要活下去就需保持一种生命姿态，就需消耗一部分生存资源，人便本能地生出拥有或占有的欲望。资源是有限的，欲望是无穷尽的，拥有或占有资源的人便对同样渴望拥有或占有的人造成伤害，烦恼、郁闷、伤感、失望、绝望、报复等等不健康的情绪便因人的自以为是而荡漾开来。在人天真的愿望中，谦逊、宽容、温和、热心、慷慨、节制、贞洁是美好的，善良地活着是荣耀的，但在自以为是的心理唆使下，隐身的恶又时常牙疼般发作，生活被蒙上阴影，活着便充满各种艰辛和磨难，美好和荣耀有时竟沦为虚伪，唯赤裸裸的掠夺和占有才显得真实。活得越真实，伤害便越大，好比一句真实的话，本是扎根在善良的土壤里的，有时竟然说出来是伤害，不说出来还是伤害。真实的事物常常陷于进退两难的境地，于是，西方的祖宗发明了上帝让上帝的子民忏悔，东方的祖宗发明了佛和禅让有慧根的人顿悟。其实，上帝是不存在的，佛性或禅意却是更本质的存在，只不过，自以为是的人们为了解脱，便声称人人可以成佛或悟禅，这也是不切实际的。佛或禅貌似安慰，其实也是更深的伤害。三毛说："爱情有若佛家的禅，不可说，不可说，一说就错。"我在大四第一次读到这段话，便喜欢上三毛，却直到不惑之年才懂得三毛。毫无疑问，三毛是个有佛性的人，是个参透禅意的人，三毛正是从博大无边的佛性和冷冷的禅意里看到了伤害，看到了伤害无处不在的、无法避免的、生动柔软的触须，才把自己的文字经营得如此美好。三毛最终是被伤害感动的，是被伤害诱惑的，三毛最后不得不自己解脱自己，不得不用最残酷的方式实现自戕式的一跳——死亡虽极端，却是化解伤害最有效的终极方式。人活着多数时候是无奈、无助、孤独且悲哀的，人所谓的解脱其实就是想从七宗罪，不，是想从八宗罪中逃离出来，学会忘却，学会麻木，学会隐忍——不管是选择皈依佛门，还是选择归隐山水，或者直接进入天堂。

那么，自以为非就是对的吗？

如果说自以为是是一种病，那么，自以为非便是一道伤疤。伤疤无疑是丑陋的，但丑陋不只有伤疤一种，就像牙疼并非唯一牙病。面对丑陋人是抵触的、拒绝的，丑陋却不会因为人的不喜欢便不存在。无人天生迷恋丑陋，可生活中如果没有这些东西，就一定会变得美好吗？

行走在人世间，除了病与伤疤之外，人最不愿触碰的事物大概便是死亡，可不管愿意或不愿意，每个人一生中至少必须直面一次死亡。在死亡真正来临之前，人或会遥望死亡，或会与死亡擦肩，在这一刻，惆怅或惊悸便在悄无声息中衔枚而来，令人猝不及防。人不愿面对死亡，是因为人不愿面对结束，尤其不愿面对生命的结束；更何况，死亡的世界从来没有人能够准确地描述出来。死亡是一种惯性，就像自以为是；死亡还是一种空白，就像自以为非；惯性和空白是最具诱惑力的，也是最想当然的。我曾经问自己，死亡到底该是什么样子的？或者说，死神到底该长成什么样子的？这样的问题是无解的，因为人从未找到有力的证据。或许，我可以虚构一个死神出来，为死神设计眉毛、眼睛、鼻子、嘴巴、胡子、手、腿、脚，或者火红的头发，也可以把死神想象成一个惊艳的女子，妖冶动人，摄人心魄，但我无法为死亡准确画像。死亡只是一个符号，一个谁也抓不住摸不着说不清的符号，我们可以临摹这个符号一百回、一千回、一万回，却无法捕获它一丝一毫有动感的呼吸。死亡也是一缕神秘的气息，时常在我们的四周飘荡，我们却无法触碰它摇曳的裙裾。死亡更是一个伟大的黑洞，我们最终都会被这个黑洞吸附进去，再也逃不出来，我们自然无法告诉后来者这个黑洞到底该是什么样子的。死亡是最隐私的，也是最自私的，任何人都不能够把自己唯一真实的死亡讲给别人听，却会反复向别人描摹路经死亡时的恐惧和心跳。是的，我们会常常去叩打死亡的门环，却不知道死亡的样子，或许这个原因，我们呈现在死亡面前的姿态才五花八门、高低迥异。只有在死亡面前，每个生命个体才是真实的、独立的。高尚或卑劣，智慧或愚笨，高雅或媚俗，一切都一目了然。死亡仅是文人骚客笔下的一行朦胧文字，一幅水墨图画，令人遐想又总不得要领。因之，死亡常常显现出不可捉摸和绝望的两面来。其实，死亡不过是一枚结实的牙齿，不过是一枚坠地的果实，人却喜欢在死亡的不可捉摸中不断想象，在死亡的绝望中反复感受。此刻，假如你正独坐在窗前的帘幕之下，正独坐在光线暗淡的边缘，假如你的目光一直默默凝望着窗外漆黑的夜色，你会感到绝望吗？此刻，假如你正站在悬崖边，假如悬崖边没有树、没有草、没有可依托的岩石，假如你的一条腿正迈过悬崖，你会感到绝望吗？此刻，假如无边无际的水已没过你的膝盖，漫过你的前胸，假如无边无际的水已浸上你的颈项，甚至额头，你会感到绝望吗？

或许你已绝望。

或许你不曾绝望。

当你还有机会选择绝望的时候，你其实并非真的绝望。

真的绝望是你面前横着无数条路，却不知怎样走，每每抬腿的时候，发现都是错误；真的绝望是你面前即使没有路，也可以走出一条路，当你毅然前行的时候，前面根本没有路；真的绝望并非无路可走，而是所有的路都是你自己，你被无数条路缠绕，路为你画地为牢。写到这里，我突然发现我的手臂正微微弯曲，不停发抖。我试图伸展它，让它安静下来，却不能够。我凝视着手臂问自己：某一天，它会变成一条树根呢，还是会变成一条路？它会一直向下生长呢，还是会平行延伸？那个时候，它还会敲击键盘吗？或者，它已变成一个键盘，听任时光慢慢凋落在躯体上？最让我感兴趣而又百思不得其解的，便是一条喜欢文字的手臂再也敲不动键盘的时候，绝望的到底是手臂，还是文字？

　　从绝望中解脱就像坦然面对死亡一样，是需要大智慧的。人每每无解的时候便会想到超越，我对超越一词却一直心存狐疑。想起一个冷笑话：火车趴在地上跑都那么快，如果站着跑该有多快啊！超越就是让爬行动物飞起来，我觉得这是自欺欺人的把戏，是彻头彻尾的自以为是。爬行的动物就是爬行的动物，是不能够插上翅膀的。如果你真的以为自己可以插上翅膀，你就是鸟了。人是离不开大地的，蛰伏、规避、逃离和面对都是现实的选项，超越则很美好，很欺骗，也很伤害。超越是不可能的，解脱是存在的，人可以选择人迹罕至的地方慢慢修炼身心、疗伤理想。不过，这样的大彻大悟只适合天性聪颖的人，于芸芸众生而言，现实的选择便是活着。活着便是为了体验伤害，便是为了实践伤害。因之，我们需要不断叮嘱自己，告诫自己，苦难才是人生的真谛，我们是为了尝尽苦难才来到这个世上的，是为了品味伤害才坚韧地活着的。唯有抱持这样的心态，我们才可以坦然面对岁月这个伤痕累累的老妪，且悠然地摆出爱情的姿势。

一座苦难的城市会是一张满嘴坏牙的口腔吗？

站在镜子前刷牙的时候，凝望着牙齿光滑的缺口或坚硬的齿尖，我时常会问自己：谁的心中没有伤？谁的伤口上没有血、没有盐、没有紫黑色的疤痕？万事万物都活在时光里，这些伤痕其实便是连接时光的节点，谁也无法逃避。很多时候，我们只喜欢看到时光的延续，只喜欢欣赏时光延续留下的痕迹，只喜欢感觉时光水一样的绵延不断，却恰恰忘记了，把时光一段一段连接起来的节点便是岁月的伤痕，把时光一节一节断开的节点还是岁月的伤痕。这节点仿佛虫齿，某一天，当时光丑陋的节点虫齿一样彻底裸露出来的时候，有的人会从伤痕中看到树木的芽，有的人会从伤痕中看到泪水的根，有的人则日复一日地抚摸这些节点，直至它发光发亮，松脂一样点燃忧伤的灯盏。我是个孤独的人，喜欢在夜晚安静地把过往的时光打开，喜欢在时光柔软的身体上寻找伤痕的节点。我把时光当作女子，我在时光曲折的节点处挖掘词汇，我把词汇放置在时光的手心，让它生长为手掌上的纹路和手指间的关节。我沉迷在弯曲的纹路中倾听鼓凸的关节在夜半发出清脆的响声，这不是我的音乐，我也不懂音乐。我喜欢在这样的脆响中陶醉或入眠，却不知道这磨牙般的声音于他人或是噩梦。

想起与朋友的对话。他早年也是诗歌爱好者，不过很早便退出诗坛。我俩虽久不联系，心性却是相投的，何况我俩拥有太多共同的经历，譬如都喜欢诗歌，都是媒体人，都喜欢酒和股票，最重要的，都是通过高考的独木桥逃离故土的。那天黄昏，我俩坐在一起喝茶，我们喝茶的地方，便是宋太原城的边缘位置，或许我们所在的地方曾是城墙，也未可知。在宋时，站在这个地方是最适合眺望晋阳废墟的，可那段历史毕竟早被埋在地下，我们的话题不觉回到乡村。朋友抬眼望着窗外——那是他故乡的方向——突然说：现在回老家，最让我感慨的是老母亲，她太知足了，开口闭口都是幸福。朋友的话让我想起祖母，想起她一生知足常乐的样子。朋友说到"幸福"二字时是欣慰的，他流露出来的真情仿佛石头上流过的泉水，是清澈可见、伸手可触、沁凉入心的。我明白他的心境，这些年在这座城市里打拼，他饱经磨难之后才凭借自己的努力和才情赢得今天的地位，可当所谓的成功降临的时候，他却一切释然了。朋友视功名如粪土，我感同身受。我说，想想看，你的老母亲为什么如此满足？并非她看淡人生，而是她真的生活在幸福之中，或者说，生活在满足之中，这种满足只有在乡村才能找到。乡村以家庭为组织细胞，城市以单位为组织细胞。在家庭，人与人的关系是亲情；在单位，人与人的关系是利益。任何关系一旦掺杂了利益，便如一枚蛀牙，不再光洁纯粹。城市人活动在单位与单位之间，活动在利益与名誉之间，活动在蜂房与蜂房之间，在城市，蜜与针无处不在，这样的属性决定了城市人的关系是隔膜的。

我不假思索地说出这么一大段话，自己都感到惊讶。朋友却微微一笑：如果我们在一个单位，还会这么坐着聊天吗？

我也微微一笑：会，只是言不由衷。

朋友哈哈大笑：是啊，所以想到老母亲幸福的样子，我便什么都放下了。

我说：现在让你回老家过"隐居"生活，你愿意吗？

朋友说：还真想回去。如果不是老婆、孩子拖后腿，我恐怕早回村里住了。不过，我在老家盖了一座房子，退休以后会回去的。

叶落归根并非牵挂，而是放下，只有放下外面世界的一切，才会想起老家。想想当年离开故土的时候，我们个个多么自以为是啊，可在外面的世界走了一遭，才发现自己除了乡音，什么也改变不了。

夕阳暖暖地照进办公室，朋友表情轻松，一副享受的样子，这显然是岁月的风霜留下的烙印。可在这个世界上，有完全意义上的享受吗？这个问题看似很好回答，其实也不尽然。如果你只选择事物的一面，答案无非是是或者不是，站的立场和角度不同，结果也不相同。如果你把这个问题的两面都剖析开来，你便会发现，这样的问题其实根本没有答案，或者说，在这个世界上根本不存在完全意义上的享受，反而遍地无法摆脱的负累。比如肉体。自出生之日起，人都须终生背负着这副臭皮囊，即使你习惯了它的重量，即使在你的心里这个重量轻如鸿毛，地心引力还是客观存在着的。比如情感。爱与恨，究竟哪个更善？哪个更恶？有人说，假如你恨一个人，便去爱他，让他一辈子离不开你，一辈子抱着你、背着你、扛着你，对你负责。这无疑是个悖论，如此去恨一个人，是不是也是负累呢？或者说，爱与恨本就无法分离呢？还比如思想。几乎每个有思想的人都觉得思想者的人生是一次羁旅，都羡慕没有思想的人，觉得一个人思考得少一些，痛苦便会少一些，活得便可以轻松一些。可没有思想的人就真的活得轻松吗？或许他正被另一种生存负累所折磨，又或者他正为他人制造更大的负累呢！静下心来想一想，人生的确是一种负累。这种负累仿佛一团紧张的空气，如果你有勇气捏破它，它可能什么都不是；如果你不敢刺穿这个空洞，你便会被这个虚张声势的空洞压得喘不过气来；遗憾的是，有些人一生都在为自己制造紧张空气，这样的自我紧张最终会使自己窒息的。

生存是世上最悲悯的字眼，生存的另一种民间表述方式便是活着。活着是个动态的词组，是个连续的词组，世上但凡连续的东西，都是辛苦的，都是考验人的神经和意志力的。活着到底该是什么样子呢？余华试图在《活着》中给出答案，其实他给出的只是个案样本。于个体而言，思考这样的问题便是在思考个案样本，所谓个体差异，便是有的人可以轻易把一个样本想得明明白白，有的人穷其一生还是没能品出人生的滋味，多数人则在明白与糊涂之间摇摆，生命之于他们只是半瓶子饮料。真的明白也罢，真的糊涂也罢，时而明白时而糊涂也罢，活着的过程其实是充满悲悯的。活着的悲悯是一种气息，一种和生命气流息息相关的物质，可悲的是，有的人一生置身于这样的气流中却浑然不觉，甚至根本不会感受到悲悯的重量。生命一直俯身在大地之上喘息，有的人却自以为能够活在生命的气流之上，或高蹈，或堂皇。这些人只不过是风筝在天空划出的弧线，你会为他们感到难过吗？

活着其实是一座空城，是一个牢笼里的故事。在这样的故事里，恶与罪无处不在，每个人活着其实都是一只沉默的羔羊。

一次饭局，听朋友讲到一件奇怪的事。她说父亲去世已经十多年，每年清明扫墓回来，她都会牙疼一星期，几乎患上扫墓恐惧症。旁边的朋友劝道，那就不要去墓地，在家里祭奠也行嘛，你父亲会理解的。她说这不可能，每年清明她都要雷打不动地去看父亲，不看父亲她会心疼。去看会牙疼，不去看会心疼，她陷于两难境地，眼里闪过泪光。亲情也如此纠结，我不禁心有戚戚，脑海莫名闪过我写过的几行诗：

> 你穿过城市中央，侧影像一只贫血的风筝
> 你双手握在心口，感觉心脏开始生长牙齿
> ——牙疼的感觉真好！
> 剔透的牙齿一点一点深入心脏的感觉真好！

这首诗的名字叫"喧嚣"，本是写城市人的孤独和寂寞的，听到这个故事，感觉就是写给她的。我很想从手机里找出这首诗让她看，又觉得有些残忍，只好作罢。她却转脸问我，听说你懂心理学，能解释一下这是为什么吗？我笑一笑说，我懂什么心理学啊，不过，我也

有个牙疼的故事，与你的经历恰好相反，是用祭奠来治牙疼的。我把母亲的故事讲给她听。她很好奇，又问道，牙疼为什么会与去世的人有关联呢？我摇摇头，她有些迷茫，又有些失望，最后幽幽地说，这些年我一去墓地就牙疼，都不敢参加葬礼了。我不知道怎么安慰她，旁边的朋友却唐突道，你是不是有虫牙？她微微一笑道，我的牙齿很好。这时，我才注意到她的牙齿晶莹剔透，宛如美玉。

我不知道自己为何会把孤独与牙疼联系起来，把牙疼写得如此美好。那时我正牙疼吗？不可能；那时我正在拔牙吗？也不可能；不过，我可以肯定，写这首诗的时候我一定浸泡在孤独当中。孤独无疑是心底长出的龋齿，寂寞却仿佛藏在墓碑之下的另一种生命——它们以真菌的孢子、苔藓或食蚜、蚧为食，喜欢在温暖、多湿、植被好的地方活动。它们有时是益虫，有时是害虫。它们与龋齿共有同一个名字，叫虫齿。

2014 年 4 月　一稿于太原

2016 年 8 月　二稿于太原

2017 年 3 月　三稿于太原

酗酒者

1

他抱着一只陶罐出现在众人面前。

无疑，这样的出场可以有多种解读，不过，我们的审美早已养成习惯，而习惯是不假思索的，是懒惰的。在过往的经验里，他最好是个细腰的女子，如此，那只陶罐的曲线便会被婀娜衬托得活色生香，就像那幅著名的油画——《抱陶罐的少女》。可他是个中年男人，他腆着明显的啤酒肚，这才是现实生活。当然，这样的生活也是审美的一部分，甚至是最真实、最重要的一部分，美在无意中被隐藏，但不该被遮蔽。

此时此地，他把一只陶罐放在他的腰部，陶罐显得很安全。与此同时，在他的啤酒肚旁边又扎眼地增加了另一只啤酒肚，他此时的形象与少女无缘，与孕妇倒是相差不远。纵然如此，场面依然是壮观的，或者说，我看到的根本不是两只啤酒肚，不是一幅臃肿的圆形组合，而是两团火的交媾——阳刚在燃烧。是的，他的红色上衣让一切变得不同，它的火红不仅点燃了储藏在陶罐里的激情，还将点燃一个夜晚。是的，一罐陈年老酒已正式闪亮登场，亢奋的欢呼声只不过是这个激情夜晚的前奏。

　　我常常为这样的场面激动不已，或因生活死水一潭。我知道，在这一刻，火一样的液体将使一切变得不同，我甚至为这即将到来的时刻欣喜若狂。很多时候，热闹与我是格格不入的，或者说，在热闹面前，我是个冷静甚至冷漠的人，是个旁观者。但在此刻，我会毫不犹豫地加入其中，让自己彻底放松，我甚至渴望把内心压抑已久的欲望松明子一样点燃——是的，就是松明子，就是童年记忆中照亮乡村夜晚的摇曳在风中的温暖。不可否认，有时候人对酒精的渴望就像对性的渴望一样难以按捺，这种渴望还会在人群中快速传染，仿佛空气中弥散的汗味和混杂在汗味中的荷尔蒙。这样的夜晚大多时候是属于男人的，是属于诗歌或诗人的，是属于纵声喧哗或狂欢的，是被生活放逐在别处的。从老态龙钟的庸常生活中逃离出来，我渴望与这样的夜晚遭遇，且喜欢在这样的时刻酩酊而归。这种逃离似乎已成一种定式，仿佛做爱一样：一路狂奔之后，便是一泻千里。呕吐，呕吐，呕吐……你喷射而出的其实不是食物，不是酒，而是夜色里变味的抑郁，而是生活中沉积下来的块垒。你一定也有过这样的经历，也一定抱有过这样的想法，你甚至想把这个陶罐当作一枚情绪炸弹，把黏稠而暧昧的夜色炸为一地鸡零狗碎。

　　不要问他是谁，这个不重要。在不同的时刻，不同的场合，他可能是你，可能是我，可能是他，当然，还可能是她或她们，但这一切真的不再重要。是的，此刻最荡气回肠的，便是这是一个激情的夜晚，一个燃烧的夜晚，一个大汗淋漓的夜晚。这样的夜晚令人记忆深刻，在本质上，一群男人或一群男女的狂欢与一对男女的狂欢并无二致——它们只不过一个公开、一个私密罢了，生命的张扬同样让人如醉如痴。

是啊，我们一直在黑夜里行走，谁愿意拒绝松明子点燃的一团火呢？

2

然而，火是从水开始的。

"啪——嗒——"果实熟透，坠落，回声藏在树洞里。把这悠然的瞬间浓缩在时光里，这一刻的回声便接近天籁。这个过程如此漫长，以至于常常被我们忽略。

这样的事件在很久很久以前便开始发生，现在依然在发生，它是抽象的，也是具体的，就像古人记录时间的滴漏。不过，在我这样叙述的时候，它呈现出来的只能是无数具体事件的抽象，就像滑过滴漏的水珠。这一事件的关键词有五个：果实，熟透，掉落，啪嗒，树洞。这五个关键词的背景是模糊的，借鉴过往生活经验并加以合理想象，我知道它们的背后隐含着动作、味道和声音。当然，还隐含着色彩。这一事件的始作俑者是自然，是它酿出了酒，这水和火的混合物。自然有时比上帝还善良，上帝把男人的一根肋骨取出来抛到人间做了女人，让他和她用一生的时间苦苦寻找走失的另一半，自然却直接把火隐藏于水中，让火与水在酒中化为无形，浑然一体。

如果你不嫌啰唆，我也可以把这一事件还原到一个具体场景当中。当然，我还原的场景仅是可能性之一，它可以机械地代表某些共同的场景，其实，它只是它自己。深秋时节，阳光照下来，风从山坡吹过，摇曳枝头的果实渐渐熟透，坠落。果实坠落在干燥的地方，便萎缩，起皱，宛若时光沧桑的脸；果实坠落在洼地、沟壑、洞穴，甚至树洞当中，便腐烂，化为水，露珠一样闪耀着遇到光便消失。空气中的腐烂过程十分漫长，以我曾经熟悉的化学专业来表述，大体可分三个步骤：果皮发霉，生成发酵菌；发酵菌在果实的糖分中繁殖，产生酶；酶又把糖分分解，转化为透明液体。这是科学的叙述方式，也是枯燥的叙述方式。文学在追求精确的时候，常常把手术刀一样冷静的科学术语排除在外，可文学真的能摆脱科学吗？之前，我相信艺术和科学是水火不相容的，现在我不觉得这是个问题，就像酒是水与火的合体。事实上，最早接近于水的透明液体就是最原始的酒，它叫果酒，直到蒸馏酒在宋元出现之前，酒的度数一直都很低。果酒的生成过程是慢的，它的每个细节也是慢的，仿佛滴漏的回声。

毋庸置疑，酒是自然的恩赐。最先享用这一恩赐的是植物，其次是动物，再其次是人。也就是说，树或草丛是第一批品尝者，猴子或羚羊、马鹿、披毛犀、斑鬣狗、大象是第二批品尝者，人是第三批品尝者。树或草丛是酿造酒的容器，它们第一个品尝天经地义。人虽是造物主的宠儿，人那时虽也生活在森林里或树上，但直到闻到弥漫的酒香，继而看到猿猴、羚羊、马鹿、披毛犀、斑鬣狗、大象争相啜饮且相继醉倒，人才明白了此物的妙处。自然及万物是实验者，人是观察者，观察者最后成为最大的享用者，当人说世上万物皆平等时，万物实际上从一开始就是不平等的。

这个过程是从什么时候开始的？夏，商，还是周？其实，在有人类之前，它就开始了。在有果实的时候，它就开始了。它被文字记录下来却是很晚很晚的事，晚到我不敢相信文字竟如此迟钝。

第一次看到猴子饮酒，我一点都不觉得意外，因为在我童年有限的影像记忆里，孙猴子一直是个好酒之徒。当然，我最早熟悉的孙猴子形象属于民间，它真正的形象权应归于《西游记》，但吴承恩并非记录自然成酒的第一人。元好问比吴承恩早生300多年，他在

《蒲桃酒赋》中写道："金贞祐（1213—1216）中，邻里一民家避寇自山中归，枝蒂已干而汁流盎中，薰然有酒气，饮之良酒也，盖久而腐败，自然成酒耳。"元好问记录了葡萄酒被偶然发现的过程，这个过程却并非偶然。继吴承恩之后，李日华也记录了猴子饮酒的事："黄山多猿猱，春夏采花果于石洼中，酝酿成酒，香气溢发，闻数百步。"这段文字留存在《紫桃轩杂缀·蓬栊夜话》中，它以纪实的面貌出现，我通常把它归于民间史，以为这类史实最靠谱，也最散文。李日华之所以记下这段文字，或因他觉得有趣，不过李日华并非第一个记述这一故事的人。四库馆臣认为《紫桃轩杂缀》"多剽取古人说部，而隐所自来。"四库馆臣的指责也许有理，毕竟晚明人素有因袭前人笔记而不出原处的陋习。虽如此，若非李日华"剽取"，被隐之人的记载恐怕早被隐没在历史当中了，有时候，"窃贼"所做的事也并非都是坏事。徐珂所著《清稗类钞》成书于清末民初，比李日华又晚了300多年，原创性自然大打折扣，但与吴承恩的虚构相比，似更有史料价值。徐珂的剩饭是这样炒的："粤西平乐等府，山中多猿，善采百花酿酒。樵子入山，得其巢穴者，其酒多至数石。饮之，香美异常，名曰猿酒。"当然，徐珂炒的也可能不是剩饭，在未见前人文字之前，他完全有可能重新经验一次前人的生活，历史便是这样重复的。

　　偶然也罢，必然也罢，客观而言，此类故事生活中并不鲜见，但直到元明清才见到寥寥几笔文字，我觉得有些诡异——难道因为酒像性一样也是异端吗？记得小时候，我经常在深秋采摘一种野果，名曰杜梨。杜梨刚摘下时又酸又涩，难以下口，我只好把它带回家中，放进砂锅，藏于炕洞，待到腐烂时再拿出来享用。隆冬时节，腐败的杜梨透出一股酒香，味道特别，乡人谓之醉梨。宋人周密在《癸辛杂识》中记述了山梨被贮藏在陶缸中变成梨酒的故事，与我的经历如出一辙。这样的村野故事在历史中无足轻重，古人更喜欢以神迹的方式认知世界，自然的神奇便轻易被人忽略掉了。晋代江统在《酒诰》中写道："酒之所兴，肇自上皇；或云仪狄，一曰杜康。有饭不尽，委之空桑，积郁成味，久蓄气芳，本出于此，不由奇方。"剩饭发酵成酒之发现在今人不过是常识，在历史上，江统却是第一个总结这一规律的人，他还把酒的发明权归功于仪狄、杜康。宋人对此深表怀疑，《酒谱》曰："皆不足以考据，而多其赘说也。"不过，怀疑归怀疑，这毕竟是国人解读自然的一种方式，事实是存在的，人物则可能是虚拟的。仪狄、杜康造酒的故事广为流传，史书《吕氏春秋》认为是"仪狄作酒"的，西汉刘向编订的《战国策》更煞有其事："昔者，帝女令仪狄作酒而美，进之禹，禹饮而甘之，遂疏仪狄，绝旨酒，曰：'后世必有以酒亡其国者'。"仪狄为夏禹时代掌造酒的官员，大概在夏禹时期，美酒和美色便被道德打入另册。刘向在整理《世本》时，还把仪狄和杜康进行了合理分工："辛女仪狄始作酒醪，以变五味，杜康造秫酒。"醪为糯米发酵而成的"醪糟"，南方人最爱；秫酒为黏高粱酿制的烧酒，北方人更喜欢；仪狄和杜康一女一男，一南一北，一醪糟一烧酒，此种格局倒是符合中国神话的生成模式的。不过，我更倾向于另一种说法："天有酒星，酒之作也，其与天地并矣。"在我看来，这酒星并非哪路神仙，而是自然规律，自然规律与天地相通，酒便因天地交合而生，人类不过是发现之、拿来之、享用之，践行了一次照本宣科的"拿来主义"罢了。正如李白在《月下独酌之二》中所言：

> 天若不爱酒，酒星不在天。
> 地若不爱酒，地应无酒泉。
> 天地既爱酒，爱酒不愧天。

已闻清比圣，复道浊如贤。

3

或虚或实，这是历史；或醉或醒，这是人生。史与人都喜欢生活在两种状态中自相矛盾，却忽略了第三或第四种状态的存在。

人生或可一分为二，生命并非非此即彼，清或浊、圣或贤的选择只不过是人为制造的生存幻象，浑圆一体或混沌无涯才接近生命本真。误读与修炼无关，与我们接受的常识有关，修炼只不过是对常识重新矫正一次，对事物重新打磨一次。打磨去正反，正反依然存在，只不过，事物不只正反两面而已。很悲哀，我们一出生便被常识包裹得喘不过气来，余生便只能冲破这风雨不透的常识，去寻找与生俱来的本性。与生俱来的，却在出生的瞬间丢失了，所谓人生，便是失去再找回这本性，我们何尝不是西西弗斯？人喜欢简化，但能够被简化的仅是生活，生活或许有理想状态，生命却没有理想状态；生活是表征，可以修饰，生命是本真，不可修补。譬如我，作为典型的情感或激烈或细腻的A型双鱼座，行为有时难以捉摸，喜怒哀乐挂在脸上的做法也不够聪明，但有些事就像酒醉一样，在某个阶段某个场合，你是无法自我控制的，否则，你便是圣贤了。退一步讲，即使酒醒时刻，人也会做出匪夷所思的事来，这并非本性难移，而是本该如此。我的话似乎有些宿命的味道，其实，这不是宿命，是被忽略的存在，这种存在才是客观的，它不确定，藏而不露，剔除干净便不再是自己。我相信这样的存在，但我不会因此就拒绝改变；更何况，我们的改变大多仅是量变。有时候，你、我、他或她不过是一件容器，容器里装着酒便是酒，装着水便是水，只要我们不变形，只要我们不把自己打碎，便算完美了。

第一次喝酒那年我十六岁，这个年龄算不得大，也算不得小，但第一次喝酒便醉得一塌糊涂，显然出乎我的意料。那是我上大学的第一个学期，漂泊近半年，思乡心切，放假次日便踏上绿皮火车急匆匆赶回大雪覆盖的老家，回家的第一件事便是找赵沛叙旧。一见面，赵沛便提议喝酒，想想自己已经成年，便没有拒绝。在此之前，我滴酒不沾，无所谓喜欢不喜欢，只是酒在那时是奢侈品，不是谁想喝就可以喝的。赵沛家境殷实，家教也严，性格比我还腼腆，之前也是滴酒不沾的。可从县城转到长治读书之后，或入乡随俗吧，他开始跟着同学偷偷去喝酒。所谓孩子长大了不由娘，赵沛违背父命，抽烟喝酒竟先我一步，是我没有想到的。那天，赵沛从家里拿了一瓶玻璃瓶汾酒，又在小卖铺买了一袋花生米，然后，我俩相跟着去防疫站找另一初中同学，心底有些兴奋和忐忑。这位同学是打字员，职位不高，却独享一间办公室。我与赵沛关上门，围炉而坐，你一口，我一口，表面上一团和气，心底却是较着劲的。那是我第一次喝酒，入口虽感觉辛辣，却一直没有呛气，大概喝到三两时，便有想吐的感觉。我起身朝门外走，装作去厕所，自觉脚下发虚，身体有些摇晃。我不由紧走几步，伸手去扶门后的办公桌，差点栽倒地上。我清楚听到赵沛在我身后说了句"不对劲"，手脚却不听使唤，我想扭头告诉他没事，一张口，酒、花生米、午饭，还有胆汁一样的东西便泉水般喷薄而出，黄色混合物浓墨重染一般，在打字机和办公桌旁的墙壁上画出两幅色香味俱全的图画。那是一台铅字打字机，据赵沛后来讲，他俩把那两幅图画从字槽里、墙上抠出来、抹干净，差不多耗去大半天时间。我能想象出那刺鼻的味道，我说你成心看我笑话，也算咎由自取吧。后来，我与赵沛每喝一次酒，他都会把这个故事讲一次，他每讲一次，我便开怀大笑一次。赵沛每次讲述的细节并不完全一致，我从不纠正，也不补充。我虽是这个故事的主角，当时早已醉得不省人事，后来发生的事都不记得了，赵沛说什么便是什么。但有一件事我很清楚，就是醉酒后我的胃疼了三天，赵沛第二天说要回请酒，我打死也没有答应。

　　人说生命中的每个第一次都是难忘的，其实，这众多的第一次还多是尴尬的。因尴尬而被记忆，这或许也是一种猎奇心理吧。我从事新闻工作近30年，心底其实是厌恶新闻的，有人问我从事什么职业，我通常会告诉对方：跑江湖的。人在江湖，身不由己，喝酒机会自然也多。那时交通不便，每次单独出差，我都要规划一周的行程。我在乡下长大，在城市行走时虽有些桀骜不驯，遇到乡人却不敢流露出一丝傲慢，我觉得这样做对不起祖宗。记得有次随省教委组织的一个采访团下乡，团长见到官员便点头哈腰，见到农民便趾高气扬，我实在看不下去，便把团长骂了个狗血喷头。我的脾气发作起来酒一样暴烈，随和起来水一样绵软，这辈子因此吃过不少亏，但从不后悔。我喜欢入乡随俗，在酒桌上来者不拒，走一处喝一处，一周下来感觉自己仿佛一团火，一点就着。也是仗着年轻，身体好，还有一股血性，每到一个地方，都是中午喝过，晚上再喝，今天喝了，明天继续，每次坐到酒桌前，自己稍一放松便酩酊大醉。我对酒的品质从不挑剔，喝酒方式也不拘泥，酒杯大小无所谓，猜不猜拳无所谓，单挑或车轮战还无所谓，只要总量控制，怎么喝都行，几年醉将下来，不但酒量胆量齐长，连续作战的能力更是突飞猛进。酒桌如麻将桌，最是见性情，遇到酒桌上扭扭捏捏的人就像遇到麻将桌上斤斤计较的人，我总怀着几分抵触，宁肯自己躺着出去，也不推三阻四。更何况，在二十世纪八九十年代，基层的同志喝顿酒不容易，八九个人陪你吃顿饭，于他们也是一种福利，你坐在那儿忸怩作态，他们便不自在。我不想因我而让大家闷闷不乐，可主人每人敬我一杯，我便要回敬一杯，来来往往一圈下来差不多20多杯，遇到好客的领导搂住肩膀称兄道弟，这场酒自然就晕晕乎乎的了。或因我喝酒比较爽快吧，那些年竟因此结交了不少朋友，其中很多还是忘年交。

所谓此一时彼一时，世间无一物是确定的，无一物是一成不变的。譬如酒这东西，看上去是物，遇到人便是精气神，人虽以万物之灵自居，遇到酒却只能是酒囊。酒色财气是性情中人最喜爱之物，也是最难消受之物，直面此物是成是败，还要看人的底气。就拿喝酒这件事来说，有的人喝酒脸不变色心不跳，有的人杯酒下肚便脸红，有的人喝酒驱寒，有的人越喝手脚越冰冷，甚至有生命危险。当然，这与人的体质有关，也与酒的度数有关。酒的度数便是酒精的度数，酒精即乙醇，进入人体后迅速被胃和小肠吸收，吸收后的乙醇90%~98%在肝脏代谢，2%~10%经泌尿系统和呼吸系统排出体外。酒精在人体内的循环即所谓的化合和分解过程，起作用的主要有两种物质：乙醇脱氢酶和乙醛脱氢酶。在肝脏内，乙醇被乙醇脱氢酶作用转化为乙醛，乙醛被乙醛脱氢酶催化转化为乙酸，乙酸被分解成二氧化碳和水，酒精便不再是酒精。于每个人而言，这两种酶的含量是天生的，酒量自然也是天生的。当然，凡事不可绝对，后天的锻炼也不可忽视，我便属于后者。不过，总体而言，酒量大小还是天生的，后天锻炼仅是量变，不可能脱胎换骨。在酒精的转化过程当中，两种酶发挥的作用也不尽相同，酒量大小的决定权主要在乙醛脱氢酶手中。如果体内乙醛脱氢酶含量少，乙醛难以转化，酒量便小；如果体内乙醛脱氢酶含量多，乙醛多被转化，酒量便大；如果体内这两种酶先天含量都高，这样的人便会千杯不醉——遗憾的是，这一类人仅占人群的十万分之一。喝酒脸红的人体内乙醇脱氢酶含量较高，乙醛脱氢酶含量较低，这一类人能将乙醇迅速转化为乙醛，却无法将乙醛转化为乙酸。乙醛对毛细血管具有扩张作用，累积多了，便心率加快、神经兴奋、面红耳赤，这种现象实际上已是酒精中毒。喝酒脸红并不可怕，可怕的是喝大量的酒而不脸红的人。这一类人体内既缺乙醇脱氢酶，又缺乙醛脱氢酶，只能靠肝脏里的氧化酶慢慢氧化酒精，靠自身的体液缓缓稀释酒精，长此以往，不但肝脏会受到伤害，暴饮还容易患上肝癌。

脸红也罢，脸白也罢，不过是一种生理反应，与性情无关。贪杯却是一种性情，虽非好事，很多人喝酒喝的其实不是酒，而是酒外的东西，似也无可厚非。酒是通灵之物，我不惧酒，不贪酒，随性而为，喜欢的其实就是酒的灵性。不过，我一个人是从不喝酒的，虽然在朋友眼中，我是个嗜酒的人。

4

肉林酒池，这该是怎样一幅情景？

在骨头上写字，这又是怎样一幅情景？

"殷商"二字让我毛骨悚然，但这不是殷商之过，而是历史记录之过。"天命玄黄，降而生汤"，这个从燕子蛋里诞生的王朝历十七世、三十一王、五百余年，辉煌时如大鹏展翅，败落时若一枚碎裂的蛋壳，辉煌和败落又恰是一个王朝的开场和结局——一个叫"汤"的人"网开三面"奠定殷商基石，"纣"却以肉为林困死自己，以酒为"汤"浇灭祖宗基业，我仅从这肉林酒池中看到末代王朝殷红的鳞爪，却忘记了《汤誓》划过长空时的雷霆万钧，这惊悚的印象自然也存有我的偏见。

可这就是我看到的殷商，一座酒肉库，一地碎骨头。

我一直觉得殷商王朝最不缺的就是酒，或者说，殷商王朝的符号就是酒。当然，殷商王朝盛产酒是因为粮食丰产，酒是粮食精，没有粮食怎么酿酒呢？殷商王朝好酒还与祭祀和战争有关，《史记》曰："国之大事，在祀与戎。"殷商时期，酒既是祭祀之物、战争之物，还是礼制载体，或者说，在殷商王朝，礼制的实质便是酒。酒代表礼，礼以酒达成，殷商的手工业制作以酒礼器为标志，酒、青铜礼器、青铜乐器构成中国古代最初的礼乐制度，就连殷人发明的甲骨文，也是有酒味的。

殷人喜用龟甲、兽骨占卜，占卜后把占卜日期、占卜者姓名、占卜之事及日后吉凶应验诸事宜，一一刻在甲骨之卜兆旁，类似今人写日记。不过，古人的"日记簿"是用甲骨做成的，倘若换作今天的荧光屏，这卜辞便是微信了。与荧光屏相比，甲骨虽也有光泽，这光泽却是神秘的，与灰白的骨头缠绕一起，还是扑朔迷离的。卜辞所记内容包罗万象，譬如祭祀、气候、收成、田猎、征伐、疾病、生育、出行，等等，只不过，这万象与今天的生活相去甚远，今人是很难揣测祖宗对天地的敬畏之心的。虽如此，我还是觉得甲骨上的卜辞便是最早的散文，古人所记事项原汁原味，未经人工雕饰，起码可算作纪实文字，最接近历史原貌。卜辞短的数字，长的百余字，容量与一条微博相仿，后人称之为甲骨文。这阴森森的甲骨之上呈现的社会风景自然也是透着阴气的，这阴气与肉林酒池混合在一起，怎能不令人毛骨悚然呢？

但它毕竟是最早的文字，是刻写在骨头上的，这些文字被后人视为瑰宝。卜辞虽短，甲骨上保留下来的单字却有4500个之多，被今人释读的单字也有2000多个，殷商文字体系像酒器一样完整。古文字构成讲究象形、指事、会意、假借、形声、转注，即所谓的"六书"，这六要素在甲骨文中初见雏形，可见老祖宗字意合一之功是别的文明难以比肩的，或者说，在古汉字面前，其他文字不过是一堆语码而已。

　　殷商时期占卜之风盛行，王室贵族上自国家大事，下至私人生活，无不求神问卜。求神问卜离不开酒，奇怪的是，甲骨文中却没有"酒"字。酒的本字为"酉"，不从水。"酉"字出土的地方不同，象形也略有不同，大体之象形宛如一个圆口、细颈、宽肚、尖底的瓶子，即酒坛子。"酋长"的"酋"字在甲骨文中也作"酒"字讲，"酋"字下面的"酉"指盛酒的坛子，上面的"三竖"代表酒坛里冒出的酒香。"酋"字虽然没有偏旁"水"，却有撩拨人的经久酒气，其象形和会意倒类似人类发现酒的过程：没有酒篓伸进大缸的酒坛子"酉"，没有自然发酵出来的袭人香气"酋"，便不会有人工酿造出来的"酒"。"酉"是精，"酋"是气，"酒"是神，酒坛子头顶三缕清香降生世上，又甘露一样遍洒人间，酒才完成精气神的三生轮回，活脱出今日醉生梦死的模样。

　　"酉"和"酋"最初都与水无关，直到"酋"字头顶的三缕酒香飘到"酉"字一旁变成三点水，"酒"字身边才挂满水珠。"酉"字的本义酒坛子隐身，"酒"也由气态变为液态，华丽转身。如果翻看字典，人们会下意识地到"水"部去找"酒"字，这种查法貌似正确，实际上却错了。在旧字典里，"酒"字是放在"酉"部的，即使新版的《现代汉语词典》，"酒"字也是既存在于"水"部，又存在于"酉"部的。《说文解字》曰："酋，绎酒也。从酉，水半见于上。"酒字的演变与盛酒的容器密切相关，如今与"酒"有关的汉字也多带着酒坛子"酉"，譬如造酒叫"酿"，卖酒叫"酤"，斟酒叫"酢"，进酒叫"酬"，薄酒叫"醨"，厚酒叫"醹"，滤酒叫"醨"，美酒叫"醑"，赐酒叫"酺"，等等。

　　"酋"字可作酒用，可作官衔用，演变到"酒"字时，引申义便有些功利。文言版《说文解字》释曰："酒，就也，所以就人性之善恶。……一曰造也，吉凶所造也。"白话版《说文解字》又曰："酒，迁就满足。用来迁就满足人性中的善恶激情的刺激性饮料……另一种说法则认为，'酒'是成就的意思，是导致或吉或凶之事的原因。"

我不知道酒主吉凶之说是否与殷商历史有关，但记载殷人荒湎耽酒的文献却不少，诸多先秦典籍更是将亡商原因直接归罪于酒，这其实是一桩"冤案"。殷商时期的酒充其量7至8度，酒精度甚至不及当今的啤酒，纣王即使每日浸泡在酒池之中，也不过是洗了个啤酒浴而已，何至于亡国呢？那么，若不是酒之过，又是什么东西作祟呢？

众所周知，殷商青铜器制造之精、数量之大，世所罕见。《殷周青铜器通论》记载，商周的青铜器分为食器、酒器、水器和乐器四大部，共50类，其中酒器24类，几乎占到一半。酒器按用途又分为煮酒器、盛酒器、饮酒器、贮酒器，此外还有礼器。青铜器的主要成分为铜、锡、铅，其中铜占比77.2%，锡占比12.5%，铅占比7.2%。人体长期摄入超标量的铜、锡，肝脏负担会加重，不过，人体代谢功能强大，可以逐步将铜、锡排出，铜、锡的危害性并不大。铅却是有毒的，且较易溶于酒，进入人体后很难被排出。如果酒器中的铅含量达到7%—20%，长期使用可导致头痛、痴呆、记忆力衰退、情绪不稳定、狂躁、妄想等，症状类似酒精中毒。在甲骨卜辞中保存了大量殷商大臣因"酒疾"不能处理国事的记录，譬如"疾首""疾目""疾耳""疾心""疾口""疾舌""腹不安""病软"等。记载者统统将之归咎于"酒疾"，其实，7%的酒精与7%的铅相比，可谓小巫见大巫，诱发疾病的罪魁很可能是奢华的青铜器，或者说铅。铅中毒显然还是一种富贵病。众大臣如此，纣王也不能幸免。《史记·殷本纪》称纣王早年"资辩捷疾，闻见其敏，材力过人，手格猛兽"，本是万里挑一的青年才俊，高大上的帝王，自从染上酒癖以后，卓越的君主便变得昏庸残暴、举止反常起来。由杰出而暴君，纣王的基因突变绝非一日之功，也非单一因素，与其将之归咎为酒精刺激，不如解释为慢性铅中毒更为合理；更何况，殷人不仅盛酒、斟酒、喝酒使用青铜器，贮藏酒也使用青铜器。酒在青铜器中长期存放会生成醋酸铅，醋酸铅甜酸可口，酒的味道因之而更浓郁，好酒之人岂能不欢喜？醋酸铅于酒仿佛分泌物于性，殷人沉湎其中既久，难以自拔，中毒便越来越深。如此看来，酒精不过是催情剂，铅才是"助纣为虐"的元凶，殷商之亡或不在酒，而在铅，在藏着铅的酒器。

历史是座大熔炉，王朝更替有政治原因，有经济原因，有军事原因，更有人的原因，酒或铅只不过是这座熔炉中的催化剂而已。纵然如此，酒或铅也是脱不了干系的，看到"殷商"二字，我想到的不是青铜的狞厉之美，而是"碧血丹心"的断肠之憾——这"碧血"便是酒，这"丹心"便是铅。酒、铅合谋于美味当中，一个王朝便陷入万劫不复之地。无独有偶，史上被中毒的王朝不只殷商一家，"丹药"也扮演过隐形杀手的角色。丹者，"太阴者铅，太阳者丹也，二物成药，服之成仙。"炼丹的药剂主要为汞、砷、铅、铜等，"仙丹"内服可促使人体红细胞数量迅速增长，让人的肌肤变得光鲜红润，服用者貌似青春永驻、返老还童，实际上，却在一步步走向金属中毒的穷途末路。史上因迷恋炼丹而死的皇帝有14位之多，唐朝几乎占据一半。青铜冶炼术和炼丹术可谓祖宗的两大娱乐至死术，如果说殷商是被酒淹死的，是被铅坠死的，那么，大唐则是被丹安乐死的。

5

出生之初，我应该闻到酒味的，但没有。

祖父酒量大，饭量大，胆量也大。据说祖父年轻时与人打赌，居然把一地的西瓜吃了个精光。那块地究竟有多少亩我不清楚，地里究竟结了多少颗西瓜我也不清楚，不过，既然是打赌，定是远超常人食量的。乡人说，祖父留下一地西瓜皮，拍拍肚皮扬长而去，围观者吧唧着嘴巴，当场便傻了。祖父侠肝义胆，深受乡人敬重，我能想象出祖父微笑的模样，一定比西瓜还甜，也能猜到输家的心情，自然比苦瓜还苦——辛苦侍弄半年，就这样被祖父白白吃了去，他该多么沮丧啊！据说祖父的酒量也惊人，我从未见过祖父喝酒，祖父在家也从不喝酒，但依祖父的行事风格推测，祖父应是大碗喝酒、大口吃肉的人。祖父是暴烈的，也是慈祥的，祖父的侠骨柔肠仿佛我儿时的避风港，祖父辞世以后，我常梦见他赶着一驾马车穿过茫茫雪原，他站在车辕上的姿势威风八面，令我黯然神伤。我不明白祖父为什么总穿行在白茫茫的雪原里，但我知道，祖父弥散在我生命中的气息雪片般沁凉，不管岁月怎样流逝，都辙痕一样深陷大地，清晰如初，都鞭哨一样回荡空中，挥之不去。我想，在那个兵荒马乱的年代，祖父一定是个富有传奇色彩的人，可我从未见过祖父独自喝酒。我想，祖父年轻时肯定喝过酒的，我刚出生时应该闻到酒味的，可很遗憾，我一直没有看到祖父喝酒。不过，我能感受到祖父胸中的那团火，能体察到祖父心中的那泓水，我在祖父如火似水的怀抱中长大，我的性情里隐伏着祖父的基因和气息。

在20世纪70年代，喝酒的人是很少的。不是不喜欢，而是买不起，即使婚丧嫁娶，也只是一口大锅饭而已。不过，办事时候小范围的酒局还是有的，能参加这样酒局的，都是有身份的人。

在我的童年记忆中，经常喝酒的有两个人，一个是大队支书，一个是公社放映员。大队支书是个鳏夫，他的所有积蓄都换了酒，他常常拎着酒瓶子东家进，西家出，酒气迎风呛十里，祖父常与他开玩笑，对他的举止却是不齿的。公社放映员是父亲的学生，父亲在家乡当老师时，他经常叫父亲陪他喝几盅，父亲调到一个很远的山庄教书，他又把放映机抬到山上去看父亲。其实，他并非牵挂父亲，而是惦记山上的野味。尤其大雪封山时节，在山上喝烧酒，吃野鸡野兔，于他无疑是快意人生。

我没有祖父的酒量，但继承了祖父的酒风，虽然我从未看到过祖父喝酒。我生平第一次喝酒，便被赵沛灌得酩酊大醉，或与这酒风有关。后来每次返回小城，我都要与赵沛喝几场大酒，最初二十年，我几乎回回都败在他的手下，最近这十几年，赵沛已非我的对手。胜负易手固然与我多年的江湖历练有关。实事求是地讲，赵沛的酒量还是在我之上的，起码他这些年的吞吐总量远非我可比的。无论乡村，还是小城，喝酒都是男人重要的生活方式之一，也是男人重要的生存方式之一，男人在酒场上争强好胜，就像女人在职场上卖弄风情。酒是性情，是消遣，也是社交。于场面上打拼的男人而言，酒既是自身的生理需求，也是人际沟通的手段，既是饮食文化，也是生存无奈。当然，酒还可以减压，所谓借酒浇愁，其实便是自我消解心底的压力而已。记得1989年冬天，我去酒乡汾阳采访，当地人告诉我，如果没有半斤酒量，就别想在汾阳官场出头。那时的酿酒工艺相对粗糙，酒精度数也高，酒性很烈，半斤相当于今天的八两，一旦喝高肠胃翻江倒海也还罢了，有时胆汁、血丝都吐了出来，三天之内什么东西都不敢闻。我那时刚出道，几场酒下来，身子便软了，出一趟差回来便得将养好几日。我现在也偶尔喝高，却再也不像从前那样难受，我想这与酿酒工艺改进有关，流水线损失掉原始的酒香，酒质却比那时干净得多。2013年，我在《山西经济日报》开设汾酒文化专栏，曾专程走访汾酒老作坊遗址，手工酿制的原酒从管道里汩汩涌出，粮食香味热烈浓郁，轻啜一口，舌尖生香，这种感觉是现代流水线无法相比的。徘徊在古老而静谧的清代酿酒作坊，呼吸着空气中弥散的酒糟气味，我竟有些感动。我知道，这厚重的气味是从地缸里散发出来的，其间活动着一些微小生命，这些嗅得到看不见的微小生命便是文化，便是历史传承。汾酒人一直以"古井"甘泉为傲，声称泉水中的微生物独一无二，因这独一无二的微生物，汾酒便不可复制。第一次听汾酒人这样讲，我相信了他们的传奇，其实我清楚，在日新月异的科技面前，微生物的独一性是个伪命题。我曾就这个问题请教汾酒厂的技术人员，对方盯着我看了半天，笑而不答。事实上，汾酒真正不可复制的东西是酿酒人与酒之间传承千年的气息，酒是生命，这气息也是生命，这生命便是文化的根，仿佛当地彪悍的酒风。汾阳人喝酒凶猛，杏花村人更如狼似虎，在汾酒厂，即使一个年方二八的女子，只要敢坐到酒桌上来，便都是"三碗不过冈"的。

不管怎么讲，与省城相比，小城人喝酒的风气总归更重一些，这或与小城生活相对单调有关。这些年小城生活今非昔比，小城人好酒之风更是愈演愈烈。人活着总归会遭遇各种压力、各种不如意，酒无疑是最好的减压阀、调味剂。福克纳以描写"约克纳帕塔法县"的世系生活著称，他便认为喝酒有益于减压，且不影响写作。福克纳一生浸泡在酒精中，他明白"人者，无非是其不幸之总和而已"，看透了这一层，他便可以安坐在"喧哗与骚动"中间，一边喝酒，一边讲邮票一样大的故乡故事。我的故乡比邮票还小，我喝酒就是喝酒，酒后便倒头睡去，不用说写作，连读书都不可能。

我不能喝混酒，白酒啤酒一混就醉；我很少借酒浇愁，酒里如果掺杂了愁绪，便是毒药。去年春节前，我的高中班长因肝昏迷早逝，我觉得他便是中了愁酒的毒。班长内向、随和、吃苦、好学，长治师专毕业后被分配到乡镇教书，现实与理想云泥之别，心情郁闷，常常泡在乡下的小酒馆借酒浇愁。前些年他调回城里，不久又被提拔为一所中学的校长，生活境遇刚有好转，肝脏却被酒精烧坏，大病一场。最近几次回老家同学小聚，看到他坐在饭桌前滴酒不沾、闷闷不乐的样子，我难免伤感。人这一辈子谁都有可能遭遇滑铁卢，不管顺境逆境，既没必要把好事看作一朵花，也没必要把挫折当成世界末日。任何时候日子都得自己过，心情都须自己调节，怨天尤人怨恨的其实是自己。我也走过麦城，经历过一段被权贵"隔离"的日子，当权者专横跋扈嚣张乖张之甚，不可理喻，在局外人看来，我即使不跳楼，也该抑郁的。然而，我该喝酒还喝酒，该读书还读书，该写作还写作，终于有时间做自己喜欢的事，心中便是欢喜的，《虫洞》便是我从磨难中捡拾回来的一块卵石。人生并不总是风和日丽，刮风也罢，下雨也罢，总归是有缘由的，即使无来由的无妄之灾，又何必挂怀呢？灾难也是身外之物，它在你心中，你便为灾难所困；你不把它放在心中，它便什么也不是。酒也如此，喝便去喝个痛快，不喝便远远离开，好酒不可怕，借酒浇愁很可怕，做一个借酒浇愁的酒鬼更可怕。酒本性情之物，你高兴，它便高兴；你悲伤，它便悲伤；好酒而不识酒性，就像爱一个人却不懂对方的心，如此痴迷怎么能修成正果呢？

我的同代人多已年过半百，好酒者也多30余年酒龄，阅历相仿，境况相近，生活圈的朋友或因贪杯变得迟钝，甚至痴呆起来，文化圈的朋友却越喝越精神，越喝越思维敏捷，尤其诗人们。即使文学圈，诗人也比小说家、散文家好酒，如此差异显然非生理原因，或者说，诗人天生就是长不大的孩子，酒于他们不过是快乐之源。在我的日常应酬当中，与诗人的聚会最是难忘。多是性情中人，多好酒，诗人的聚会便多了几分旷达和豪放，每每酒至酣处，或吟诵，或放歌，咏之歌之便是生命常态。徜徉在诗或民歌当中，这样的生命无疑是飞扬的，是迷狂的，是可以忘却忧愁的。

去年秋天的一个周末，偶遇几位中年朋友。都是知天命之年，官场的不再思进取，商场的不再图发财，我非官非商，无欲无求，那场酒便喝得酣畅，喝得释然，谈笑之间，竟至凌晨。翌日醒来，我写下《以一场大酒迎接这个秋天》：

> 年正半百，往来的都是半百的人
> 突然想到往来无白丁的话
> 谁曾这么吹嘘？谁现在还这么吹嘘？
> 感觉就像有钱人弹奏一枚铜钱
> 铜臭气顶风十里，好好一个夜晚
> 就这样被熏黑了。其实，我本来想说
> 被调戏或被强暴了，可我年正半百
> 已经学会了嘴下留情，口中积德
> 都是半百的人了，没有穷得叮当响的
> 没有富得流油的，没有红得发紫的
> 也没有黑得发紫的。恰好是周末
> 恰好遇见，恰好都是松松垮垮的人生
> 那么，我们喝酒吧，一直喝到凌晨
> 以一场大酒迎接这个秋天的到来
> 半百人的放纵，或许才是真的放纵

写完这首诗，我想起福克纳说过的一句话："一个男人50岁之前不应该暴饮，相反，50岁之后如果不痛饮，就是愚蠢的。"福克纳的话曾让我费解，直到知天命之年，我才恍然明白，男人50岁之后喝的其实不是酒，而是通透的人生。

6

文人好酒，性情使然。

人若只单纯好酒，不论他荒唐到什么程度，都无伤大雅。酒若与鬼祟的政治搅在一起，便有几分龌龊，甚至是毒药。鸿门宴如此，青梅煮酒论英雄也如此，杯子一旦落地，有人便会掉脑袋的。说到酒便不得不提曹操，公道而言，曹操做文青时还是可爱的，一沾染到政治，他便是白脸一张，有几分奸猾，还有几分流氓。当然，政治这张脸谱本就不靠谱，曹操到底什么德行，今人说不清楚，古人也说不清楚，单就性情而言，我倒觉得"对酒当歌"的曹操还算得上率真。一首《短歌行》"绕树三匝"，活脱一个酒鬼，"何以解忧，唯有杜康"更令酒君子视为知己。内心深处，曹操显然把酒当作了红颜，尤其吟到"但为君故，沉吟至今"，俨然酒痴。只不过，此等酒痴曹操当得，他人则当不得。魏蜀吴三国争霸，天下分崩离析，粮食作为军需之资都不够，岂可浪费在酿酒上？于是，曹操、刘备同时下令禁酒，刘备禁酒不分青红皂白，竟然罪及家有酿具之人。某日，简雍陪刘备逛街，看见一对男女同行，便说道："彼人欲行淫，何以不缚？"刘备问道："卿何以知之？"简雍答道："彼有其具，与欲酿者同。"刘备闻言大笑，便放了错抓的人。有家具便等于准备干坏事，这是典型的有罪推定，刘备禁酒只不过是禁出一则带荤味的冷笑话，曹操却是看碟下菜。曹操有事命人去找徐遒，徐邈喝得沉醉，自称"中圣人"，不来复命。曹操大怒，欲惩之，手下劝道："平日醉客谓酒清者为圣人，浊者为贤人，邈性修慎，偶醉言耳。"上有政策，下有对策，好酒者不敢称酒为酒，却说清酒为圣人，浊酒为贤人，也是奇观一道。今人应对"八项规定"，把茅台倒于水壶中，与古人以"圣"喻"清"以"贤"喻"浊"相比，今人捣鬼也好生无趣。曹操知道徐邈喝酒只是喝酒，从不枉议政治，便放过徐邈，徐邈酒照喝，官照升，还浪得"中圣人"雅号。孔融仗着"建安七子"之首的名号，与曹操针尖对麦芒，谈政论道，便没有"中圣人"的幸运了。《后汉书·孔融传》记载，建安年间，曹操"表制酒禁"，孔融"频书争之"，《与曹公表制酒禁书》更令曹操好生难堪：

夫酒之为德久矣。故先哲王，类帝禋宗，和神定人，以齐万国，非酒莫以也。故天垂酒星之耀，地列酒泉之郡，人著旨酒之德。尧不千钟，无以建太平；孔非百觚，无以堪上圣。樊哙解厄鸿门，非豚肩钟酒，无以奋其怒；赵之厮养、东迎其王，非饮厄酒，无以激其气。高祖非醉斩白蛇，无以畅其灵；景帝非醉幸唐姬，无以开中兴；袁盎非醇醪之力，无以脱其命；定国不酣饮一斛，无以决其法。故郦生以高阳酒徒，著功于汉。屈原不餔醩歠醨，取困于楚。由是观之，酒何负于政哉！

孔融"酒之为德"论直戳曹操"饮酒丧德"要害，曹操还是忍了。宰相肚里能撑船，曹操还是有雅量的，孔融一而再，再而三，处处与曹操过不去，便不得活了："建安十三年八月壬子，曹操杀太中大夫孔融，夷其族。"

孔融看似死在较真上，其实是死在"尊崇天子"的政治主张上。较真是文人风骨，较不得真时，文人们便去酒中寻求解脱，酒若不够劲道，便去吃药。魏晋南北朝三百余年，大体处于国家有病、名士吃药状态，政治若是黑暗，便是不讲天理的。孔融遭灭门，正始名士转而去清谈老庄，按说够乖了，还是躲不过，何晏只不过是带头吃了五石散，也人头落地。鲁迅先生说五石散是一味毒药，汉时大家还不敢吃，何晏或将药方略加改变，便吃开头了。鲁迅先生是学医的，他的话应该不会错，错在何晏们越吃越精神，越精神越多嘴，及至竹林七贤只能清谈，且一起喝酒，嵇康还独个儿边喝酒，边坚决吃药。鲁迅先生一针见血：何晏、嵇康和夏侯玄，吃药的三个都被杀，只喝酒的阮籍蒙混过关。看来吃药的确不是什么好事，尤其吃类似"摇头丸"的药。在大家都得病的年代，你做个病人也就罢了，何苦要吃药呢？倘若不愿做病人，做个酒鬼也成，像阮籍一样，司马氏不是要与阮家谈婚论嫁吗？阮籍便连续醉他两个月不醒，看你还谈不谈？

鲁迅先生把魏晋风度归结为药与酒、姿容、神韵，我倒觉得魏晋风度便是一干朋友聚在一起的气场，吃药如是，饮酒如是，赋诗、作画、写字和玄谈也如是。世道恶俗，名士们或放浪形骸、任情恣性、或烟云水气、风流自赏，或托杯玄胜、远咏庄老，或优游林下、种菊南山，他们一心想做一朵清峻通脱的云去，可他们忘记了，大地污染了，天空岂能干净？

吃药是会死人的，于是，刘伶便去作《酒德颂》，一味赞美"大人先生"："无思无虑，其乐陶陶。兀然而醉，豁尔而醒。静听不闻雷霆之声，熟视不睹泰山之形。"刘伶脱个精光，坐在家里"唯酒是务，焉知其余"，人见而嗤之，刘伶反唇相讥："我以天地为栋宇，屋室为裈衣。诸君何为入我裈中？"裈衣者，内衣裤也。刘伶讥讽别人跑到他裤裆中去了，如此宽袍里的风度只有"大人先生"做得出来。魏晋文士狂悖，说白了就是一心想从黑暗中逃出来，边避祸，边透口气，"形在庙堂之上，而心怀江湖"，最好的出路便是东篱采菊或竹林饮酒。采菊是隐，饮酒是隐，吃药其实也是隐，士人们被黑暗的政治逼到精神分裂的角落，不得不结伴去扯淡魏晋风度，实是藏着不得已的。魏晋文人从不相轻，同志者一起嗑药，一起狂饮，一起捉虱子，总归要把自己麻醉了，再去得道成仙。然而，也不是谁想隐便能隐的，嵇康一心做铁匠，祸事还是找上门来。

　　嵇康是曹操的孙女婿，曹氏、司马氏火拼，嵇康不愿吃里扒外，只得躲在云台山下的小院打铁，累了便去竹林读书。我的祖母祖籍河南修武，离云台山不远，那一带的风景我还是熟悉的。我想嵇康的院子应该建于缓坡之上，院外是竹林，竹林旁有山泉，有小溪，院中则摆放石桌、石椅和琴台。当然，酒葫芦是不会少的，它们便挂在屋檐下、树杈上，不仅风景别致，还略显招摇。嵇康、阮籍、山涛、向秀、刘伶、王戎、阮咸啸聚于此，喝酒，赋诗，清谈，佯狂，倒也自在。不过，七贤的啸聚与绿林不同，不夸张地说更像口技交流。阮籍最擅长长啸，啸声远播数里。阮籍上山碰到世外高人，与人家谈论文治武功，人家不理，他便长啸，高人闻声大笑，也和以长啸，然后飘然而去。嵇康也擅长长啸，他的啸声清亮如水，不夹带任何杂质。山涛、王戎的啸声则有些世故，起伏之间隐藏着狂笑与悲声。七贤本来是以长啸消遣时光的，竹林外的读书人也竞相仿效，见面时盯着对方半天不说话，然后长啸一声，扭头便走，不知情的人还以为是神经病。七贤由着性子竹林里玩，倒也高兴，突一日，钟会来了。钟会是草书之父钟繇之子，曾在曹操手下为官，后投靠司马昭，红得发紫。钟会乘肥马，着绸缎，慕名来见，嵇康自管树荫下赤膊抡锤打铁，眼皮抬也不抬一下。钟会不敢打扰，一旁呆呆看了一会，转身便走。嵇康这才冷不丁问道："何所闻而来？何所见而去？"钟会答道："闻所闻而来，见所见而去。"钟会敬畏嵇康，之前曾撰写一部《四本论》，求教嵇康，又怕不入嵇康法眼，在门外徘徊来徘徊去，心底惴惴，竟"于户外遥掷，便回怠走"，颇有些做贼的意思。如今钟会摇身一变，地位显赫，再次登门造访，嵇康依然不理不睬，钟会便记恨在心。

竹林里的七个男人虽个个好酒，酒量却各异，喝酒方式也不同。嵇康"飘飘然有神仙之慨"，但因服用五石散，只喝冷酒不喝热酒。阮籍有酒必醉，常烂醉如泥。山涛做人最宽容，酒量也最大，号称能饮八斗，没人见他醉过。刘伶流传下来的文章只有《酒德颂》，狂饮故事却一箩筐。母亲去世，刘伶正在下棋，下完去奔丧，在母亲遗体前"饮酒二斗，吐血三升"，当场哭晕过去。向秀酒量稀松，三杯下肚便脸色通红。王戎吝啬，爱酒却不买酒。阮咸是阮籍的侄子，像阮籍一样有酒必醉，且喜光天化日下裸体独饮。一日，阮咸与亲友饮酒，见几头猪直奔酒盆而来，情急之下竟与猪抢酒喝，"与豕同饮"一时传为笑谈。七贤酒酣耳热，弹琴唱歌，做想做的事，说想说的话，喝酒，吃药，玄谈，学术氛围浓厚，嵇康写《养生论》，向秀便去写《难养生论》，嵇康便又写《答难养生论》，口生莲花，面红耳赤，辩到最后还不伤和气。七贤本已惊世骇俗，突一日，又来了个吕安。吕安效仿嵇康开了一片"灌园"种菜，闲暇时与嵇康切磋养生术，情同手足。那时的竹林俨然世外桃源，直到山涛出仕，一直是竹影疏朗、月静风清的。

山涛投靠司马师做官，嵇康树下打铁，大路朝天，各走半边，无所谓谁对谁错，何况山涛的官声还不错。山涛偏要推荐嵇康接任他的吏部郎，便有些不解风情，好心办了坏事，或者说不合适的时机做了一件不合适的事。嵇康不肯同流，疾书一封《与山巨源绝交书》，把山涛狠狠奚落了一番。其实明眼人都看得出来，嵇康并非与山涛绝交，而是与司马家族决裂，嵇康对山涛的为人做事还是打心底认可的，否则也不会托孤于山涛。嵇康一心"越名教而任自然"，可自然也被政治调戏了，哪里还能找到安身的净土？嵇康借山涛而打司马昭的脸，便是在芥蒂之上种下更深的芥蒂，这笔账司马昭早晚要算的。不久，吕安貌美之妻被兄长吕巽迷奸，吕安欲状告吕巽，嵇康劝吕安家丑不要外扬。嵇康与吕氏兄弟素有交往，本想做个和事佬，息事宁人，吕巽却恶人先告状，反诬吕安不孝，把吕安送进大牢。嵇康义愤填膺，又写信与吕巽绝交："古人绝交不出恶言，从此别矣。临书恨恨！"君子就是君子，憎爱分明，分手虽不恶言相向，恨恨之后却跑去为吕安作证。吕巽和钟会勾肩搭背，过从甚密，二人便借机指责嵇康"上不臣天子，下不事王侯"，构陷嵇康谋反。司马昭早对嵇康不满，遂顺水推舟，赐吕安、嵇康大辟之刑。

嵇康将刑东市，消息传开，三千太学生集体上书"请以为师"，遭到司马昭拒绝。行刑之日，嵇康一袭长袍，一双木屐，伟岸之躯迎着太阳而立，仿佛长发飘飘的世外仙人。嵇康一生爱琴，平时常择雅静高冈之地、风清月朗之时，深衣鹤氅，盥手焚香，抚琴一曲，以抒胸臆。行刑那日，前来为嵇康送行的人逾万人，场面宏大。嵇康却平常一般神气自若，孤傲不群，当众抚了一曲《广陵散》。琴声起处，但见白虹贯日，风停云滞，纷披灿烂，戈矛纵横。曲罢，嵇康顾看日影，慨然长叹："《广陵散》于今绝矣！"一代名士的最后风流魂注《广陵散》，曲终弦断，他逍遥的背影似鹤，却透出绝世的凄凉！

山涛赞曰："嵇叔夜之为人也，岩岩若孤松之独立；其醉也，傀俄若玉山之将崩。"

站姿如此之美，人灵也；醉态如此之美，酒魂也。

7

"不用去理会那些教堂、建筑或城市广场，如果你想了解一种文化，就去当地的酒吧里坐一个晚上。"第一次读到这段文字，我便相信了海明威的洞察力，就像很多人把斗牛、拳击、钓鱼，还有酗酒，当作海明威的硬汉标签。谁都有鲜明之处，但以标签来界定个性无异于肢解。当然，肢解也是一种无奈，因为人早已习惯了以偏概全。1952年，在古巴海岸，海明威把一只酒杯举到海风中，阳光从杯中穿过，他凝视着冰块下清澈的液体，联想到海洋："冰块的凝聚处如船之航迹，其通透处恰如驶过沙质海床的浅水中的船首切开的海水颜色……"翻译文字仿佛加了冰块的酒，整杯液体看上去不再流畅，但这并不妨碍海明威把他的酒世界想象成蓝色海洋。我如果也举着一杯透明液体站在阳光下，我会想到什么？

在海明威的时代，酒吧或许还温文尔雅，否则，海明威不可能独坐一个晚上。海明威的硬汉形象符合正统的牛仔标配，布考斯基与其相比更像一个街头无赖。是的，布考斯基就是一个无赖，一个口不离酒、烟不离手的老光棍。布考斯基像一只鼹鼠，随时出没在洛杉矶的流浪汉、妓女中间，口无遮拦，酒至上，性至上，顽强的生命力堪与海明威比肩，却并未传承海明威骑士精神中最高贵的部分。骑士和光棍，这是两个截然不同的精神符号，即使二者具有同等强烈的生命力和同样敏锐的生活洞察力。美国摇滚音乐人汤姆·维茨无疑是布考斯基的同情者：他"看到了角落里谁也没有去过那么远的黑暗……他为那些没有自己的声音的人呐喊。"我却觉得"呐喊"这个词于布考斯基有些夸张，布考斯基只不过是喜欢在深夜醉醺醺地嘲笑或号叫而已。如果说，海明威有资格躺在阳光明媚的古巴海岸，优雅地想念"老人与海"，那么，布考斯基只配跌跌撞撞在无穷尽的黑暗中，痛饮他的"苦水音乐"。是的，布考斯基一生都在嘲笑或号叫，他被黑暗撞得鼻青脸肿，即使走投无路，他也只会演出一次自杀未遂——煤气令其昏睡又醒来，仿佛又一场宿醉。在布考斯基的街巷深处，酒吧就是酒吧，是他喝酒和搭讪女人的地方，布考斯基在此沉溺，陷落，挣扎，他不可能是海明威，即使"地狱的海明威"也不是。不过，布考斯基是有野心的，他"唯一的野心就是根本不成为任何什么人"，布考斯基拥着死亡冰冷的身体心安理得地睡去，他的文字缺少正常人的温度："我父亲的葬礼像是一个冷汉堡。"在短篇小说《父亲之死Ⅰ》中，布考斯基开篇便把父亲冷藏了，一个把父亲的葬礼与酒、性和乱伦一锅烩的人，怎么会真的自杀呢？

自杀于海明威是一种荣誉，布考斯基却觉得"死亡真是非常无聊。……死亡真的很愚蠢"。布考斯基喜欢侃侃而谈，喜欢不合时宜地侃侃而谈，他在接受好莱坞演员、诗人西恩·潘采访时赤裸裸地说道：

> 别再谈什么酒吧。它已完全不属于我。现在，当我走进酒吧，简直让我作呕。我见过那么多东西，真他妈的多啊——这些东西你知道，当你年轻时，你喜欢和某个家伙扳手腕儿，你知道你在装他妈的男子汉——想把娘们儿搞到手——现在我这把年纪，这些都不需要了。
>
> 走进酒吧只是去撒尿。在酒吧太多年了、进去只会让人受不了，我会走出门，一阵呕吐。

《时代周刊》送给布考斯基一顶高帽，称他是美国底层社会的桂冠诗人，我不知道这算褒奖，还是贬低——诗人就是诗人，为什么是美国底层社会的呢？美国高层社会又在哪里？谁又是高层社会的桂冠诗人？所谓人权或平等，看来也是一顶高帽，布考斯基从爱上酒的那一天开始，就不曾掌握过任何高级的生活技能，除了写作，与他有关的职业都毫无体面可言：洗碗工、卡车司机、装卸工、邮递员、门卫、加油站服务员、库房跟班、仓库管理员、船务文员、停车场服务员、红十字会勤务员和电梯操作员……即使混进文化圈，他也只能靠撰写《一个老淫棍的手记》一类的专栏换酒，不过，这并不妨碍他做一个真诗人。职业于布考斯基而言从来说明不了什么，他只不过是在讨生活，只不过是在想方设法活下去，就像他诗歌或小说里的社会边缘人——落魄作家、人渣诗人、无赖画家、无业游民、酒鬼、色狼、妓女，这一大堆符号一样的人物在他的作品中浪声浪语，他们只不过是替他把生活伪装撕成一条条尿布，然后毫无遮拦地挂在阳台上，就像他在《人渣的悲伤》结尾处所宣称的："所有的亵渎，一览无余。"

布考斯基拥有酒鬼所必需的一切基因，酒于他是惩罚，也是奖赏。13岁那年，他遭到酒鬼父亲的虐待和打骂，开始去喝酒。后来，他拼命写诗和小说，又不断被《大西洋周刊》和《哈巴杂志》退回，对此，他的回应直截了当："给他们地狱，我成酒鬼。"又后来，洛杉矶小报《不设防的城市》邀请他写专栏，吹捧他是"洛杉矶最棒的作家"，他却以诗人自居，毫不领情："那是他妈的侮辱！"对方却不以为意："不管如何，我们要你写一个专栏。"酒鬼的要求也很简单："给我一杯酒，你就有了。"布考斯基从不隐瞒自己对酒精的狂热，他在《一家地下报纸的生与死》的文章中洋洋自得地回忆道："我在我的住处找到了一瓶酒，喝了，又喝了四罐啤酒，写出第一个专栏。那是关于我在费城上过的一个三百磅的妓女。写得很不错。"

布考斯基最喜欢四样东西：酒，女人，赌马，古典音乐，酒无疑居于首位。不管蜗居家中，还是接受采访，或者参加诗歌朗诵会，布考斯基都在不停地喝酒。布考斯基宣称写诗"必须像畅饮啤酒后第二天早上拉屎那样喷涌而出"，诗的圣洁在他的文字中瞬间堕落成一次排泄，一张公开发表的照片还为他的言行做了生动注解——他坐在马桶上，一边看杂志，一边吹酒瓶子。布考斯基的语言极具画面感，如果配上他的自言自语，无疑就是一个活脱脱的诗人酒鬼形象："我始终一手拿着酒瓶，一面注视着人生的曲折、打击与黑暗。对我而言，生存，就是一无所有地活着。"一无所有地活着，这是多么颠覆世俗的伟大理想啊！愿意接纳他的人，又该拥有怎样的胸襟呢？1971年，雷蒙德·卡佛邀请布考斯基出席加利福尼亚大学圣克鲁斯分校的诗歌朗诵活动，卡佛赶到机场时，发现布考斯基已经在飞机上喝高了。欢迎晚宴上，布考斯基的手不停地在卡佛老婆身上摸来摸去。朗诵会上，布考斯基一边狂饮杜松子酒，一边不停地羞辱听众，他的表演被人斥责为"向所有中产阶级学生的头上撒尿"。朗诵会结束，卡佛为布考斯基举办了小型派对，布考斯基一进房间便问："酒在哪里？"布考斯基后来回忆，只记得"我们喝了一整夜酒"。第二天早晨，卡佛带他去吃早餐，他却拉上卡佛直奔酒吧，最后怎样去的机场，卡佛也记不起来了。

布考斯基一次可以喝三十瓶啤酒，在睁眼之后、闭眼之前，他的世界里只有酒。布考斯基告诉好友西恩·潘：

　　酒精可能是你来到这世上最了不起的东西——反正和我匹配。对……这是天底下最了不起的两个东西。所以……我们形影不离。对于大多数人，这绝对是毁灭，而我完全不同。我喝醉时可以写出所有更棒的东西。即使和女人谈情说爱，你知道，我也总是沉默寡言。所以酒精让我过性生活，让我更自由。这是一种释放，因为我差不多是一个羞涩的人，孤僻的人，酒精让我成为这样的英雄，穿越时空，做所有胆大妄为的事……所以我喜欢它……真的。

布考斯基说他是羞涩的，我笑了。我说酒是布考斯基的胆，你信吗？事实上，一旦离开酒瓶，布考斯基就会丢魂落魄。1954年，布考斯基因酗酒过度而导致出血性溃疡，差点丢了老命。即便如此，布考斯基仍不考虑将酒戒掉，他说："没有酒，我就是个无趣的人。"酒是布考斯基生命的助燃剂，写作的催化剂，没有酒，他的身体和思维都是僵硬的，写作就更困难了。在他的眼里，酒和一面墙壁、一架打字机、一张白纸同等重要，甚至更重要。清醒让布考斯基变得平庸，他只有在"讨厌的宿醉的打击下"，在"再喝一杯或者再刮一刀"的诱惑下，才能把诗食物一样"呕吐"出来。布考斯基仿佛阮籍的西方版，但阮籍之狂是佯狂，布考斯基之狂是真狂，二人显然并非彻底的同类。布考斯基还把李白引为同道，感慨"他也喝酒，他把诗扔进火里，顺水而下，并且喝酒"，但李白是酒仙，布考斯基是酒鬼，仙和鬼显然也非同道。不过，布考斯基与李白还是惺惺相惜的，他从李白身上看到了自己："我常常在小巷醉倒，我可能会再次醉倒"，至于明天，"似乎任何事情都与我无关。你明白吧？"直到与文学经纪人约翰·马丁交往并签约，布考斯基才不用为买一瓶酒发愁，这个时候，他的身体已被酒精彻底摧垮。多次手术之后，1989年，布考斯基因肺结核不得不接受戒酒治疗，但这也是暂时的。布考斯基说："戒酒的酒鬼与重生的基督徒是最糟糕的……"

"我是个靠孤独过活的人，孤独之于我就像食物跟水。一天不独处，我就会变得虚弱。"这是一个酒鬼的独白，酒是他孤独时的朋友，是他虚弱时的食粮。1994年3月9日，布考斯基因白血病在南加州去世，享年73岁。死后，他的墓碑上刻着这样一句话："不要尝试"——

醉倒在某个城市黑暗的街道。
是夜晚。你迷路了，你的家
在哪儿？
你进了一家酒吧去找自己，
点了苏格兰威士忌和水。
该死的酒吧，这么潮湿，你的
袖子被弄湿了
一大片。
这是一家黑店——苏格兰威士忌没味儿。
你点了一瓶啤酒。
穿着裙子的死神夫人
向你走过来。
她坐下来，你替她买了瓶
啤酒。她身上发出沼泽的臭味。她把一条腿
压在你的身上。
酒保咯咯地笑了。
你让他有些担心，他不知道
你是警察、杀手、疯子
还是
白痴。
你要了一瓶伏特加。
你把伏特加倒进啤酒瓶

直到倒满。

凌晨一点。死牛的世界。

你问她，脑袋值多少钱。

你把酒一饮而尽。有股

机器润滑油的味道。

你把死神夫人撇在那儿，

你把那个咯咯发笑的酒保

撇在那儿。

你已经记起你的家

在哪儿了。

你家里的餐具柜上

有整瓶的酒。

你家里满是乱七八糟的

烟头。

"粪堆星球"上的杰作。

爱在那里大笑着

死去。

8

"不要尝试"，布考斯基说。

柴然却在不断尝试。

20世纪90年代初，作协十大酒徒聚会震动太原市南华门东四条（山西省作协所在地），张石山还以此为原型创作了中篇小说《晋阳酒徒》，发表在《黄河》杂志上。记得那天是正月十六，张石山、张锐锋、赵瑜、李克仁、雪野、病夫、郭克、刘淳、丰昌隆、柴然十人决定比拼一场大酒，这十人当中，张石山是小说家，张锐锋是散文家，赵瑜是报告文学作家，李克仁是剧作家，刘淳是画家，其余都是诗人。我那时不胜酒力，无缘跻身十大酒徒之列，却有幸与陈建组共同担纲监酒官，亲历了那场盛会。寒风瑟瑟中，十人陆续到达酒店，进门之始，还个个落下墨宝，签下大名。丰昌隆专程从大同赶来，拉达车的后备厢装了一箱玻璃瓶汾酒、一箱太原高粱白，病夫专门安排手下全程摄像，仪式之正规不亚于一场外交酒会。落座之后，每人自选一瓶白酒，摆在自己面前。之前议定，喝酒期间不得离席，不得骂娘，不得撒酒疯，视每人的酒量酒风酒姿，最后选出酒仙、酒圣、酒鬼、酒徒，并成立酒徒协会等。当然了，谁第一个喝干瓶中酒而不醉而不胡言乱语，谁便是赢家。哪知众人刚落座，来时已满身酒气的柴然不到十分钟，面前的酒瓶便空了，再一转身，人已不知去向。比赛还未分出高下，十大酒徒已然少了一人，大家少不了到处去找柴然，酒兴便有些阑珊。直到酒席散去，柴然依然踪迹全无，次日大家才知道，柴然几口干掉一瓶高粱白，去酒店后面小解，走到锅炉旁边，一头栽倒煤灰堆里酣然睡去。

在柴然早年的诗酒岁月里，十大酒徒聚会仅是个小插曲，柴然的酒量不敢说喝遍三晋无对手，诗酒情怀却是罕逢敌手的。在我认识柴然不久，柴然突然决定去流浪，他哼着《橄榄树》，只身北上忻州、朔州、大同，每日与彭图、吕新、丰昌隆等文友喝酒论诗唱歌，乐不思蜀，三个月后才想起家中妻儿，醺醺然返回太原。那是1989年，柴然还在迎泽宾馆上班，遇到这样的天才员工，宾馆老总也是徒唤奈何。那个年代，酒还是奢侈之物，在柴然年轻的生命里，酒却是不可或缺之物，甚至是他思考和感悟生活的方式。1986年早春，柴然陪同丰昌隆去汾阳县的冀村讨债，村长把七八位村干部找来，在村委会大院设宴招待。酒刚上来，柴然和丰昌隆便把小酒盅换成茶水杯子，村长拿小酒盅与他俩碰杯，他俩脖子一扬便三两下肚。那天中午，丰昌隆喝了九大杯，大概二斤七两。柴然喝了十二大杯，差不多三斤六两。村委会的窗台上摆了整整十个空酒瓶子，酒鬼诗人的豪放让酒乡人大开眼界，村长当场表态马上还钱。大酒之后，柴然和丰昌隆无法入睡，便从村委会转悠出来去看村长，却见村长躺在炕上打点滴。离开村长家，二人又在村中绕了一圈，三点半左右回到村委会，双双倒头睡去。柴然被尿憋醒，睁眼发现丰昌隆不在，他四处寻找，一不留神跌倒在废弃的仓库里，整张脸溅满地上堆放的火碱，生涩难受。柴然隐约看见灶台上有口大锅，锅里好像盛着水，他跟跄过去用锅里发亮的东西洗脸，脸颊顿时火烧火燎。柴然大喊一声，从库房跑出来，村民闻讯赶紧端来凉水，他洗过之后，面部爆裂般疼痛，好端端一张脸便桃花似的一朵朵绽放开来。锅里的东西本是废硫酸，废硫酸遇到火碱，发生酸碱中和反应，散发的热量并不大，他的脸仅是做了一回化学反应池。后来他又用水去洗，火碱遇见水，立马沸腾，那张脸便变成一座石灰炉。好在柴然的生命力极强，脸上的脓包被他一块一块撕掉以后，皮肤竟愈发白净细嫩。

柴然不仅把酒乡的父老乡亲喝得颠三倒四，还在高等学府北京大学喝出一个五湖四海来。1991年春夏之交，柴然和朋友跑到北大勺园的地下室酒吧撒酒疯，喝到最后，桌子拼桌子，沙发对沙发，竟将酒吧里所有的黑人兄弟和白人女性聚在一起狂饮，仿佛盛大的中国啤酒节。"全世界的朋友酒里团结起来。喝酒，喝酒！干杯，干杯！"柴然高喊着，酒吧的保安被他搞得十分紧张。第二天上午，柴然走出勺园，看见门前坐了一溜黑人兄弟，他们对柴然诉苦道：朋友，我头疼。还有一次，柴然囊中羞涩，去找郭克借钱，钱刚到手，他又邀郭克一起去喝酒，郭克哭笑不得。酒店坐下，点菜上酒，酒至半酣，柴然旁若无人地高歌起来。邻桌先是好奇，继而鼓掌、喝彩、敲桌子，最后干脆把自己的酒菜一并端将过来，两桌合一桌，仿佛多年不见的老友邂逅。酒足饭饱歌罢，邻桌替柴然买了单，大家恋恋不舍地握手告别，却谁也不知对方姓甚名谁。

早些年，不管诗友聚会，还是朋友喜宴，柴然酒后总爱高歌一曲《我的太阳》，声若洪钟，俨然帕瓦罗蒂，引得圈外人瞩目，众诗友大呼小叫。我第一次听柴然在大庭广众唱歌，是在雪野的婚礼上，那些年，雪野的家就是酒徒的根据地。有一次，柴然从雪野家喝酒出来，骑车逆行上了新建南路，恰在这时，一辆公交车迎面驶来，柴然来不及躲避，自行车径直向公交车撞去。只听"砰"的一声，柴然和自行车安然无恙，公交车头部却被撞出一个大洞。公交车司机吓得脸色煞白，不知如何是好，柴然却一骨碌从地上站起来，责问人家怎么开车的。同样是20世纪90年代，同样是雪野家喝酒出来，唐晋酒后的故事则儒雅得多。凌晨酒散，唐晋骑车走在新建南路上，走着走着便倒在马路边，自行车盖在身上，兀自呼呼睡去，梦中还在喃喃自语好酒。晨曦中，扫马路的大妈看到一位衣冠楚楚的小伙子躺在马路边拥车而眠，不禁大骇。她以为出了什么事，赶紧去推唐晋，唐晋却揉揉惺忪的眼睛，微笑着道声"谢谢"，起身骑车悠然回到家中。

在20世纪90年代末，我和柴然迷上小说写作，经常在一起讨论福克纳，讨论零度叙述，柴然是零度叙述的执迷不悟者，我是痴迷者。可笑的是，我还自以为是地提出了所谓的临界叙述概念，认为"真正的艺术只呈现一种临界的生命、临界的情感和临界的思想"。初涉小说，我写得辛苦，内容也单一，譬如打麻将便写了《麻点》短篇系列，炒股票便写了小长篇《浮动筹码》。我与柴然、唐晋都是

20世纪80年代开始写诗的，我那时的诗歌大多没有发表，客串的几个小说差不多全部见诸报章，命运就是如此弄人。本世纪初，我被临界语言、临界人物、临界故事搞崩溃了，对文字心生厌恶，便去帮朋友打理一个叫"特产网"的网站。网站没有文字编辑，我请柴然到公司整理"特产"词条，虽是商业行为，他对文字的苛刻也几乎到了不近情理的程度。我对文字也很苛刻，柴然显然比我有过之而无不及。做网站那些年，恰是互联网由高潮转入低谷时期，烧掉投资方的50万，网站关门大吉，之后，我很少到文学圈走动，与柴然的往来也少了。2008年初，我因好奇而开博客，因博客又回归文学，饭桌上再遇到柴然，发现他戒了酒，戒了烟，人也比从前安静许多。安静下来的柴然这期间却写了许多不安静的文字，诗歌触角也转向底层生活，歌厅、桑拿、小姐、嫖客似乎是他热衷的题材。"生活残酷而粗糙，更需要/一颗砥砺之心，抗压，磨蚀，消耗时坚"，柴然在这里使用了一个艰涩的古词"时坚"，意味比"时艰"还坚硬的磨难。柴然有这样的感悟我并不惊讶，他把目光投向猥琐的"鸡奸者"，我还是有些意外的：

再就是本馆一鸡奸者丧心病狂

他是全馆内最臭名昭著

也最坚忍不拔的显赫人物

他有过三年近郊插队的青葱履历

初来当楼层服务员，便能把

一文不值的冒牌字画兜售给日本人

狂擦马桶半年后升任楼层小组长

楼上小会议室遂改涉外酒吧

上下三层楼外宾送洗衣服

统统截留，私自洗熨

凡事经他手，似都可中饱私囊

　　我没有猜错的话，"本馆"指的就是柴然曾经服务过的宾馆，"鸡奸者"是有生活原型的。其实，有没有原型并不重要，这样的人在我们的生活中并不鲜见。我奇怪的是，柴然居然对艰涩难懂的《万有引力之虹》十分迷恋，还把托马斯·品钦笔下的另一类众生相——摘录在他的诗中："恋童癖（众多报道表明，仅仅这种狂热/就能令人返老还童）；女同性恋/（是的，两个影子女人就像风吹过/日趋空荡的舱室，最终从垂死的/躯壳里爬出闺房，在最后的灰色海岸线上/相会相拥……）；嗜粪癖和尿色情/（终极惊颤……）；恋物癖（死亡的/神物非常之多，不言而喻的……）"。柴然本有文字洁癖，却对异癖人物兴趣盎然，这本身就是一道奇异的景观。柴然写这个系列的时候我还不知道布考斯基是何方神圣，在精神上，柴然显然与布考斯基异国同归。

那是小红和小童。夜间 11 点半

被你带进共青城上岛咖啡

接受首都来的性学者的社会访问调查

条件是每人一小时一百元外加啤酒小吃

脂粉。口红。粗头发。高跟鞋

哑嗓子。粗肤。大喉结。筋手背

莲花指。软腰肢。婊子做派

男臀。小奶头。雌激素弄尖的舌头

文字高度节俭，意象异常纷呈，仿佛一壶老酒。这就是柴然，一个越来越安静，又越来越汹涌的人。

柴然戒酒标志着一个生命阶段的结束，如果再喝下去，无疑等同于自杀。柴然被尼古拉斯·凯奇饰演的酒鬼所震慑，他说电影《远离赌城》就是他当年的精神写照，诗，酒，绝望的心，还有死亡，就像他很小便看到自己的一生，在某个特定时期，这就是他命定的生存方式，还是他探测痛苦深度的缘由。不过，诗可以给他生命，酒却什么也不能拯救，柴然戒酒有生理原因，也有心理原因，或者说，某一天，当他意识到酒的使命已经结束，酒便离他而去。我相信守恒，觉得一个人无论酒量多么大，身体多么强壮，一生所饮酒的总量大体是恒定的，前半生消受得多，后半生便消受得少，甚至无法消受。这个定数因人而异，不管它是多少，身体都难以抵挡酒精的终年侵蚀。现在回想，在我与柴然谈论福克纳的时候，柴然便患了酒后胃疼的毛病，我时常看见他把手捂在毛衣上，眉头拧成一个疙瘩。第二年，柴然想把那件毛衣洗过再穿，却发现毛衣靠近胃部的地方留下一个清楚的大手印，那件毛衣穿了一个冬天便"胃穿孔"了。戒酒之后，柴然仿佛换了个人，他一边泡在大众澡堂观察各色人等马灯一样从眼前走过，一边"躲在小楼成一统"苦行僧般苦练书法。柴然是左撇子，钢笔字本来就见功底，专研碑帖后书法造诣更是精进。偶有饭局，常见柴然夹着一叠宣纸笑眯眯走进来，一一打过招呼后，安静地坐在一旁看大家喝酒。酒过三巡，菜过五味，不等众人怂恿，柴然便会欣然献上一段《空城计》，余音绕梁，颇有方家风范。或许戒酒戒烟的缘故，或许沉静淡泊的缘故，与之前的美声唱法相比，柴然如今的京剧唱腔更饱满，韵味也更厚道。

我喜欢柴然的诗歌、小说，喜欢柴然的书法，尤其喜欢柴然的京剧，柴然的京剧不但有与生俱来的先天禀赋在，有苦练寒暑的后天修为在，还有饱经沧桑的人生阅历在。

9

贵州茅台、宜宾五粮液、泸州老窖、陕西西凤、江苏洋河大曲、北京红星二锅头、浙江古越龙山、青海青稞特酿，当然，还有山西青花瓷汾酒和国宝竹叶青，以及写着洋文的法国红酒和西班牙红酒。这些花花绿绿的瓶子自从摆上餐厅的木质酒架，我几乎没有动过，每每看到它们，我都觉得它们在与我说话。2013年秋，我陪李杜去晋城一家山楂干红酒厂采风，站在橡木桶中间聆听酒窖里低回的《大悲咒》，我相信了酒厂主人的话：酒是有生命的，也是有情感的。不仅如此，我还相信这生命不只酒中的微生物，这情感也不只空气中的气息。音乐最接近生命的本质，它可以与微生物对话，身旁的橡木桶不过是神秘生命的栖身之所，它让我想起汾酒老作坊埋在地下的地缸。红酒与白酒、清香型与酱香型的区别固然与原料、酒曲、水质和工艺有关，最根本的差异还是窖藏方式。清香型白酒采用地缸储藏，地缸每年清洗一次，清香型酒最讲究干净。酱香型白酒采用地窖储藏，地窖无法清洗，酱香型白酒只得追求微生物含量，所谓老窖实质上便是越脏越好。与白酒相比，储藏红酒的酒窖无疑是宫殿，红酒的贵族气息便是这宫殿滋养出来的。所谓一方水土养一方人，人与物总归能找到适合自己的活法，在某个特定环境里，你很难说清楚到底是干净最好，还是脏点更好，或者高贵便好。好比此刻，站在酒架前，我仿佛听到瓶子里的液体在低语，就像汾河从古晋阳遗址旁边流过，可它们究竟说了些什么，我并不清楚，也无须清楚。

"此日长昏饮，非关养性灵。眼看人尽醉，何忍独为醒。"百无聊赖的时候，我常常站在酒架前发呆。发呆的时候，我便想起王绩。唐武德年间，高祖李渊征归隐在家的王绩入朝，以原官待诏门下省。按照门下省惯例，每人每日可供良酒三升。弟弟王静问王绩曰："待诏可乐否？"王绩答曰："待诏俸薄，况萧瑟，但良酝三升，差可恋耳。"侍中陈叔达闻之叹道："三升良酝，未足以绊王先生。"于是，他命人每日特供王绩好酒一斗，时人从此呼王绩为"斗酒学士"。虽如此，依然养不住王绩肚子里的酒虫，王绩听闻主管音乐的太乐署史焦革善酿酒，便主动请求去当了太乐丞。王绩做官只为日日有酒喝，辞高就低只为讨酒方便，当真是酒翁中人，俨然阮籍再世。阮籍获悉步兵校尉府厨房藏有美酒数百坛，便主动降职担任了步兵校尉，校尉府的美酒被他一扫而光后，他又挂印而去，自是酒脱得紧。遗憾焦革夫妇不能长命，王绩听到他们辞世的消息，不禁仰天长叹："天不使我酣美酒邪？"叹罢，王绩也弃官还乡，重回日日醉卧田园的酒鬼生活。

王绩不只是"大人先生"阮籍的铁杆拥趸，还是"五柳先生"陶渊明的骨灰级粉丝，他效仿陶渊明自称"五斗先生"，也作了一篇《五斗先生传》。文人最忌讳模仿，王绩却甘愿步陶渊明的后尘，也算痴迷到了"无我"的地步。陶渊明在《五柳先生传》中自况："性嗜酒，而家贫不能恒得。亲旧知其如此，或置酒招之，造次必尽，期在必醉。既醉而退，曾不吝情。"王绩在《五斗先生传》中明志："以酒德游于人间，有以酒请者，无贵贱皆往，往必醉，醉则不择地而寝矣，醒则复起饮也。"有请必去，地不择远近；有酒必醉，人不择贵贱；夜以继日，通宵达旦，好酒如斯，夫复何言？

还有一位山西老乡，也是我的本家，想到他的酒故事，我不禁莞尔。《新序·刺奢》记曰：

> 赵襄子饮酒五日五夜，不废酒，谓侍者曰："我诚邦士也！夫饮酒五日五夜矣，而殊不病。"优莫曰："君勉之！不及纣二日耳。纣七日七夜，今君五日。"襄子惧，谓优莫曰："然则吾亡乎？"优莫曰："不亡。"襄子曰："不及纣二日耳，不亡何待？"优莫曰："桀、纣之亡也，遇汤武。今天下尽桀也，而君纣也。桀纣并世，焉能相亡？然亦殆矣。"

桀纣并世，五十步便无须笑百步。赵襄子与优莫的对答诙谐至极，机智至极，晋阳城在赵氏手中逐步走向辉煌也就不足为奇了。

然而，晋阳城成于赵氏，也毁于赵氏。赵光义火烧水淹晋阳之后，身为赵家人，我这个"赵"姓虽与赵襄子八竿子打不着边，我的山西老家与赵匡胤的河北老家更是隔着一座太行山，我内心的纠结却并不亚于"杯酒释兵权"中那些与赵匡胤结拜过的生死兄弟。赵匡胤兵不血刃黄袍加身，无疑是朝代更迭中的一个奇迹，然而，离奇的"烛光斧影"还是改变了大宋王朝的走势。晋阳被毁，中原北大门洞开，"靖康之耻"让赵官家悔断肠子，但耻辱是皇家的事，极目宫墙外的民间，依然一幅好端端的"清明上河图"。在汴梁城独一无二的中轴线两旁，"诸酒肆瓦市，不以风雨寒暑，白昼通夜"营业，宋人即便二人对饮，也是那么安逸，那么奢侈：酒壶一副、盘盏两副、果菜碟各五片、水菜碗三五只，花费"银近百两"。临安偏是偏了，酒肆却胜似汴京，烫酒的注碗依然"白如玉、明如镜、薄如纸、声如磬"。《梦粱录》记曰："中瓦子前武林园……店门首彩画欢门，设红绿杈子，绯绿帘幕，贴金红纱栀子灯，装饰厅院廊庑，花木森茂，酒座潇洒。但此店入其门，一直主廊，约一二十步，分南北两廊，皆济楚阁儿，稳便座席，向晚灯烛荧煌，上下相照。"坐在书桌前怀念消失的晋阳，我便在想，汴梁也罢，临安也罢，都无非文弱而阔绰的大宋王朝醉倒的酒肆，即使它醉人的春风像女子的扶柳细腰，最终也会像晋阳古城一样安安静静地睡在地下的。不过，生在富敌全球的宋朝，只流放不砍头的文人毕竟是幸福的，苏东坡不胜酒而好酒，欧阳修不恋太守而恋醉翁，醉后还可以吟诗作赋，胡说八道，不管风雨不管晴，也算生逢其时吧——"醉翁之意不在酒，在乎山水之间也。山水之乐，得之心而寓之酒也。"

那么，酒是什么？诗是什么？诗酒又是什么？李杜曾借高粱做过这样的比喻：小说是高粱做成了米饭，散文是高粱做成了窝窝头，诗歌是高粱做成了酒。米饭不过是生米煮成了熟饭，高粱的形貌和味道并未改变；窝窝头虽失去了高粱的形貌，依然可以尝出高粱的味道；酒虽是高粱酿的，却无高粱的形貌，也无高粱的味道，酒出于高粱，高于高粱，酒之高妙与诗歌如此神似，诗人岂有不爱酒、不赞美酒的道理？

酒似乎是男人的朋友，有时候，懂酒的却可能是女人。"我总会喝完杯中的酒，这是一种美妙的渴求。"诗人埃德娜·文森特·米莱是美国人，女权主义者，性开放者，在她的眼中，喝酒就像做爱一样理所当然。不过，这是西方女性对待酒的姿态，换作南宋的李清照，便要婉约得多。于"千古第一才女"而言，"沉醉不知归路""夜来沉醉卸妆迟""浓睡不消残酒""新来瘦，非干病酒，不是悲秋"，都不过是杯中风景，既然"东篱把酒黄昏后"，即便"三杯两盏淡酒"，也是要醉出万种风情的：

　　　　寻寻觅觅，冷冷清清，凄凄惨惨戚戚。乍暖还寒时候，最难将息。三杯两盏淡酒，怎敌他、晚来风急？雁过也，正伤心，却是旧时相识。

满地黄花堆积。憔悴损，如今有谁堪摘？守着窗儿，独自怎生得黑？梧桐更兼细雨，到黄昏、点点滴滴。这次第，怎一个愁字了得！

2016 年 4 月　一稿于太原
2017 年 3 月　二稿于太原

说谎者

1

秦淮河是南京的一只肺,还是一只胃?

我是过客,不知这条河里藏有多少秘密,更不知这条河与这座城市的命运纠葛。坐在船舱里,我一心想寻找的,只是沉在时光里的桨声灯影,在码头,却差点被鼎沸的人声淹没。我生活在北方,对江南山水怀有一种莫名的情愫。在我的想象中,秦淮河的桨应是木桨,灯应是纱灯,月应是远月,水应是碧水。独坐船头,举杯风中,任凭小船在半明半暗中咿呀行走,唯如此,方能品味出江南体贴的清冷,仿佛丝绸裹夹下的凹凸有致。本该昏黄的两岸却明亮如水,本该清澈的流水却泛着昏黄,我感受不到向往中的幽深,有些闷闷不乐。

祥子一直在讲A君的事,我一直在抽烟。

A君做了厅官,这要感谢他的好运气。祥子把玩着手中的茶杯,杯中的毛尖竹叶一样倒立起来,俨然一幅青山绿水图。看着如此鲜活的茶,我想起第一次南京之行,南京朋友嘲笑花茶的声音依然哆哆的:那是茶吗?草哎!南京朋友语气夸张,我有些讪讪。在改革开放初期，北方人能喝到的茶只有花茶，哪儿像现在，君山银针、西湖龙井、安溪铁观音、洞庭碧螺春、黄山毛峰、都匀毛尖……只要土地里能长出来，市面上便可以买到，近些年还鼓捣出普洱、金骏眉之类，让我这个看着祖父喝大叶茶长大的人羞赧。我对茶没有研究，就像我对Ａ君并不特别熟悉，只好做个听众。

其实，Ａ君并没有多高的才干，也没有多深的背景，他就是运气好。祥子反复强调Ａ君的运气，我想这可能是他最羡慕Ａ君的地方。运气来了挡不住，每次感觉他行将摇摇欲坠，他都会遇到贵人，贵人一伸手，他的命运便会发生转折。看到祥子不解中略带嫉妒的神情，我插科打诨道，性格决定命运，但决定不了贵人。贵人是什么？就是运气嘛！祥子也玩笑道，我说我运气怎么这么差呢，原来总遇到你。我说，多亏遇到我，如果你也总遇贵人，现在还能坐在秦淮河上等艳遇吗？祥子笑了，继续道，性格让Ａ君不知不觉走向悬崖，他又总会意外滑落到另一条抛物线里，不声不响进入另一个上升通道。Ａ君好命，好到身边的人都不敢相信。我说，与他吃过几次饭，你都在场，看上去挺憨厚的一个人。祥子说，是啊，他的好命就是相貌带来的，一副菩萨相，还勤奋，在贵人眼里，他是个憨厚吃苦的人，朋友都觉得他乐于助人。我说，这种人口碑好，天生有欺骗性。祥子说，Ａ君留给外人的印象让他受益无穷，如果你与他发生冲突，别人一定会认为是你的不是。我说，与这种人打交道挺可怕的，你也很可怕，居然把这么坏的人介绍给我。祥子反问，他坏吗？我不觉得啊。祥子打了个哈哈，他爱钻牛角尖，钻进去不出来，看上去像块海绵，软塌塌的，可一旦被他吸附，海绵就变成了吸盘，死死抓住你不放，纠缠不清。我说，这种人最难共事，得罪不起。祥子说，实际上这是他致命的缺陷，可这种缺陷不写在脸上，不挂在嘴边，不攥在手里，它藏在心里，自己意识不到，外人看不到，只有与他经常共事的人才能感觉到。我说，你俩好像处得还不错。祥子说，那是我离开得早，那时他还没有飞黄腾达，如果与他共事到现在，不一定出什么事呢。我调侃道，像你这么聪明的人，也出不了什么大事，顶多陪他一起吃牢饭。祥子说，我还没这个资格，况且，如果我与他共事到现在，说不定也反目成仇了。我说，以你的性格，与人翻脸比登天还难。祥子说，问题是我不与他翻，他要与我翻，一旦闹翻，他就往死里整你。我的一个老同事因为一点小误会，被他整了好几年，他俩关系原来挺好的。我说，外人都觉得他是菩萨，同事都认为他是魔鬼，这种人还真少见。祥子说，实际上还是性格，他从来不觉得自己做错过什么，任何时候都是别人对不起他，而且，他一旦有了这种想法，就睚眦必报，赶尽杀绝，芝麻大点事都可以不共戴天。我说，怪不得进去了，他这样做事，就是自己给自己挖坑，自己活埋自己。

　　祥子一直纠结的，其实是 A 君为什么前后判若两人。我与 A 君见过几面，也经祥子推荐看过 A 君的博客，在我的印象里，A 君似乎一个老愤青，字里行间流露出对世风日下的不满，言辞凿凿，正义凛然，仿佛道德楷模。尤其令人费解的，他都做了单位的"一把手"，还在博客里对单位的人事说三道四，好像博客是他的私人日记。前些年 QQ 上与祥子聊天，我谈到这种感受，祥子说，我也奇怪他怎么博客和日记不分，问以前的同事，都说他在表演。我当时没明白祥子的意思，也没深究，只是觉得这种表演类似暴露癖，病得不轻，就再也不看他的博客。现在想来，他其实是故意把自己的内心裸露给人看，在神圣化自己的同时，又向同事传递自己的立场，通过博客制造舆论，操控单位。想起 A 君这一不可理喻的嗜好，我不禁冷汗淋漓，脱口道，不愧"文革"中成长起来的人，操控欲强，懂得用舆论杀人，貌似老实，实则阴暗。他疑心太重，容不下人，不适合做"一把手"。祥子盯着我看了半天，叹息一声，也许吧，是"一把手"害了他。我说，不是"一把手"害了他，是他自己害了自己。官本位年代，人人喜欢削尖脑袋向上爬，可官不是谁想当就能当的，官大一级压死人，也压死自己。祥子说，德不配位，必有祸殃？我点点头，又摇摇头，也不全是这个意思，权力是把双刃剑，于人格完整的人来说是长袖善舞的舞台，于性格有缺陷的人来说是胡作非为的平台。没人管你也就罢了，风向一旦有变，早晚得出事。祥子说，前些年当官太滋润了，尤其霸道惯了的，顺我者昌、逆我者亡的，现在哪个不是热锅上的蚂蚁？我说，人在江湖，欠下的总归要还的。那时候你是一把手，不用看别人的脸色，想干什么就干什么，现在风气变了，就该你看别人的脸色了。祥子说，风水轮流转，其实A君并不懂得看脸色，包括看别人的和被别人看。我说，不懂得不等于不在乎，A君每天在博客上尽情表演，说明他很在乎，他的表演看上去很本色，其实很笨拙。不过，看不透他的人很容易被他迷惑。祥子有些诧异，你觉得他是个演员？我说，对，是个好演员，只是自己意识不到。祥子有些疑惑，他盯着我，我也盯着他，不认识？我又不是你的A君。祥子笑了，我明白你的意思，你是说他是个双面人。我反问道，难道不是？祥子说，想想他提拔后的表现，还真是。我说，你又错了，他一直都是双面人，只是没有提拔前表现不出来罢了。其实，人都是矛盾体，表现什么，不表现什么，是环境决定的。环境是个大染缸，能把持住的，不会被染缸熏染；把持不住的，染缸是什么颜色，他就是什么颜色。祥子说，你这不是拐着弯骂人吗？我说，我怎么骂人了？祥子说，你不就是想说有的人跟着狼吃肉，跟着狗吃屎嘛。我说，这是你说的，我可没说。话音落地，我俩相视而笑，上船时的闷闷不乐登时烟消云散。

风渐渐大起来，空气泛潮，还夹带着咸湿的鱼腥味。祥子去关窗户，我伸手拦住道，别关，我想闻一下水乡的味道。祥子说，你也怪人一枚，这有什么好闻的？我说，你现在是黄浦江边的人，当然不理解我们黄土地上人的心思。祥子说，什么你们黄土地，我不是黄土地上长大的吗？都是诗人的臭毛病，矫情，你这算不算一种表演？我说，算，本色出镜。祥子笑道，实际上，我们每个人都是演员。我说，对，角色有正反，演技有高低，最聪明的人，永远都是说真话的人，因为假话早晚会穿帮。祥子看着我，一时陷入沉默。

2

A君的悲剧不完全因为性格，甚至是命中注定，他憨厚的相貌仅是让他的悲剧显出几分悲情意味来，不明就里的人还会为他惋惜。祥子谈到A君滔滔不绝，与从前判若两人，我想这也是一种猎奇心理，说到贪官栽跟头便亢奋。去上海之前，祥子通常是我的听众，记得20多年前，我俩第一次乘坐太原到上海的火车去南京，坐在硬卧车厢过道的窗台下，望着窗外黑魆魆的夜空，他几乎一路都在听我说话，仿佛我的粉丝。抵达南京稍事休息，我俩便去了镇江，之后，又渡江到扬州，再从扬州折回镇江，最后到达太仓。我俩计划中的最后一站本是苏州，可五月的苏州人满为患，接待单位竟把我俩甩到了太仓。知道行程被调整我有些不快，苏州不接待打道回府便是，打发我俩去一个小县城干吗？可对方已安排妥当，我也不好再说什么，奥迪车把我俩从苏州站接到太仓，我又转悲为喜。江苏发展太快了，一个乡镇抵得过山西的一个县，怪不得他们看山西人就像看乡下人。太仓时列全国百强县之首，站在郑和出海的地方，我隔江远远望了一眼上海，没想到数年以后，祥子竟然变成上海人。

A君的故事让我想到B君。我与B君认识近30年，他是个文化人，还是个商人，生意一度做得很大，至少给人的印象很大。B君出事前我与他已很少往来，听到他出事的消息，我一点都不惊讶。我对到我这儿打探消息的人说，他走到今天，都是性格决定的。

祥子与A君是校友，曾经同事10年，2010年我去上海参观世博会，A君恰好也去了，祥子便请我俩一起吃饭，饭后一起夜游黄浦江。印象中，A君言语木讷，性格内向，做事也低调，与我认识的B君性格相反，行事风格也相反。单从外表看，A君和B君毫无共同之处，命运本不该相像的。不过，表象就是表象，祥子后来告诉我，A君有一种幻想错觉，他想过的便等于他说过的，他说过的便等于他做过的，他做过的事从来不会有错，很多事到了他那儿便永远说不清。听到祥子如此评价A君，我想到B君，我觉得A君和B君仿佛一个模子刻出来的，只不过A君内敛，B君张扬，A君是正面，B君是背面而已。这种人很容易陷于认知错位当中，认知错位的后果便是欺骗，骗别人，也骗自己，自己对此毫无意识，却总在怀疑别人的诚信。有这种认知错觉的人都内心强大，说任何话都心安理得。A君经常在各种场合信口攻击对手而不脸红，对他了解不深的人会觉得他是受害者。B君也经常在各种场合与人言不由衷，把酒言欢，且不会因侃侃而谈、胡编乱造而心慌，而内疚。

毫无疑问，A君和B君都是说谎的人，且久而久之，A君相信了自己的谎言，B君也相信了自己的谎言，A君的朋友对A君说的每句话都深信不疑，B君的朋友却知道B君在说谎。

我把B君的故事说与祥子听，祥子与我再次相视而笑。

A君是怎么出事的？我问。

女人。祥子说。

靠，就不能玩点新鲜的？

太阳底下没有多少新鲜事，权钱性是世上最美的罂粟花。

看不出来，你也是诗人嘛。

跟你学的。

他乱搞女人了？

被女人搞乱了。

他长得笨头笨脑的，也有女人上钩？

有权呗。都是女下属，主动送上门的。

兔子不吃窝边草，老祖宗的话他当耳旁风？

人有了权，就忘乎所以了。

那也不能吃窝边草啊！

外面的草他吃得着吗？

也是。勾引女人也是一门技术活，他除了守株待兔，估计技术含量高的东西还真玩不了。

他是典型的闷头驴偷吃料，只要送上门来，来者不拒。

人要是没了底线，多奇葩的事都可能发生，只有你想不到的，没有他做不到的。

据说投怀送抱的不止一个，尤其与他有业务往来的女人，都与他传有绯闻。

让这种人当官也是糟践人，干坏事连脑子都不过一下，可怕，可笑，可怜。

古训都是底线思维，他有底线吗？

人性有时是无底洞。道德不受约束，人人可能是纵欲犯；行为不受约束，人人可能是纵火犯；权力不受约束，人人可能是贪污犯。

没人管，有几人能过了权钱性这一关？看看前几年出事的官员，不管男的，还是女的，都几乎一样的狗血剧，男人养女人，女人养小白脸，个个光明正大，哪还有一点规矩？哪还有一点敬畏？

我又想起B君来。B君公司做大以后，对女人也十分上心，我当时想，或许B君蹲过大牢，总想把失去的光阴追回来吧。B君对男人高度警惕，对女人却十分信任，当年有个北京女子找他谈合作，业务八字还没一撇，两人便滚床单去了。之后，B君还添油加醋地对身边的朋友讲那个女人床上功夫如何了得，朋友劝他当心，他竟与朋友翻脸。后来，那个女人俨然他的二当家，她说什么，他便信什么。没过多久，那个女人便卷了他500万跑了，B君气得差点吐血。朋友们私下说起这事，觉得B君在里面蹲过几年，性饥渴，那个女人风情万种，他抵挡不住，自然昏了头。缺什么便渴望什么，渴望什么便在什么上栽跟头，人性亘古如此，也算命中一劫吧。就像A君，作为老三届年轻时经历过一些坎坷，总觉社会亏欠了他。前半辈子循规蹈矩，辛苦打拼，指望出人头地。后半辈子飞黄腾达了，有权了，便飞扬跋扈了，补偿心理也蠢蠢欲动起来。权力看得重，金钱看得重，大捞特捞理所当然，目睹身旁的官员个个养女人，自己也不甘寂寞，没本事去外面拈花惹草，只好东施效颦，就地取材，捡到篮里都是菜，至于党纪国法、道德廉耻，早被他抛到爪哇国了。

A君可以白天在会上大讲特讲廉洁、道德和正义，晚上与女下属上床。祥子说。

B君可以白天参加慈善活动，晚上把女人送到领导床上。我说。

一丘之貉。祥子说。

太阳底下没有多少新鲜事。我说。

祥子端起茶杯说，敬你一杯，祝你无权无势，至今还是屌丝一个。

我吐了个烟圈说，祝你又老又丑，有贼心，没贼胆，至今还是宅男一枚。

3

去江南旅行，有两样东西是必看的：一是水，一是园林。捧一杯香茗，坐在水边或园林里，静静地与空气中湿润的生命对话，仿佛坐在葡萄酒庄的葡萄架下细品一杯干红，或者站在葡萄酒窖的橡木桶旁抚摸木桶上潮湿的纹理，你能感受到什么是水洗出来的人文。江南的精致是一种气息，低低的，软软的，无孔不入的，酥到骨头里的，北方的粗犷是一种气势，雄伟便雄伟得摄人心魄，荒凉便荒凉得天荒地老，辽远便辽远得荡气回肠。总之，南方是一只杨柳细腰，任你扶着她在梅雨中款款地侬言软语风情，北方则是一双虎虎生风的拳头，瞬间便能把你击倒在地。

如果说江南是一盏茶，北方就是一杯酒，江南的茶杯里有风景，北方的酒壶里有豪情。而此刻，我这个北人却飘荡在江南的水面上，与一个被南方的风吹软了的北人讲述他人的故事，这场景让我感觉有些怪异。凝视着两岸的灯火，我想A君和B君仿佛此岸与彼岸，风景虽不尽相同，却共有同一条河流。反腐风暴突如其来，A君和B君毫无例外地倒下，剧情惊人相似，曝光出来的人性也惊人相似，戏剧之外，悲剧之中，令人脊背发凉。望着秦淮河岸时光熏染了的建筑，想象着建筑群中隐身的夫子庙，我的脑海突然飘过"子在川上曰，逝者如斯夫"的感叹，顿觉人生无常又有常，路径有迹可循，发生过的却不可更改。A君和B君都是读书人，都是靠读书从农村走出来的，浸润在斯文扫地的世风里，他们却又都是船中人，置身灯红酒绿当中，游戏权钱性之间，他们是观水者，还是泅水者，最后毫无意外地成为溺水者，如若他们还有机会重新坐在这条船上，他们会生发出怎样的感慨呢？我也是船中人，当年我如果也有他们的地位和金钱，我会是他们一样的命运吗？

看过电影《说谎者》吗？我问祥子。

看过。富二代，癫痫病患者，酗酒，嫖妓，还有测谎仪。

典型的好莱坞电影，该有的元素都有。

有句台词我印象挺深，大意是说，这个世界上没有人不曾说过谎，人为了隐瞒什么而说谎，又为了圆谎而做一些什么事。

这句台词老生常谈，并无新意，我感兴趣的是测谎。正常人是躲不过测谎仪的，病人就不同了，病人又是千姿百态的。其实，从根本上讲人都是说谎者，所不同的，有的人在主动说谎，有的人在被动说谎。主动说谎不可怕，被动说谎最可怕。

你也太言过其实了吧？你们文人是不是都喜欢语不惊人誓不休？

本质如此。事实上，世上很多事很难有完全的真相，我们所谓的真相只不过是我们眼中的真相，它不可能是真相的全部。从这个意义上讲，我们说的每句话都可能是谎言。

那你为何说主动说谎不可怕，被动说谎就可怕？我倒觉得主动说谎的人最可恨，因为他在故意骗人。

主动说谎因为故意，便会留下蛛丝马迹，你只要足够警觉，就不会上当。被动说谎是无意识的，说谎者不自觉，测谎仪测不出来，我们无从判断，欺骗性自然更大。

他没有故意骗你，他只是不知道，只是骗得天衣无缝。

对，我们也可以说他说的不是谎言，他只是不知道实情，可实际上，他确实说了谎。

善意的谎言。

不，善意的谎言还是谎言，他知道自己在说谎，只是没有恶意。被动的谎言是他一直在说谎，却意识不到自己在说谎。

你这是推理，生活中这种人恐怕不多。

也不少。《说谎者》里的男主角是这种人，患有某种心理疾病的人可能是这种人，说谎成瘾的人说到最后连自己都不知道自己在说谎，也可能是这种人。

习惯成自然。

对，我觉得A君就有这种可能，否则，他不会说假话也振振有词，理直气壮。

祥子想了想说，有可能，我就一直奇怪他为什么能当众胡说而不脸红。

B君也可能是这种人，他任何时候胡说八道，都脸不红，心不跳。

真是林子大了，什么鸟都有。

记得有份资料说，成年人平均每天要撒一个半谎，你说可怕不？所以，任何时候都不要相信"我从来不说谎"的人，这几乎不可能。

是的，信誓旦旦的人常常是说谎的人，说谎的人最恨的就是说谎的人。

这是一个悖论，人喜欢说谎，才发明了测谎仪。

看来说谎也是一种病。

严重的心理疾病。美国人研究过12名病理性说谎患者的大脑结构，发现他们的大脑前额叶区域的白质体积比正常人多出22%到26%，灰质却少了很多。大脑灰质负责信息处理，是人的理性中心，灰质减少会影响人的自我控制力。大脑白质是神经元之间进行信息交流的通道与触角，脑白质增生预示着脑区互动交流能力增强，大脑活泛，能够完成一般人完不成的说谎任务。

看来说谎也是件辛苦活，说谎成性的人都很聪明。

病理性说谎的人聪明，其他的不一定。

祥子笑问，你是哪一种？

我说，与你一类。

祥子说，我是老实人。

我说，千万不要相信老实人。

祥子朗声大笑起来，引得周边的游客朝我们这边看，祥子不好意思地报以微笑，脸上涨起红云，仿佛说谎者被人戳穿一般。我把头转向窗外，感觉自己行走在秦淮河的黑暗当中，其实我知道，此刻，我只不过是坐在秦淮河灰暗的船舱里，凝视着秦淮河两岸的灯光，以及光影间影影绰绰的建筑和灰黑的植被。灯光中的两岸无疑是具象的时空，可于我而言，我看到它是什么样子，它便是什么样子，我便顺理成章地接受了我看见的样子，这个样子便是我看到的秦淮河。

知道物理学中的双狭缝实验吗？我问

高中好像学过，记不大清了。祥子说。

A君和B君就像实验中的A狭缝和B狭缝，光透过这两个狭缝，有时呈现出来的是波，有时呈现出来的是粒子，我们可以通过狭缝证明波与粒子的存在，却无法把它们分离开来。

哦，你说的是波粒二象性吧？

对。人其实就是一束明亮的光，看上去好像很清楚，却很难把人性中的善恶分离开来。

就像河流的此岸和彼岸，看起来泾渭分明，实际上你中有我，我中有你，互相纠缠。

纠缠这个词用得好，形象，量子力学就在研究量子纠缠，很有意思。如果把A君和B君当作两个量子，A君和B君就处在缠绕状态，他们的故事是他们的故事，也不是他们的故事，如果把他们的故事叠加在一起，他们就是社会。社会是复杂的，人性就更复杂了。我说A君是说谎者时，A君其实也是老实人；我说B君是我的朋友时，B君其实也是我的对手；A君和B君本身是一束光，合在一起还是一束光，我们通常只对光感兴趣，其实光下面的黑暗才是河流，才是人性，我们能感觉到她的流动，却很难找到全部真相。人性仿佛黑暗之神，我们被光照耀，对黑暗熟视无睹，有时甚至忽略了黑暗的存在，这是人的认知误区，也是人性的弱点。

你们这种人活得真累。祥子挖苦道。

不累不是人，这是人的悖论。你不累吗？祥子知道我在挖坑，笑而不答。

4

公元前6世纪，克里特哲学家埃庇米尼得斯抛出一个无解的谎言者悖论："我的这句话是假的。"以此为前提，如果这句话是真的，便不符合"我的这句话是假的"，那么，这句话就是假的；如果这句话是假的，便符合"我的这句话是假的"，那么，这句话就是真的。谎言者悖论与韩非子《矛与盾》的寓言异曲同工："吾盾之坚，物莫能陷也"，"吾矛之利，于物无不陷也"；或曰："以子之矛，陷子之盾，何如？"罗素试图找到破解悖论的办法，他在《我的哲学的发展》第七章《数学原理》中说道："自亚里士多德以来，无论哪一个学派的逻辑学家，从他们所公认的前提中似乎都可以推出一些矛盾来。这表明有些东西是有毛病的，但是指不出纠正的方法是什么。"罗素只找到了病症，并未找到治病的方法，概因罗素的逻辑基石与他们是一致的。也就是说，用同样的思维方式治疗同样思维的病，是不可能的。那么，这些矛盾究竟是怎么产生的？这些毛病又该如何纠正？其实，古老的东方哲学早已给出答案，只是被我们忽略罢了。《道德经》曰："知其白，守其黑，为天下式。"老子知白守黑的智慧早已超越非此即彼的日常经验，可沉溺在经验判断中的思想者们却喜欢以阳光的名义号令天下，黑暗便堕落成阳光的遮羞布……我默默望着窗外漂浮的夜色，心底不由生发出几分感慨。

在想什么？祥子看我半天不说话，知道我又走神了，捅我一下问道。

大老远地，怎么好心想起到南京来看我？

怕你周末寂寞呗。重回课堂，感觉还好？

无所谓好不好，权当休假吧。其实，不仅我们的教育还是西方的教育，都存在一个致命的缺陷。认识论统治了我们很多年，我们常常把许多事物对立起来，以为可以是非分明，黑白立判，可世上的事物有这么简单吗？

那就可以是非不分，黑白不分吗？

人类分了几千年了，分清楚了吗？

哦……

老子说万物是无中生有的，霍金也证明了宇宙的创生是无中生有的。无中生有，这是万物相生的逻辑，也是世界创生的逻辑，我们却把很多东西对立起来，人为制造了很多矛盾。比如黑与白，二者并非对立关系，而是黑生出白的关系，所谓白，只不过黑被光照耀后显现出来的部分，是很小的一部分，世界大部分沉在黑中，黑或许才是世界的全部。

祥子想了想，似有所悟。

你现在看窗外，看到了什么？对，我们只看到了光中的事物，看不到黑暗中的事物，或者说，光让我们看见，黑暗让我们变成一片混沌。混沌不是无，不是空，光中看见的，黑暗中依然存在，光中没有看见的，黑暗中依然存在。光仿佛世界的显影剂，在世间万物当中，只有人才试图去发现世界，只有人才试图去遮蔽世界，人与动物的差别就在于对光的运用：因为有了光，就有了阳谋和阴谋，就有了掠夺和战争；如果没有光，黑暗就是纯粹的，就是深不见底的，就是世上最大的和平。而我们一直在干什么？忽略黑暗的存在，把光照亮的世界当成世界，人最喜欢自欺欺人。

照你这么说，权利与自由也一样，我们应该知权利，守自由。

是这样。权利意味着对他人的限制，限制就不自由；自由意味着不受他人限制，不受限制就可能侵犯他人的权利。

那权利和自由不就是矛与盾吗？

矛盾的不是权利与自由，而是权利和自由的行为主体。人在强调权利和自由时，通常强调"我的权利""我的自由"，排斥"他的权利""他的自由"，这个"我"针对的是"他"，也就是说，"我的权利"针对"他的权利"，"我的自由"针对"他的自由"，"我"的存在可能就是对"他"的侵害。从这个角度看，世上没有绝对的权利，也没有绝对的自由，绝对的权利和自由都是暴力。而我说的是"我的权利"和"我的自由"之间的关系，于"我"而言，这二者是相生相谐的，自由度高权利便大，权利大自由度便高。权利和自由的高度和谐只能存在自身，不能用来针对他人。我们可以知"我的权利"，守"我的自由"，但不能限制"他的权利"和"他的自由"。

明白了，民主，或者说普世价值，也是这么回事。

你的民主是你的民主，不是我的；你的普世价值是你的普世价值，也不是我的。再好的东西都不能拿来强加于人，因为强加就是暴力，就是强权。物质不灭，万物共存，宗教，世俗，国家，民族，草木，虫鱼，莫不如此。政治伦理都是悖论，悖论几乎是所有文明的死穴。从本质上讲，极端的言论自由和极端的宗教狂热都是暴力，国家暴力与恐怖主义只不过是一物上开出的两朵恶之花。

没想到，眨眼30多年过去，你变成怀疑主义者了。祥子有些感慨。

我不是怀疑主义者，我是相信一切，怀疑一切。我本来想说我是中庸主义者，话到嘴边又咽了回去。我知道，在祥子眼里，中庸主义就是好人主义，这也是一个认知误区。

那就更可怕了，感觉就像说你一半是天使、一半是魔鬼似的，高中时候我们多单纯。

我还记得文理分班时候，你对咱班的一个女生恋恋不舍的样子。我调侃道。

祥子笑一笑，你是学理科的，整天琢磨起人来。我是学文科的，却只知道老婆孩子热炕头，世事弄人啊。

是啊，社会就是一张网，我们不过网中央的蜘蛛，一生纠结，纠结一生。

这也是悖论？

悖论就像网结，无所不在，你我本身也是悖论。

祥子又陷入沉默。我凝视着两岸灯火从身旁缓缓退后，仿佛穿行在隧道里。我知道，就像A君和B君的故事我俩讲不清楚一样，就连我俩的故事有时也是扑朔迷离的。或者说，我俩也是一束光，自己根本无法准确测定自己的波或粒子的运行轨迹，所谓人生修炼，只不过是期待波与粒子在更高的层面达成谐和而已。A君和B君的故事一路伴随我俩前行，这一切不过都是猜测和推理，历史都是迷雾，即使刚刚书写的历史，也是迷雾重重。迷雾无疑是灰暗的，仿佛光与黑暗的混合物，或者说，光与黑暗就是迷雾的波粒二象性。历史在昨天的迷雾中，被谎言充斥；今天在昨天与今天的迷雾中，被谎言充斥；我此刻也可能是一团迷雾，祥子此刻也可能是一团迷雾，我们怎么保证自己不是一个说谎者？生活在悖论当中，我们或可保证真诚，却无法保证真实。是的，在此刻，我或祥子可能都是说谎者，因为在这个不确定的世界里，生活的本质就是反讽。

换个角度看，悖论也是互补。我说。

你的意思，万物皆悖论，万物皆互补？

对，矛与盾是互补，无与有是互补，黑与白是互补，阴与阳是互补，权利与自由是互补，男人与女人也是互补。世上从来没有两样东西的关系是简单的、直线的，人与人的关系尤其复杂。

那你说，男人与女人该是怎样的关系？

单从肢体语言来讲，男人与女人的关系至少包括四个层面：平等、并行、对抗和互补。平等、并行、对抗和互补暗示了男女交往的各种姿势，譬如肩并肩、面对面、背靠背和叠加。平等、并行、对抗都是站着或坐着，属于光照下的行为，这种关系并非男女的本质。叠加躺在黑暗中，黑暗是男女最好的融合剂，或者说，男女合二为一就是最大的黑暗。当然，我所说的黑暗并不单纯指有光或无光，还包括人的意识。意识黑暗是一种无意识或潜意识，大多数人只有沉入到纯粹的、忘我的黑暗当中，才能放松，才能融合，这种融合是浑然一体的。当然，也有人喜欢制造紧张，在紧张中寻求刺激，这种人最喜欢偷情。

看来你是自然主义者，主张性是男女关系的本质。

不，性和情都是男女关系的本质，二者只有在黑暗中才能高度统一。

黑暗中？为什么是黑暗中？

只有在黑暗中才可以做到互补，有光的时候，是平等、并行和对抗的。平等、并行和对抗是表象，互补才是本质。

天人合一，阴阳和谐？

对，说白了男女关系就是性和爱，我觉得爱情一词不如性爱准确，有爱无性，有性无爱都是缺憾。

回到宾馆，我做了一个梦，或与这一路的话题有关。从事新闻工作数十年，寻找真相似乎是我的职业，可我对所谓的真相越来越存疑，或者说，所谓真相只不过是某个事件发生的可能性概率而已。朋友——相貌模糊，梦中知其是朋友，却不知是谁——带他的朋友来找我，说有一事相求，说罢扔下六捆钱，转身欲离开。我十分惊诧，急忙拉住朋友问有什么事。朋友若隐若现，朋友的朋友却突然站在我的面前，竟是一中年女子。她说她被她的领导包养了，让我在报纸上曝光。说话中间，她突然撩了一下裙摆，露出未穿内裤的下体，膝关节间的缝隙宽若岩缝，裂开的骨头间清楚地长着三颗刺眼的肿瘤，状如蘑菇，又似毛桃。我惊恐万状，急忙解释道，没有调查我无权发稿。我的话还未说完，朋友和朋友的朋友却突然消失，我惊出一身冷汗。从梦中挣脱出来，我心底不禁一阵恶心，感觉自己正被疮疖围困，很想呕吐。躺在床上回味梦中情景，性、钱、权和肿瘤历历在目，似乎某种暗示，这种暗示显然与道德有关。或者说，在道德之下，性、钱和权便是三种肿瘤，正是这丑陋的肿瘤让真相不得不被遮蔽起来，谎言大行其道。在梦中，人都是模糊的，六与三的数字却异常清晰，令我百思不得其解，我想这应是某种暗示。

5

那一年，我与祥子是乘坐渡轮抵达扬州的。小轿车把我俩直接送到船上，站到船头我有些惊讶——长江上的船居然如此大，仿佛一座大楼。天有些阴，江面上起了雾，我站在甲板上任江风吹打，很想体验长风破浪的感觉，却有些失望。不过，船头劈开水波的刹那还是极具气势的，北方蜿蜒的河流无法相提并论，即使浩荡的黄河，也没有长江的江面开阔，北方河流上漂浮的船只就只能用袖珍来形容了。从镇江到扬州，我觉得江南与北方最大的差别便是少了一重尘埃，江南的道路干净如北方的院落，江南的院落干净如北方的厅堂，江南的清洁度远远高过北方的光照度，江南无疑是清水洗过的世界。当然，江南还是性感的，柔软的，细腰的，在长江日夜不息的流水下面，我看到了比北方更厚更重更多的泥沙，或因着泥沙的沉积，江南才显得黛眉清秀，腰身婉约。

还记得那次从镇江到扬州吗？我问。

记得，那是我第一次坐大船。祥子说。

我也是。那年去上海，是我第一次在江上看夜景。

你是那年认识A君的吧？

是的。第一次见他，感觉他很老实，没想到他也会出事。他是被人举报的？

不是，是那个女人出了事，把他牵连进去的。

你见过那个女人吗？

见过。有一年她来上海，A君让她找过我。

漂亮吗？

说不上漂亮，很骚，一个人从楼道走过，就像江上飘过一阵鱼腥味。

哈哈，比黄浦江的黄水还骚？你没领她夜游黄浦江？

我领她夜游黄浦江？有病。我觉得她浑身上下没一个部件是真实的，起码整过鼻子，隆过胸。

哦，她把A君揭发了？

不是，据说她在里面嘴还挺严。纪委抄家抄出不少她与男人上床的视频，都是她偷拍的，A君也在其中。

靠，这种女人太可怕了。

估计当年她拍了视频要挟当官的，要不怎么会有那么多官员被她拉下水？

窝案？

嗯。

B君也是牵扯到一桩窝案里的，后台倒了，他是金主，自然在劫难逃。

这种人，怎么说呢？主动栽了也罢，被动栽了也罢，都是咎由自取。

是啊，好多事谁能说清楚？就像你，你能说清楚这辈子最该相信谁吗？

祥子一脸迷茫，他没有料到我会提出这样的问题。顿了一下，祥子狡黠地笑道，除了你，我谁都相信。

我也微微一笑道，这个问题并不重要，你也很难给出准确答案。不过，我可以告诉你，如果你信过，你是错的，因为站在你对面的脸孔实际上是模糊的；如果你没有信过，你还是错的，因为不管人性如何堕落，我们都该相信这个世界。这就是我们与这个世界的真实关系——悖论。

看来，我们注定要在悖论中度过一生了。

是的，所以做人要心存敬畏，心怀恐惧。

A君就是个不知恐惧的人。

他不知恐惧，我们就把他当神明供起来，这样我们就不会失眠。

神明是不说谎的。

你怎么知道？你会判断说谎者？

你呢？

要不，咱俩一人一条，把平时判断说谎的经验拿出来，看谁阅人无数？

好啊，你先说。

书上看来的算不算？

算。

好，我先开始。吃惊的表情转瞬即逝是真的，超过一秒是装的。

说谎的人不会回避你的眼神，反倒会通过眼神交流来判断你是否相信他说的话。

男性鼻子下方有块海绵体，摸鼻子表示他想掩饰某些东西。我伸手去摸祥子的鼻子，祥子伸出胳膊挡住了。祥子把手放在眉骨附近，做了个鬼脸，你羞愧不？我被祥子的滑稽感染，表情和肢体动作也多起来，我俩全情投入，仿佛两个刚出道的演员在对戏。

描述一连串事件时，编造的人通常都会按时间顺序进行，如果能够流利准确地倒叙，说明他没有说谎。

哦，如果你写的书是按时间顺序进行的，你就是胡编乱造的。

有可能，我是谎言大王。我准备退休后写一部《赵树义谎言集》，肯定畅销。

我做你的经销商如何？

你不够格，我要美女代言，美女骗人没商量。

我发现你的眼球经常向左下看，说明你在回忆，你还算个老实人。谎言是现成的，不需要回忆。

我发现你的一只肩膀在耸动，你对自己说的话很不自信。

我动了吗？

明知故问，看，你的眉毛正微微上扬。

你对我刚才的质问一脸不屑，说明我的质问是真的。

你在假笑，你的眼角看不到皱纹。

你的面部表情两边不对称，你的表情是装出来的。

你抿嘴两次，模棱两可。

你双手抱胸，用肢体抗议，你的话不可信。

你虚情假意，不眨眼睛。

你一直在说谎，你眼神飘移。

你面对我的提问，先是无措，然后假笑，思考，想出一个并不高明的谎言，异常坚定地回应我的问题。你在自言自语。

你的话语重复，声音上扬，强词夺理。

你的鼻孔扩大，嘴唇绷紧，你要发火了。不过，你很有修养，还能控制住自己。

你刚才摸了一下脸颊靠近耳根的部位，你紧张了。

你回答问题时紧咬嘴唇，你焦虑了。

……

哈哈哈，我俩忍不住同时大笑起来，就像两个老顽童。船身突然颠簸了一下，船周边的河水骤然涌向岸边，似乎要把河底的泥沙卷上岸去。我把头探向窗外，发现船已靠岸，船舱里的游客大多站在舱门口，我俩竟未察觉。

到码头了？祥子问，若有所失。

到码头了。我回答，若有所思。

2016年5月　一稿于太原
2017年3月　二稿于太原

失忆者

1

冬天很冷，记忆中的火便有些明亮。在叙述童年的时候，我不得不小心翼翼地用"有些"来限定"明亮"，因为我知道，这句话一旦说出，无论我用词多么谨慎，它都是残缺或失真的，就像我看到一个奔跑的人突然坐在椅子上抚摸自己的假肢。是的，记忆中的"明亮"就像假肢在"奔跑"，这并非真实的情形，却很可能以真实的方式存储在记忆当中。是的，当我回望童年的时候，我的确看到了亮光，不过，记忆中最温暖的地方却与火无关。或者说，火留在记忆中的温暖是局部的，是分层次的，就像一盏酒精灯，它有暗淡的焰心，有明黄的内焰，还有飘忽不定的外焰。在初中课堂上，老师告诉我，酒精灯火焰温度最高的部分是外焰，其次是内焰，再其次是焰心；在大学实验室里，我让一根火柴棒横穿整个火焰，用被外焰炭化了的火柴棒验证了这个结论。我对此深信不疑，因为告诉我这个结论的人是我的父亲，我也目睹过火柴棒由白变黑的全部过程。可尴尬的是，继这一定性分析之后，掌上实验室通过数据采集器、传感器和计算机技术进行定量分析，居然发现三层火焰温度最高的部分是内焰，而非外焰。精确测量的数据最有说服力，何况它与我日常观察到的现象——内焰部分最明亮——相一致，与事物通常的变化规律——低潮，高潮，低潮——也相一致。火焰温度的起伏就像山峰，就像潮水，就像做爱，高潮之前是低潮，高潮之后也是低潮，它呈现在我们面前的，也是一个由低（焰心）到高（内焰）再到低（外焰）的过程。我们拥有太多这样的生活经验，却依然被一个错误结论蒙蔽很多年，仅因这个结论披着实验的外衣。我原以为对事物进行定性分析是靠谱的，却原来并不这么简单，就像跳跃在记忆中的火，它虽然明亮，却只摇曳在它所在的位置，且只能辐射到周边很小的范围内，譬如门后，譬如炕头，譬如墙角，可我们却觉得整座房间都是因火而温暖起来的，尤其当火炉摆放在屋子中央的时候。火炉温暖了整间屋子，火炉放置在房间中央的情形——这种情形要么发生在办公的地方，要么出现在很小的房间里——加深了这一印象，只不过，乡村没有办公场所，我记忆中最温暖的地方，其实是窑洞和牛圈。

窑洞冬暖夏凉，这是乡村生活常识，每个在乡村长大的人对此都不陌生，却很少有人想过窑洞为什么冬暖夏凉。我从前也很少关心这样的问题，但有一点我敢肯定，窑洞的冬暖夏凉一定与地气有关。窑洞通常建在一堵很大、很厚的土墙的向阳处，是这堵大而厚的土墙遮盖了季节的变化，是这堵大而厚的土墙让窑洞里的地气几乎保持恒温，而洞内洞外的温度落差，轻易便给人造成冬暖夏凉的错觉。不论春夏秋冬，窑洞几乎都保持在恒温状态，冬暖夏凉不过是我们的错觉，这错觉产生自我们敏感的肌肤，就像火焰温度的错觉来自易炭化的火柴棒，我们对肌肤的信任显然要远过对眼睛的信任，这种错觉便根深蒂固。至于牛圈的温暖，恐怕很多人都不会想到，或许，在一些人的印象中，牛圈位置偏僻，结构简陋，墙壁和屋顶走风漏气，应该是乡村最冷的地方吧？单从建筑角度来讲，这样的想法并无过错，可有过牛圈生活经验的人都知道，牛圈的温暖既与建筑质量无关，也与牛毛长短无关——虽然牛毛给人的印象总是温暖的。无须绕圈子，牛圈的温暖来自牛的粪便和气息，在牛圈里，你不仅可以看到牛一层一层叠加起来的花糕一样铺满多半个牛圈的热乎乎的粪便，还能感觉到从牛的鼻子和口腔里呼出的粗重且响亮的热气，这沉浮在地面或半空中的混合气息仿佛一股热烘烘的气浪，它与牛的咀嚼声以及昏沉沉的夜色搅拌在一起，便足以驱赶所有的寒冷。每次走进牛圈，我都会感到一股热浪扑面而来，眼前好像浮着一团雾，这雾仿佛从埋在粉坊火炉旁的湿粉缸里浮出的湿气，雾气弥漫，热气腾腾——对了，粉坊其实也是个温暖的地方，只是粉坊既有明亮的火光，又有雾蒙蒙的湿气，我不知道它该是温暖的，还是潮湿的。想起牛圈热烘烘的气息，我便会想到牛甩来甩去的尾巴，想到牛尾巴周边飞来飞去的牛蝇。牛圈的温暖是有生气的，是一种发自动物体内的热源，这种气息在牛圈里运动开来，虽然有些难闻，甚至是臭烘烘的，却可以被人感觉到，甚至触摸到。

　　讲述温暖的时候，我其实是在讲述冬天，夏天的温暖如此富足，在记忆中便是多余的。可说到冬天的温暖，我总是先想到火，这并非记忆欺骗了我，而是火的光亮误导了我。很奇怪，人至少有三分之一的时间生活在黑暗当中，却常常忽略黑暗，却常常依赖一些发光的东西来印证自己的存在，似乎只有光才可以证明我们像人一样活着。更奇怪的是，这个世界大部分处在黑暗当中，所谓白昼只不过被光照亮的部分，它本来也是黑暗的，人在黑暗中睡得又如此踏实，却总在怀念光，总在对光中的影子忧心忡忡，人有时确实难以捉摸。

2

　　我无法完整地回忆童年，或者说，我无法把童年记忆完整地连缀起来，即使一半也做不到。虽然如此，在此之前我却很少怀疑我的童年记忆，这让我多少有些惊讶。或许在记忆中，童年就该是片段的，在一个又一个片段之外，留下一大片又一大片的空白，就好像把一幅风景简化到一条小溪、一座桥或一枚叶子。我喜欢这般简洁的画面，它确实像童年一样美好，或者说，童年只有如此简洁才会显出几分美好。这样的逻辑是说得通的，但想起童年竟然留下如此多的空白，我便对童年时光充满疑虑，有时甚至想，我真的是一天天长大的吗？这样的疑虑无疑是杞人忧天，但我仍会不由自主地去这么想，这一现象显出几分滑稽和残酷，同样让我感到疑虑。我并非一个充满好奇心的人，也不觉得自己是个行为古怪的人，但我确实时常会产生一些稀奇古怪的想法，我想，这也是生活的一部分吧——生活有时就是无厘头，就是想入非非。还有，我童年记忆中的空白几乎空到一贫如洗，白到大雾弥漫的山峰，仿佛在这个时间段里，我是隐身的，是不存在的。而在这片空白的天空下，我能够回忆起的片段却又异常清晰，仿佛空旷的田野，仿佛清澈的流水，仿佛站在村口的老槐树，它们就这样层次分明地站在我的眼前，让我感到惊疑。要么彻底遮蔽，要么清晰如初，我不知道这是不是童年特有的记忆方式，但我显然就是这样一个人。

　　在童年里，冷似乎是主色调，有时甚至强大过饥饿。这并不奇怪，我的童年虽然很瘠薄，或者说我童年所处的年代很瘠薄，但我的确没有品尝过饥饿的滋味。20世纪60年代初，我的父亲曾因为饥饿被学校"肄业"，我显然比父亲幸运，也比同龄人幸运，这要感谢祖父和祖母的勤俭持家，也要感谢故乡的偏僻。有时候，偏僻也是一种保护，虽然这种遮蔽式保护更像被遗忘，但它毕竟允许你与时代不同步，允许你藏有小秘密或发生例外，就像文明社会允许个人隐私的存在。父亲显然不想被命运遗忘，他努力读书，他通过读书从乡村挤进大城市，可在一座饥饿的城市，没有谁可以是不饥饿的，饥饿的时代又把父亲抛回乡村。在父辈的字典里，乡村似乎是苦难的代名词，城乡之间天然存在一道鸿沟，乡村的安逸无法遮蔽城乡的命运落差，我的童年经历大多从记忆中抽身而出，显然与此有关——我不愿被安逸蒙蔽，也不愿被苦难压倒，便只能选择遗忘。

童年的冬天很冷，尤其童年冬天的夜晚，因之，童年的故事便大多与火有关，或者大多是在火炉边听来的，火炉既可以让我消遣时光，还可以让我远离恐惧。我喜欢挤在一群大孩子中间，听他们讲荤素参半的故事，但在这一刻，我仿佛火光投射在墙上的影子，我仅是听众，而非参与者。其实，并非我甘心做一个听众，而是我的年龄比他们都要小，我只能当一个听众。大男孩的故事大多与听窗有关，听新婚小夫妻的，听老夫老妻久别重逢的，也听寡妇的，狗吠声远远传来的时候，他们仿佛几只南瓜吊在窗台下，又仿佛几只麻雀一哄而散。他们讲这些故事的时候，大多沉浸在回忆当中，你一句，我一句，东一句，西一句，故事断断续续，有时候我根本听不懂他们在讲什么，可他们却笑得前仰后合。很显然，他们的故事一直放置在一个特定背景当中，而这个背景于我是陌生的，故事于我便是支离破碎的。同样的故事，同样的碎片，每天都在重复中，就像挂在火炉侧旁的煤油灯，天黑时点亮，天更黑时吹灭，冬天漫长的夜晚便这样一天天过去。突然有一天，他们神神秘秘地说起村后光棍的故事，我听后既吃惊，又害怕，还有几分羞惭。这里我必须隐去光棍的名字，这不仅出于对乡人的尊重，还因为在乡村，光棍本身便是一个内涵丰富的符号，与城市的单身汉并非同一层面的概念。总之，他是一个光棍，家住村后离牛圈最近的地方。记忆中，每到冬天，生产队便会安排光棍住在牛圈里，让他下夜，让他后半夜给牛添草料。故事也就发生在后半夜，光棍实在难以忍受没有女人的日子，便与牛做了那种难以启齿的事。这个故事的细节是模糊的，甚至从来就没有人谈过细节，但他们说起这件事的时候，却是眉飞色舞的，却是信誓旦旦、不容置疑的，好像每个人都是亲历者。总之，在他们眼中，这就是一个事实，但从来没有人说起过细节，也没有人怀疑过细节。这件事发生在我去县城读书前一年的冬天，之后，这件事很快便在村子里传开了。再之后，这件事又很快被人们遗忘了。故事如此不可思议，又如此简单，它属于乡村，也只能属于乡村。

3

我的童年记忆仿佛一个断续的梦，醒来时，我知道曾有一个梦存在，知道缠绕在梦中的情绪是纠结多变的，譬如惆怅、紧张、焦虑、惊惧、窒息，偶尔也有祥和等等，仿佛无数条盘在脑海中的蛇，个个具有柔软却难以接近的形态。梦醒时刻，这些情绪是具体的，我被它飘散的气息摄住魂魄，不知道自己此刻是身在梦中，还是已回到现实，也无法把梦中的片段过电影一样次第呈现出来。梦总是无逻辑的，不过，以我的经验，梦醒的瞬间如果身体保持一动不动，梦中的情景大多能够钩沉起来，再静静地、不断地在脑海里反复回想几遍，还有可能把梦中的情景还原。但也仅是一种可能性而已，若在此刻翻一下身，换一个姿势，梦便会在瞬间变成一片空白。是的，梦是易碎的，它传导给我的更多是一种情绪，即使醒来后某个细节依然清晰如初，这种清晰也多是情绪的清晰，如果没有情绪存在，梦便可能不存在。当然，可以拿来与童年记忆做类比的梦，仅是大多数情况下出现的梦，有些梦——譬如与生理有关的梦——并不在此列。

我记不起哪一年上的小学，也记不起在小学读过什么书。某天早饭后，祖母把一个花布书包斜挎在我身上，说你该上学了，我便跟着邻家的孩子去了学校。我不记得那一年我几岁，也不清楚送我上学的人为什么不是我的父亲、母亲、姑姑，或者姐姐。父亲是老师，姑姑和姐姐当时正在读书，可我不清楚领我到学校的，为什么不是他们当中的一个。当然，这些问题是我现在想到的，而在童年，这些问题根本不是问题，或者说，在乡人的眼里，上学就像去河里逮鱼，去树上掏鸟，你想跟着谁去，便跟着谁去，不需要祭奠祖宗似的弄出很大的动静。乡村仪式只与生或死有关，与读书无关，我的小学就像去哪儿玩了一趟，我玩累了，想起该回家了，便回家了，大人不关心你干什么去了，你也很快便忘记自己干什么去了。我的确是去玩了一趟，我甚至连出门时候自己多大年龄都记不起来了。后来，当我开始在文字中回忆童年，开始试图把童年梳理出头绪的时候，竟发现很多关键环节都是模糊的，尤其关键环节的时间。在乡村，四季是分明的，年份却是模糊的，很多事情我能记起发生在什么季节，却记不得发生在哪一年，我的入学年龄便是这样一个谜。我曾试着从中学开始向后倒推入学的年龄，我尽量把各种可能性和合理性都考虑在内，可当我倒推出一个年龄时，我却开始怀疑这个年龄的真实性。没有档案可以佐证，别说小学档案，就连出生档案也没有。我试图到长辈那里求证，答案似是而非，我分不清他们说的是虚岁，还是实岁，他们说出的话也时常前后矛盾。好在这并非原则问题，至少在他们看来，除了出生年月日，其他都不重要。乡人的计时方式既直观又模糊，诸如鸡叫三遍、日上三竿、点灯时分等等，我在童年曾感觉十分清晰的时间，后来却发现都是模糊不清甚至混乱的。譬如我出生的时辰，母亲说我是歇晌时候出生的，可在乡村，歇晌包括吃罢午饭之后到睡醒午觉之前的全部时间，在这个时间段内，一点之前、一点和三点之间以及三点之后，便分属三个时辰，出生时辰不同，命运便不同。或因这个缘故，我从来不去算命，也无法算命——我总不能因为时辰模糊，便给自己算出三种命运吧？且不管算命是科学，是迷信，还是游戏。

　　我对推算出来的上学年龄充满怀疑，其实还有一个更重要的原因，便是我记不起我在小学到底读过几年书。我上小学的那些年，一年级、三年级和五年级坐在一个教室里，二年级和四年级坐在一个教室里，我坐在他们中间，甚至分不清自己是几年级。那些年不存在期中期末考试，就像一条高速公路没有设收费站，我一不留神便从一年级直奔五年级，早已忘记路旁立着什么站牌。我就这样稀里糊涂地往前走，仿佛无数小溪汇成的河流，我只看到河流走向远方，却不知道它来自哪里。那时候，放了春假放秋假，放了秋假放寒假，即使不放假，在该上课的时段里，我坐在教室里的时间也远远低于晃荡在教室外的时间，而教室外的空间如此广阔，参照物便失去参照意义。老师说这样的教学方式叫"以学为主，兼学别样"，而事实上，我们却是以"别样"为主的，"广阔天地，大有作为"，工勤了，学俭了，教室里的时光便荒废了。说这番话的人自然是我的父亲，但父亲仅是传达和贯彻这番话的人。有一次，父亲去公社开会，母亲顶替父亲给我们上珠算课，或因这堂课是母亲讲的缘故吧，我便印象深刻。现在回想，除了识字之外，我在小学课堂上只学会两样东西，一是珠算，一是乘法口诀。我曾在夜校的马灯下拨拉过算盘珠子，速度绝不比扫盲班的大爷姑姑们差，他们都说我长大后可以当会计，可我这辈子从未用算盘计算过任何东西，这门原指望养家糊口的手艺便算白学了。我的乘法口诀倒是倒背如流，可现在想来，即使我不上学，也能学会口算的，祖父的口算就很好，可他连自己的名字都不会写。战斗在"广阔天地"里，我的小学课程便剩下两个字：劳动。拾粪，挖药材，为学校的试验田翻土、送粪、浇水、插秧、间苗、除草，还有看秋和收秋……总之，农忙时候劳动，农闲时候也劳动，写作文的时候还在写劳动，而劳动是不需要分年级的。有一年，他们说我是初中生了，我便是初中生了，就像小学入学不需要登记一样，我小学毕业也不需要颁发毕业证。现在可以肯定的是，我上过小学，也没有跳过级，如果以高中毕业证上的时间为节点倒推，我应该是六岁那年上的小学，但这件事我至今不敢确定。

4

很奇怪，在我的记忆中，能够把时间、地点、人物和过程大体还原的事，大多发生在初高中，而我的初高中几乎都是在县城度过的。换句话说，在县城发生的事我差不多都能回忆起来，而发生在县城之前和县城之后的事，却大多模糊。在此之前，我一直把记忆力好坏理解为对生活压力的折射，而现在，我更愿意把它与空间关联起来——乡村因空旷而广大无边，城市因堵塞而盘根错节，在乡村——县城——省城的坐标轴上，似乎只有县城是直观的，是可以具体把握的，而我也的确把它握在手中过，自然便记住了它。这是人之常情，就像我们平时津津乐道的，都是我们日常熟悉的。当然，这一判断也不过是一种经验推测，说到直观和具体，任何地方都无法与乡村相比。乡村的一山一水、一草一木都几年如一日地站在我的童年里，她鲜活如一口浅浅的水井，随时波动在我的视线里，以至于我根本不需要关心它有几多涟漪。是的，乡村本身就是活生生的记忆，仿佛我呼吸的空气，仿佛我回家的路，仿佛我的手纹，它是如此熟悉，我根本就不需要把它记在心里。

1978年春天，杨柳扭动细腰的时候，我搭乘一辆拖拉机颠簸进县城。此前，父亲已由民办教师转为公办教师，幸福刚刚降临不久，父亲又接到一纸调令，匆匆下山进城。命运转折之快，绝不亚于父亲当年前脚进家、后脚便收到学校寄来的肄业证。我是长子，自然最先受到荫庇，容不得妹妹抗议，我便紧随父亲转到了他任教的学校读书。东方红学校也叫城关完小，当时是戴帽初中，是全县规模最大、师资质量最优、学生身份也最尊贵的，除了部分教师子弟和极少数干部子弟为农村户口，其余学生都是吃供应粮的。我第一次走进教室，感觉比乡下的房子宽敞，教室前后都是玻璃窗户，也比乡下的房子敞亮。尤其让我吃惊的是，学校的每个年级至少有三个班，每个班至少还有七八个学生家长是县长、局长、公社书记或厂长，我的小学根本无法与之相提并论。学校操场还是县城集会的广场，第一次看到上千名学生出操的场面，我有些眩晕。转学的第二天便遭遇考试，我脑中一片空白，除了语文勉强打了40多分，数学、物理、地理和历史都是"鸡蛋"。毋庸置疑，我是个"白卷先生"，班主任却鼓励说，新同学描写的烈日炎炎、热火朝天、汗流浃背的劳动场面很生动，虽然文字功底差一些。班主任是教语文的，他的第一堂课便让我领教到转折句的妙处，我对语言的敏感或许便是在这一刻苏醒的——委婉的羞辱是最好的激活剂，即便它是善意的。班主任未在课堂上公布我的各科成绩，也未指出我的语文考卷错别字连篇，我想他不只是卖父亲一个人情，也有惺惺相惜之意——毕竟他的子女也是农村户口，基础像我一样荒凉。走进新的教室，名义上我是初一学生，其实我只会背诵乘法口诀，根本没学过代数，后半个学期数学老师天天在黑板上写X和Y，我却觉得他在玩代来代去的数字游戏，就像我在老家的院子里捉迷藏。父亲看着我的第一份成绩单连连叹气，我却并不在意，进城前一天的晚上祖父便悄悄告诉我，认得自己的名字就行了，读再多的书也没用。紧接着祖父又说，城里人要是欺负你，你就回来，咱在哪儿不是种地。祖父一直认为种地才是正业，我虽不会像祖父那样思考人生，但我对所谓的前途也是懵懂的。天气渐渐热起来，我孤单地坐在同学中间茫然望着窗外，唯一的收获便是懂得什么叫枯坐。初中第一学期就这样熬过来了，我有些憋闷，每天盼着放假，盼着回老家，父亲却一再告诫我，"学好数理化，走遍天下都不怕"，你不好好读书，就只能像你爷爷那样种一辈子地。是的，父亲是个"臭老九"，除了供我读书，他什么也帮不了，而我除了学好数理化，似乎也无路可走。第二个学期，数学课从代数转到几何上来，我与同学终于站在同一起跑线上。初二的时候，新开设了化学课，父亲便是我的化学老师。数学赶上后半程，化学不曾耽搁，1979 年初学制由春季入学改为暑期入学，我的初中便多上了一个学期，在这多出的学期里，我把落下的代数也补上了。数学成绩后来居上，化学成绩一路领先，在数理化三大主科中，唯有物理让我挠头，好像一碰物理书我的大脑便会短路，即便假期父亲费尽口舌给我解释电的问题，我仍想不明白电到底是什么样子。电流，电压，电场，磁场，正极，负极，还有变压器，这些名词都像在变戏法，我能隐约感觉到电像水一样在流动，却看不到流动，它有时更像闪电，突然明亮，突然暗淡，而我也时而明白，时而糊涂。高一的时候，我的同桌星期天回家干活，被电打死了，班长告诉我，他是给牛圈装电灯时从凳子上摔下来的，死时手里还紧紧抓着电线，手臂被烧焦了。想到同桌被烧焦的手臂，我才相信电不仅像流水一样真实，还像火一样惨烈，或者说，电就是看不见的火蛇。

我学不好物理，但并不妨碍我认识物理世界，我觉得记忆中的一些事也是物理现象，或像光一样照亮我，或像电一样储藏起来。不过，记忆既不是光，也不是电，它更像光与电集聚的力量——闪电。

我为物理纠结，我觉得物理课堂上讲的东西有些虚无，与我的童年经验相去甚远。其实，并非所有的物理现象都让我困惑，我理解力和光的概念并不困难，只有电在我的脑海里是飘忽不定的。其实理解电也并非多么困难，只要把电当成水，所有问题都可迎刃而解，可一遇到电的问题，我的想象力便迟钝起来，或者说，在电面前，我的想象力一直处于冬眠状态。电似乎是命运给我设的一道坎，是我理解力上的一个盲区，不过，电虽然让我感到吃力，我那时的记忆力却像夏天蓊郁的树木一样，一夜之间便生机勃勃起来。即使现在，我都很怀念中学时代的记忆力，过目不忘或许有些夸张，博闻强记却是事实。举个简单例子。我读到的第一篇古文是《捕蛇者说》，在此之前，我根本不知道世上还有一种文体叫古文，也从未听人说过"之乎者也"。初二早自习的时候，语文老师领读了三遍生字，便要求我们去背诵，谁背诵下来，谁回家吃饭。下课铃响的时候，全班只有两个人完成作业，我是其中之一。我虽然把这篇佶屈聱牙的课文背下来了，却根本不知道这篇课文在讲什么。在我的记忆中，这篇课文更像一条陌生的蛇，它昂着的头让我骄傲，也让我恐惧。多亏初中延长了一个学期，我才有机会补上短板，顺利考上长子中学，直到这时，父亲才对我说，他悬着的一颗心终于放到肚子里了。班主任也以我为傲，他对我父亲说，看到我的第一次考试成绩，他曾大摇其头：又来了一个差等生！我能想象出班主任摇头叹息的模样，就像流水突然从悬崖上跌落，就像电突然被掐断——写到这里，流水和电的形象突然一起呈现在我面前，二者的关联性如此自然，可在当时，我觉得电和水的关系就像男女生的关系，是鸡犬之声相闻、老死不相往来的。在班主任的眼中，我显然是母鸡变凤凰的典范，就像开关一开灯便亮了，而我却依然把自己当作一盏煤油灯，对父亲和班主任的情绪变化浑然不觉。那个时候，我对许多事物都是迟钝的，一个乡下孩子浑然不觉地行走在成人的世界里，无所谓出身高低，无所谓歧视，仿佛一条不关心地势的河流，流到哪里便算哪里。

上了高中之后，我的身份发生了微妙变化。在新同学的眼中，我似乎是个城里人，身上有着自己不曾察觉的优越感。而在城里人的眼中，我却依然是个乡下人，藏着他人不易察觉的自卑。我介于城乡之间，貌似与同学相处和谐，其实更像一个独行客，我来去自由，既不同情弱者，也不羡慕强者，我觉得同情是一种变相歧视，甚至侮辱，就像老师表扬我是"深山出俊鸟"，我却以为他在说我的故乡是穷乡僻壤。我是敏感的，也是迟钝的，仿佛插在河边的柳枝，仿佛裹在电线中的电流，我随心所欲地生长，无意中被人伤害，也在无意中伤害别人。高中二年，我的学习成绩一直名列前茅，在外人的眼中，我的学习动力源自我的农村户口，是身份激活了我的潜能，于我，只不过正好遇到我记忆的电闸打开而已。我好像站在高压线上的一只小鸟，在城乡之间晃来晃去，既不知道风险，也不关心风景。高中班主任对我的特立独行先是冷眼相看，后是青眼相加。冷眼是因为我随心所欲的样子让随心所欲的他更反感（同性相斥？），他决定杀杀我的傲气；青眼是因为我的随心所欲如此不可救药，他不得不收起他的随心所欲，对我对症下药（同病相怜？）。班主任与我就像两块磁铁，先是排斥，继而相吸。我本来最讨厌政治课，可教政治的他在我心里更像一个心理学大师，至少在对待我的问题上，他用他的磁场营造了适于我的磁场。虽然自己并不觉得，我那时其实很叛逆，甚至桀骜不驯，老师表扬多了，便飘飘然，老师批评多了，便跟老师对着干。班主任显然号准了我的脉，无论什么时候，不管发生多大的事，他从不在教室里表扬我，也不在教室里批评我，好像我是教室里的空气。即使我闯了祸，班主任也只是把我叫到他家里，一边微笑着等我编造犯错的借口，一边黑着脸告诫我下不为例。班主任一边欣赏我的"诡辩"，一边敲打我翘起的"尾巴"，我俨然他精心雕塑的一件作品，可我不仅不反感，反而很享受他的"抚摸式修剪"——这个词仅是我此刻的发明，而在当时，我只知尽情享受他的心理"抚摸"，却从未想过为什么，更未想过班主任对个别同学的态度为什么会是冷暴力。高考预选我考了全县第一，"光荣榜"张贴在校园最显眼的地方，班主任因之走路也有些轻飘飘，脸上很是光彩照人，但他依然不忘把我叫到他家里耳提面命。师母看到班主任又在"训"我，便为我鸣不平，班主任却淡然一笑：你不懂，他还有潜力。类似的话，班主任不知说过多少遍，他总是循循善诱，我配合得天衣无缝，我俩天生一对师生黄金档，如果表演相声的话，肯定是绝配。中学生活已经过去30多年，任何时候回想起来，班主任黑瘦黑瘦的样子都会微笑在我的面前，他的目光仿佛一道激光，随时可以穿透我的心底，而我则是他眼中透明而易碎的瓷器。毫无疑问，这件瓷器是师生二人合力打造的成果，在这个过程中，他是窑，我是泥，他是外因，我是内因，我沐浴在他温暖的火光当中，自然而然便散发出天然的光泽。班主任对我呵护有加，难免遭人非议，只不过这非议都是冲着我来的。譬如我读书吊儿郎当，有人便在背后说我骄傲自满；我率性而为，有人便在背后说我心高气傲；我做的题难了，深了，有人便在背后说我好高骛远；我该学时学，该玩时玩，又有人在背后说我爱玩是装的，是故意诱导别人不学习，别有用心。不知不觉当中，我成为一只风暴眼。不过，有班主任强大的磁场在，我对身边的风暴便浑然不觉，我只管在班主任营造的磁场里自由旋转，风是别人的，寂静是我的。

5

在瓷器一样易碎的高中时代，我凭借一颗什么也装得下的大脑所向披靡。可一入大学，我的大脑仿佛一块顽石，突然什么都记不住了。

高考一结束，我的记忆力便出现断崖式下跌。踏入大学校园后，我忘却的速度远远超过记住的速度，症状类似厌食症。站在楼前的丁香树下，早自习背诵30多个英语单词没有任何问题，可一顿饭工夫，我的脑袋仿佛我眼前的饭盒，眨眼便空空如也。最初，我以为是简陋的早餐把英语单词从大脑沟回排挤出去了，可食物的运动方向是向下的，肠胃蠕动不应该震动到大脑。后来我又想，或是身心过于放松的缘故，就像我入校体检时突然发现眼睛近视了。可这个理由也有些牵强，我的假近视就是高考松懈症和小说痴迷症双重作用的恶果，第二个学期我的视力便恢复正常了。直到毕业，我的记忆力一直处于随记随忘状态，英语单词也还罢了，熟悉的汉字和数字也慢慢从我脑海里远去，我有些惶恐。客观而言，大学生活比较轻松，可我的小学生活、中学生活也都处于放松状态，因放松而忘却显然不能成立，即便我有改变身份的压力，这种压力也仅是一闪念，我从未把这根弦绷紧过。就像我不曾为模糊的出生时辰算过命，我相信人间的某些事是有定数的，但这定数并非命运，而是环境、性格、时代和你所遭遇的人与物等因素交互作用的结果。后来，我又把我的记忆方式归类于隐性记忆，我读过的书虽即读即忘，可如果哪一天需要，书中的场景和论述便会一一浮现，有的我甚至还记得具体章节。尽管如此，我的强制性记忆毕竟在衰退，这一意外让我顿时失去口若悬河、引经据典的兴趣，但它同时也给我带来一个好处，即我不得不把别人说过的话融会贯通，用我自己的方式表达出来。非我喜欢创新，也非我变相抄袭，是我实在记不住别人的话，而虚荣心又不允许我张冠李戴，在众人面前弄出笑话来。我必须放弃精确，学会模糊，我必须用我的方式去表达我所理解的一切，这样的思维显然不适合继续我的学业，这或许也是我弃理从文的原因之一吧。

能量是守恒的，记忆力衰退之后，理解力便强大起来，冥冥之中，能量似乎在我的体内发生了转换，兴趣也随之转移。在中学课堂上，物理一直令我头痛，可走出校门20多年以后，我却格外迷恋起物理学来。当然，我迷恋的并非初高中立体状态下的不受外力干扰的光、电和万有引力，而是多维状态中的狭义或广义相对论，以及夸克、暗物质、黑洞、普朗克常数、超弦理论等构成的量子力学，我甚至觉得现代物理学就是通向当代哲学的必由之路。尤其遭遇霍金的《时间简史》以后，我觉得我记忆力的沉潜，就是在耐心等待一次邂逅，这邂逅并非记忆力的回光返照，而是理解力的绵延发散。

当然，这个发散过程并非一夜间完成的，它需要在阅历中慢慢发酵，而时光也在发酵中缓缓逝去。我跌跌撞撞地行走在城市的水泥和钢铁之间，终于学会把身边的是是非非都放下。这时再轻松回首往事，我突然意识到，忘却其实是一种自我保护，也是一种生存艺术，否则，我早被生活碾压成一地碎片。童年时代，祖父祖母把我捧在手中，我无疑是他们心中的瓷瓶；中学时代，班主任干脆把我当作瓷瓶，我无疑是他精心打造的艺术品；走向社会，我莫名成为某些人眼中的赝品，他们对我吹毛求疵，一直试图把我打碎……可因为忘却，因为视而不见、听而不闻，我不知不觉便把自己修炼成一口埋在地下的瓷缸。是的，我变得越来越粗糙，越来越简陋，你想用来盛水也罢，你想用来盛土也罢，我都无所谓，即使那天碎裂了，我也是泥土的一部分。我在某些方面的迟钝恰是我在另一方面敏感的互补，当我进入自己的世界——比如文字——中时，我灵魂的一面被彻底关闭，另一面被彻底打开，我仿佛悬浮空中的乌云，在忘却的照耀下，迟钝竟在浑然不觉中折射出另一种光泽来。

是的，敏感是一种光泽，迟钝也是一种光泽；记忆是一种光泽，失忆也是一种光泽；人一生的磨砺，只不过让一种光泽转化为另一种光泽而已。

写到这里，我有些困惑。我在写失忆者，而我是真正的失忆者吗？或者说，失忆者到底是什么样子？我为如何结束这篇文字而纠结，甚至怀疑我的命题是否出现逻辑错误。从医学角度判断，除了偶尔醉酒，我从未出现过失忆现象，即使随着年龄的增大，我的记忆力越来越不如从前，也并不意味着我就是失忆者，可奇怪的是，这篇文字偏偏以失忆来命名，这不是很荒唐吗？整个春节，我都在纠结该如何"自圆其说"，恰在这时，网上开始疯传柴静的《穹顶之下》。说实话，在此之前，我对柴静是敬而远之的，我觉得她的《看见》是坐在云端的，是高高在上的，有时甚至冷静得有些冷酷。敬而远之，这是我对待一个知识女性的态度，即使《看见》登上新书排行榜，我也从未想过要去看一眼。我排斥柴静近乎冷酷的冷静，却以我近乎冷酷的冷静相待，显然对我的这位山西老乡不公。不过，柴静是公众人物，她必须接受我的排斥和不公，我并无内疚。但安静地看完《穹顶之下》之后，我突然喜欢上这个喝过汾河水、浸润过魏风的老乡，喜欢上她不怨天、不尤人，透着"坎坎伐檀兮"般的淡淡忧伤。仅仅沉寂了一年，这个瘦弱的女子便携带《穹顶之下》突然归来，她的现身仿佛撕裂雾霾的一道闪电，只不过这道闪电业已洗尽当年的霸气，像邻家女子一样平实，温情，从容，淡定，视野和叙事方式尽显魏风的阔大和坚韧。我知道，柴静的归来实际上是一种冒险，在她拨开雾霾的同时，另一种雾霾也会尾随而至。果不其然，先是喝彩和掌声，继而猜忌和质疑，或阴谋阳谋，或体制内外，或化学医学，甚至还有八卦。我不关心这种聒噪是否也是一种雾霾，但我知道善良一旦被污染，便是人间最大的雾霾，远比飘浮在天空中的化学颗粒还贻害无穷。器官坏了可以摘除，良心呢？柴静把她眼中的雾霾真相——或许并非真相，因为世上从来没有完整的真相，只有每个人眼中支离破碎的真相——打开的同时，又诱引出另一种雾霾，这雾霾从网络上漫延下来，铺天盖地，让我感慨人心不古的同时，又突然意识到，这人造的"雾霾"或许才是当今社会群体性失忆的病灶，利益逐鹿，田园消失，我，你，还有他或她，便在这雾霾的遮蔽下慢慢丧失了对美好的记忆……

《穹顶之下》勾起我的大学记忆。很奇怪，我是学化学的，每天站在教室或宿舍窗口看着灰蒙蒙的天空，我竟没有感觉到异样。大三那年，全班同学去化工厂参观，我看到了比市区还灰蒙蒙的天空，嗅到了空气中弥散的化学制剂的味道，我似乎穿行在一座更大的实验室里，却依旧浑然不觉。更可怕的是，大学毕业之后，我被分配到化工厂附近的一所学校教书，每天晚上，化工厂、化肥厂和热电厂直接排放到空中的废气把夜空弥漫成一座灰黑的穹庐，我就生活在这工业穹顶之下，不，我头顶的夜空有时简直就是一座毒气罐，可我依然不觉异常，久而久之，甚至习以为常。对，一切都在习惯中变成更顽固的习惯，这就是人的生活常态，人一旦坠入这样的惰性里，记住或忘却还那么重要吗？我仿佛一只天空下走来走去的青蛙，从不关心城市与乡村的天空有何区别，更没有时间去怀念童年温暖的火光或牛圈，即使某一天青蛙真的变成了癞蛤蟆，我似乎也无须担心。我终于告别乡村，终于生活在城市，城市的高楼大厦是文明的标签，工厂的烟囱是文明的标签，行走在众多的文明标签中间，即使我偶尔被挤压得喘不过气来，依然不妨碍我向往城市文明——我不断地读书，读书，读书，不就是要摆脱土地的束缚跻身到这文明中来，以此证明自己的身份或存在吗？用自己的一生来证明自己的存在，无非是在一件瓷器上贴上年份的标签，为了这个标签，我把天空中的灰当成了雾，把工厂排放的废气当成了雾，直到有一天，我突然发现这雾原来并非雾，而是霾，我已经老了。事实上，我每天行走在这霾的穹顶下，早已看不见这霾的存在，可如果不是我熟视无睹——另一种失忆——我还有勇气生活在它的下面吗？

活着，便需要失忆。这是另一种真相，而我是参与者，也是观察者。

2015年2月　初稿于太原
2016年5月　修订于太原

刀

与农事有关

若想弄明白刀是如何发出光泽的，就必须把心安放在比刀更低的地方——看到简单但弯曲的"刀"字，我便想到刀刃，想到刀背，我不假思索便做出这样的判断，却忽略了刀柄的存在。

我知道，试图信手虚构一个事物就像试图准确描述一个事物，都是充满风险的。不过，虚构是一种自由，自由是一种权力，追逐权力是大多数人一生的梦想，即便承担一些风险也无所谓；更何况，在这个世界上，做什么事情没有风险呢？

那就选择从黄昏开始吧，这样的虚构不需要理由。

那就选择从一把锄刀开始吧，这样的开场更没有理由。

其实，我最想说的是农人荷着的那把锄头。它是刀的变形，它的形状最接近"刀"的字形，它与农人与影子构成的图案更接近"刀"的字形。

这个时候，黄昏正在归巢，像一只翅翼巨大的鸟。我捕捉到黄昏敛翅的动作和水纹般微小的战栗，而摇摆在树杈上的鸟窝更微小，它甚至放不下黄昏的一支羽毛。黄昏一不留神沦落为无家可归的人，可这儿就是它的家啊！黄昏叹息一声，忧伤河水一样漫下来，山的轮廓，树的轮廓，还有村庄的轮廓便模糊起来。有鸟从屋檐下飞起又落下，这些鸟都长着小小的身子；有鸟警惕地站在屋脊之上，它的一只眼睛盯着树上昏黑的鸟窝，一只眼睛盯着屋檐下安静的院落；有鸟径直飞进鸟窝，它的身子下面孵着一窝灰蓝色花纹的鸟蛋……毋庸置疑，这是一幅回家的场景，与调情或做爱无关。不过，忧伤的黄昏确实很暧昧，鸟们的起落虽然并非受到她的纵容。

这个时候，我正坐在大门外的台阶上。我不去看身后屋脊上的那只鸟，除非它正好落在我面前不远处的屋脊上；我也不去看屋檐下的那些鸟，天黑以后，它们将亮出灰白的肚皮；我只想看着归巢的鸟们，看着它们把翅膀藏起来，看着树上的鸟窝黑魆魆的，悬空在枝丫之间。这时候最好不要有风，让树安静一会儿。当然，也不要有雨，让树干爽下去。如果雨淅沥个没完，我就该躲到门廊里，听雨发潮的埋怨，就该返回屋子里，坐在炕沿上，盯着楼梯旁悬挂的锄头在昏黄的灯光里发呆。

对，我就说说这把锄头吧，这把投影像蛇一样弯曲在墙上的锄头。

在乡村，刀的物件大体分两类，一类与农事有关，一类与生活有关。与农事有关的包括锄头、镬头、铡刀和镰刀，犁铧和斧头是它们的延伸；与生活有关的包括瓦刀、菜刀和剪刀，小刀和指甲刀是它们的缩略。与农事有关也罢，与生活有关也罢，农家的刀都是用来过日子的，不是用来杀人的。农人的日子窘迫又善良，他们没有心情和银钱打造杀人的刀剑，如果非要去杀人，只能选择一把菜刀。菜刀比锄头、镬头和镰刀锋利，比铡刀便利，比剪刀犀利。菜刀便于隐藏，用它杀人也是一种民间智慧。不过，我看到的菜刀只会让蔬菜碎尸万段，只会让动物只剩一地骨头，虽然杀死蔬菜和猪羊也是一种杀戮。这样的杀戮合乎民间情理和法度——合乎民间生存法则，乡村的日子便一天天丰腴起来，一天天有滋有味起来。铡刀也是杀戮的农具之一，它主要在春夏铡断蒿草，在秋冬铡碎谷草或其他被收割的植物根茎，铡刀是细心的牙齿，它把长长的草茎嚼碎，让这些碎裂的草料喂养牛、马、驴，还有喜欢"咩咩"叫唤的羊——听到这样的叫声，你是否感受到一种宿命？羊，天生的口中之物啊！动物也需要活下去，它们活下去，人才能活得更好，古老的食物链始于古老的经验，老祖宗征服自然那一天便洞察了其中的规律和奥妙。铡刀只是这个链条上诸多无足轻重的章节之一，在古老的食物链上，人活着才是最重要的。窥透这个道理，我便想，老祖宗一定是先发明了菜刀，才发明了铡刀。遗憾的是，我生活过的乡村虽然地球一样长命，却没有青铜，没有鼎，没有比村庄更大的墓穴。是的，乡村只生长和存留鲜活的东西，却不埋葬和出土锈迹斑斑的文化，我无法像学者那样，考证乡村久远的磷火一样游弋不定的光泽。

村庄没有历史，或者说，村庄不需要任何人为它修史。村庄只平平静静地存在下来，延续下去，鸟窝一样让人居住和生活。

菜刀、镰刀和铡刀是用来杀死植物和动物的，要想不让这些刀生锈，人类就必须大量种植植物，喂养动物。镢头最大的用途是为菜刀和铡刀培植可供杀戮的植物，锄头和镰刀都是镢头的"帮凶"。在春天，镢头把庄稼或蔬菜的种子播种在泥土里；在夏天，锄头把地上的杂草清除干净，把庄稼或蔬菜侍弄条理；在秋天，镢头把长在地下的东西刨出来，镰刀把长在地上的东西收割回去；在秋天之后的日子里，菜刀和铡刀都将陆续派上用场。分门别类地发明这些器物的人是多么现实和残酷啊。

活着就是最真实的现实，就是最善良的残酷，这是我从乡村最原始的风景中看到的。

乡村的风景是一种亘古的静美，我很少在这样的风景里看到血迹，尤其人的血迹，乡村在我的记忆里便显得格外淳朴。但乡村是有刀的，乡村就像一把铡刀安静地躺在黄昏里。黄昏可以忧伤，铡刀不会；黄昏可以无家可归，铡刀一直守着家门。这把铡刀就安静地躺在老槐树下，四方的、被雨水反复浸润的木头底座石头一样沉稳，刀背上略微弯曲的弧线被黄昏暗下来的光线抚摸得愈发弯曲，铡刀躺在树荫下的样子仿佛一个跷着二郎腿的男子。这位男子枕臂而眠，他跷着的腿仿佛一张弓弦，但这把弓弦上没有梦，没有喧哗，没有杀戮的欲望。树上的鸟儿已经归巢，乡村的所有事物各得其所，黄昏看到如此静谧的场景便一头栽到山坳里去了。

忧伤的黄昏从不怨天尤人，第二天一大早，它还会准时从山坳里爬出来重演一次日出，它知道山坳是它留宿的地方，但不是它的鸟窝。

黄昏没有鸟窝，黄昏就是无边无际的忧伤，就是河水枯干了黄昏也不会枯干的忧伤。

黄昏无家可归，我再说一遍。

鸟儿睡了，那些身躯巨大的动物正在咀嚼铡刀铡碎的草料，那些草料在巨大的石槽里翻动。它们没有挣扎，只是被动物巨大的嘴唇拱了一下，又被动物巨大的牙齿嚼了一下。

我时常听到这种响动，我熟悉这种响动。在乡村的夜晚，除了交配发出的声响，这是唯一的声响，它与繁殖无关，与活下去有关。这样的夜晚可以有月光，可以没有月光，这些与黄昏更无关。

在我的童年，刀是用来干活的，它是个善良的名词。干活的刀是用来杀戮另一类生命的，它却不会被杀戮命名；更何况，在乡村，还有锄头、镘头和镰刀这些变形的刀为刀家族赢得播种或收割的好名声。

我忘记说犁铧和斧头。

犁铧是镰刀的姐妹，它把泥土翻过来，让泥土变得湿润，湿润是繁殖的前提。斧头是镰刀的兄弟，它不关心泥土，只关心木头，湿的或干的木头。与犁铧相比，斧头是镰刀最有力的补充，是施暴者，也是抗暴者。

翻新是生，收割与砍伐却重复着与死有关的同样动作，不说也罢。

翻新不需要磨刀石，收割或砍伐之前，镰刀和斧头都需要石头打磨，这是铁一样的事实。

磨刀石静静地躺在窗台上，像三分之一的月牙儿。

它的弧线是美的，让人想起睡卧在石几上的人体。它是祖父从青石堆中千挑万选出来的，宽一拃，厚一拃，长一尺有余。在被选作磨刀石之前，它只是一块平整而坚硬的石头，只是一块随时可能被废弃的石头；在被选作磨刀石之后，它变成一条安静而优美的弧线，这光滑的线条是被刀一点一点磨出来的。磨刀是技术活，刀与磨刀石的角度很讲究，通常以30度为宜，大于30度刀刃反被磨钝了，低于30度刀面会受到损伤。磨刀时还要在磨刀石上洒少量的水，刀、水和石头磨出来的沫子细密如面粉，却比面粉更润滑、更有质感，看着这些沫子从磨刀石两边慢慢流淌下来，我便想到铁杵磨成针的艰辛。这艰辛是细密的、温润的，是可以攥在手心焐热的，我喜欢这种感觉，虽然我不会磨刀。我没有学会磨刀，但我喜欢站在一旁欣赏祖父磨刀，我觉得这是所有农活中最享受的活计，凝望着祖父山脉一样起伏的姿势，我对祖父的爱便潜伏成一条河流。金属在石头上发出"哧哧"的声音，这声音被水渍浸润之后显得越发精细，越发丝丝入肺，就像清露悠然滴落，就像音乐从琴弦上漾出流水，这磨难一般的流水便是隐藏在我文字中的节奏，柔软而有质感。柔软地对抗，是的，我说过这样的话，这是祖父生活的姿势，也是我生活的姿势。不过，乡村只有清露没有琴弦，这块弓弦一样弯曲的磨刀石或许便是乡村天然的筑，这把古乐器流出的只能是天籁一样的声音。是的，这些磨出来的沫子是细密的，发出来的声音是细密的。当早晨的阳光照在祖父的身上，当细密的汗珠挂在祖父的额上，当明晃晃的刀一反一正滑动在磨刀石上，当祖父用大拇指轻轻试着刀的锋芒，我的心跳便会加速……在乡村，除了瀑布，还有比这更生动、更享受、更有韵律的场景吗？

这是天籁一样的音乐，刀被磨好之后，却是被用来杀戮的。

我只见过祖父磨菜刀、剪刀和铡刀，没有见过祖父磨锄头或镢头。磨菜刀或剪刀可以用弧线优美的磨刀石，磨铡刀则要寻找一块平整而巨大的条石，铡刀半倚在祖父的肩胛处，闪着半明半暗的光泽，生活的艰辛便被这把铡刀隐约映照出来。

沙石是不能用来磨刀的。沙石不够坚硬，不够平整，沙粒也有些粗糙，容易崩坏刀刃，在刀刃上留下小而密的豁口。

刀是铁打的

刀是铁打的。

你或许说过这样的话，但我没有。我只是看着一座铁匠铺从记忆中消失，仿佛一团篝火在暗夜里慢慢熄灭，仿佛一场春雨从天空中细细飘落。我知道它应该留下痕迹的，长久以来，它却从我的记忆中消失了。

我没有抢过铁锤，但拉过风箱。风呼啦呼啦吹进炉膛，火苗一下高，一下低，炉膛里的木炭一层一层爆开，脱落，薄下去，小下去，轻下去，最后变成灰烬。灰烬是无用的，却是温暖的，无用到只能用来铺地，温暖到可以用来止血。伤口并不常有，刀疤早在结痂之前便留下了，刀疤是鲜红的，刀疤中间的肉是鲜红的，指甲盖一样鲜红的肉多像风箱吹红的木炭啊！可到最后，灰烬轻薄如铁匠铺里的一缕青烟，随着淬火时刻的一声"哧溜"，便在人间消失了。

村庄里的铁匠铺不打铡刀，不打菜刀，只打锄头和镢头，锄头和镢头对工艺的要求极低。当然，村庄里的铁匠铺偶尔也会打镰刀，还会打瓦刀，风雨中的泥胚墙、乱石墙需要瓦刀抹平、抹严实，不过，修墙盖屋的人很少，这样的事情也不常有。是的，更多时候铁匠铺叮叮当当敲打出来的都是锄头和镢头，它们一直如此粗糙，它们从来不必锋利，它们生来仅与泥土打交道，泥土又是水之外最松软的事物。是的，即使冬天来临，即使冬天的泥土坚硬如半块含着冰碴的石头，这时候，锄头和镢头早早便被闲置在阁楼之上，泥土再坚硬又与它们有何相干呢？

这是一座铁匠铺留在记忆中的所有情节，我至今还记得金属碰撞的声音，但它依然无法让我确认，刀就是铁打的。

我在乡村生活时间不长，乡村经验却足够丰富，除了犁地，我几乎使用过乡村所有的金属物件，譬如镢头、锄头、镰刀、铡刀、菜刀、斧头、铁锹和铁桶。毫无疑问，这些记忆是短暂的，还是坚硬的，更是温暖的。如今它们只能被用来回忆，真正陪伴我的刀，其实是城市的水果刀、指甲刀和剃须刀。坐在城市的光影里，水果刀、指甲刀和剃须刀不过是文明的象征，不过是优雅的奢侈，没有这样的刀，我们照样可以活着，有了这样的刀，我们可以活得更干净。看着红中带青的苹果皮陀螺般一圈一圈剥落，看着苹果的味道汁液般一滴一滴溢出，仿佛看见一个人被一层一层剥光衣服，仿佛看见剥光的酮体散发出体香。神秘消失，欲望被赤裸裸呈现，城市最懂得干净彻底。谁都知道这些皮壳最接近自然，可城市渴望一丝不挂的优雅，优雅又需要舍弃，这些被阳光照射过的皮壳便成为牺牲品，即使这皮壳富含大量维生素。城市喜欢用一座座城墙把自己方方正正包围起来，喜欢把自己收缩成一粒核桃大小的仁，喜欢让自己的细皮嫩肉越来越水灵，虽然飘浮在城市上空的尘土比乡村的要厚重。城市试图远离泥土，远离泥土中的气息和微量元素，城市生来便是臃肿的，它不缺营养，只缺优雅，它需要把指甲修整得净如笋尖，需要让指甲盖透明，就像乡村咬开的水萝卜。做一个城市人，指甲刀是必需的，剃须刀是必需的，指甲和毛发是不含一丝血的物质，当指甲刀把手指甲或脚趾甲一点一点剪干净，当剃须刀把唇边和鬓角的胡子一根一根刮干净，你便可以看到地面上尖锐而坚硬的骨片和凌乱而柔软的毛发，但你看不到一滴血。奇怪吗？这样的场景一直存在于你的日常经验当中，又一直被你的想象所忽略，但这的确是个不争的事实——除了毛发和指甲，人体的任何部件被刀划过之后，都可以清楚地看到鲜红的血！或许毛发和指甲不含血的缘故，城市要么把它们剔除干净，要么把它们积蓄起来，让毛发飞扬，让指甲闪亮。城市格外呵护这些不含血的物质，就像城市格外喜欢钢筋水泥，城市的癖好是一排洁白的牙齿，是城市嘲笑乡村的资本。

　　站在镜子前，我没来由地笑出声来。我望着镜子中的你，你望着镜子外的我，我握着一把电动剃须刀，你握着一把电动剃须刀，我们都看不到刀片。刀片在所有的刀中最为犀利，用它轻轻划一下动脉，一个生命便可以倒在血泊里，轻轻碰一下胡须，一张脸孔便会闪烁出一片青光。刀片从肌肤上滑过，金属的战栗如此性感，仿佛女子呵在你背部如兰的气息，而在此刻，刀片被一层薄薄的金属网遮蔽起来，就像你与我隔着一面玻璃墙对望。你不会干涉我，我不会干涉你；你是镜子中虚无的我，我是生活中真实的你；但你不是我的影子，我也不是你的原形，你只能隐身在镜子中，在某个早晨与我以脉脉含情的方式相遇。

　　站在镜子前，我又一次没来由地笑出声来。我不敢嘲笑那些说刀是铁做的人，不敢嘲笑那些用刀侍弄不含血的物质的人。我只是轻轻地笑出声来，我的笑与这些东西无关，也与我看见茹毛饮血的年代无关。即使这些物质不含血，它也是一种生命，在时空之中，我对所有的生命都心怀敬畏。

　　最早的刀是石头做的，比如燧石或黑耀石一类坚硬、锋利可以撞击出火花的石头。石头的种类很多，物质含量也丰富，只不过，我们习惯了把它们叫作石头，它们便只能是简陋的石头。当今的刀则是金属做的，准确地讲是由铁和碳化合而成的，化学称之为铁碳合金。铁冰冷坚硬，碳至刚至柔，铁无情的属性人尽皆知，碳却很复杂，或者说很特别——它以金刚石结构存在时，就是世上最坚硬之物；它以石墨结构存在时，就是世上最柔软之物。一物兼有两种极致的属性，碳似乎某种隐喻，铁偏偏还必须与碳合二为一才能制造出刀来，这种结合便耐人寻味，但你切不可把铁武断地想象成一个男子，把碳简单地想象成一个女子，更不能把铁碳合金的生成过程暧昧地想象成一次交媾。事实上，碳并非铁的一根肋骨，而是检验铁是否纯粹的一滴或几滴血。众所周知，铁中的碳含量在0.05%~2.0%之间时叫钢，在2.0%~4.5%之间时叫生铁，低于0.05%时叫熟铁。通俗地讲，钢是铁中的翘楚，它塑性好，强度高，韧性超常，还耐高温、耐腐蚀。所谓百炼方能成钢，钢无疑是金属中浴火再生的修行者。生铁性坚而质脆，几乎无可塑性，所谓恨铁不成钢，其实所恨的仅是生铁而已。熟铁接近纯铁，也叫软铁，它柔弱的腰身软到无骨，纯粹到可以拉出丝来，强度和硬度都很低，几乎没有任何用途。纯粹至无用，这也是一件有意味的事，或许这个至柔的家伙便是金属中的极品女子呢，但我从来不敢把钢、生铁、熟铁拿来与人做比较。

　　毫无疑问，生铁是从石头中提炼出来的，不过，并非所有的石头都可以炼铁。铁矿石出自深山，熔于高炉，隐时藏而不露，熔时化为一池火红的水，火红的水凝固之后便是生铁。不同的工艺冶炼出的生铁并不相同，其间的差别并非由铁元素决定的，而是由碳形态决定的，生铁的命运并不由铁来掌握，这也是一件有意味的事。生铁大体分炼钢生铁、铸造生铁和球墨铸铁三类，炼钢生铁中的碳以碳化铁的形态存在，它的断面呈白色，性坚硬而脆，又叫白口铁，是最好的炼钢原料。铸造生铁中的碳以石墨形态存在，它的断口为灰色，又叫灰口铁。石墨呈片状，质软，具有润滑作用，灰口铁的切削、耐磨和铸造性能便好于其他生铁，但它的抗拉强度偏弱，只能用于铸件制造。球墨铸铁中的碳以球形石墨形态存在，它的机械性能远胜于铸造生铁且接近于钢，铸造、切削加工和耐磨性能良好，有一定的弹性，可制造曲轴、齿轮、活塞等。

　　钢由生铁再炼而成，这是确凿无疑的。并非所有的生铁都可以炼钢，这也是确凿无疑的。钢与铁相比，就好比一个普通身板的人练就一身好武功，钢中含有的硅、钨、锰、铬、镍、钼、钒、钛等微量元素便是钢的元气。钢也需摄入微量元素，这一点的确像人，但钢毕竟不是人。钢不过是制作刀的材料，而人是使用刀的。譬如一座小小的厨房，仅菜刀就包括切片刀、斩切刀、砍骨刀，等等。如果你喜欢下厨，那么，请你站在操作台前仔细观察一下厨架上的刀具。从外形上看，切片刀、斩切刀的刀背直来直去，砍骨刀的刀背前端微翘，呈弧形，刀背最前方还有一个圆孔。切片刀、砍骨刀的厚度整体分布均匀，前者相对较薄，也最轻，后者相对较厚，也最重，斩切刀则是前端薄，后端厚，重量介于切片刀和砍骨刀之间。切片刀身形轻巧，从刀背到刃口的厚度呈直线递减状，从刀身到刃口无明显的区分线，若遇光线照射也无明显的变形带。斩切刀从刀身下方到刃口的厚度呈突然递减状，刀身遇光会产生明显的变形带，刀身背面的区分线比较明显，刀身正面的区分线不太明显，砍骨刀刀身正反两面的区分线都比较明显。从用途上看，切片刀的刃口薄而锋利，适合切菜、切肉、切丝、切段等等一切可以被切的东西。斩切刀的刃口比切片刀略厚一些，可用来切食物、砍骨头，软硬通吃，切砍兼有。砍骨刀的刃口最厚，是专门用来对付硬骨头的。

当然，当今的厨房不只这三样东西，如果以一套普通餐具为例，仅与菜刀有关的还包括冻肉刀、水果刀、厨房剪、磨刀棒、刀座等等。其中，冻肉刀呈锯齿状，用来处理冰冻产品；水果刀锋利，轻巧，用来切削各类水果；厨房剪的剪刀专为家禽开肠破肚而用，带齿的剪柄则是开瓶盖或夹核桃的；磨刀棒虽不如我记忆中的磨刀石亲切，木制刀座散发出的木头气息却可以掩去锋刃的冰冷，这一堆金属制品便因此透出一丝家的温馨来，让你觉得这刀不仅越来越人性化，还越来越像人了……

我还是由刀想到了人，我想，这或许也是你喜欢待在厨房的理由。不过，我是个很少下厨的人，偶尔走进厨房，只喜欢盯着刀架上明晃晃的刀发呆，只喜欢琢磨刀是怎样炼成的，就像你喜欢琢磨钢铁是怎样炼成的。不管答案如何，有一点我必须告诉你，刀不是铁打的，而是钢打的，好钢不仅要用在刀刃上，还要用在刀身上，用在刀背上。

刀的谱系

谱系之事是最最做不得假的，又是最最当不得真的。之所以做不得假，概因谱系命系家族血脉纯正，岂可弄一堆子虚乌有的东西来乱了血统？之所以当不得真，概因家族最讲感情，族人慎终追远，顶礼膜拜，免不了把祖宗事业演绎得天花乱坠，此乃族性使然，局外人自当对局内人多一份担待。

在数万亿年前，人不用说建谱立系，就连草木虫豸都奈何不得，还时常沦为动物掠杀的对象，没有巨齿、没有利爪的老祖宗为了存活，便不得不用石头、蚌壳、兽骨打制出替代巨齿和利爪的刀来。刀是人比动物更高级的证物，或者说，高级动物自己不一定长出巨齿和利爪，但会造出巨齿和利爪一样的东西来，让自己看上去并不可怕，亮出暗藏的巨齿和利爪却更可怕。制刀选用的石头除了燧石和黑耀石外，还有石英石、砂岩和水晶石。这些坚硬的石头打制出的石刀质坚棱利，老祖宗正是用它杀出一片天宽地阔。老祖宗还就地取材，用蚌壳和兽骨磨制蚌刀、骨刀，这类刀轻便锋利，适于砍削，用途类似当今的菜刀。刀不仅是老祖宗的劳动工具，还是老祖宗的防身武器，老祖宗自从握紧了刀把子，庞然大物便面临灭绝的风险，这或许便是生命最初的一次因果。刀的出现源自老祖宗对抗自然的需求，老祖宗用它解决了生存问题，它的溢出功能便是对付同类。在刀光剑影的历史当中，刀通常以兵器的方式存在，十八般兵器又有九短九长之分，刀当仁不让做了九短之首。此时的金属刀与最初的石刀已有本质区别，作为单面长刃之短兵器，金属刀可切，可削，可割，可剁，刀光起处，寒风森然，胆敢以身试刀者，不过刀下之鬼耳。从血缘上讲，金属刀与斧钺算是近亲，最初样式也相差无几：短柄，翘首，脊无饰，刃较长。金属刀最初由青铜炼制而成，我国现存的早期青铜兵器便是铜刀。铜刀脱胎于石刀，体形轻薄，形制分为短柄翘首刀、长柲卷首刀、平刃刀、曲刃刀等数种，存世数量不多。到商朝时，铜刀渐渐变宽，刃端微微上翘，制作方式一如石刀。西周时期出现了青铜大刀，柄短刀长，刀脊厚实，刀刃锋利，刀柄首端呈扁圆环形，又称环柄刀。铜刀形体笨拙，质脆韧差，劈砍时易折断，远不如铜剑受人青睐，或因这个缘故，铜刀并非当时战场上的主角。秦汉时期钢铁问世，刀的制作材料和工艺脱胎换骨，刀变宽变长变坚韧，长于马背上挥杀劈砍的战刀横空而出，兵车和刺兵器便渐渐淡出战场。刀是近距离格杀的产物，在两汉时期才跃升为大杀器，时人最常用的刀是环首刀，这种刀直背直刃，刀背较厚，刀柄呈扁圆环状，长度一米左右，便于骑战，若与长矛并用，远刺近劈，如虎生双翅。

刀跻身兵器之列，且跃居短兵器之首，刀的谱系才日渐壮大，青龙偃月刀便是独秀的一支，还是刀文化的扛鼎之作，毕竟关圣人并非关氏一家的圣人，而是一个民族的圣人。关圣人之非常，当从青龙偃月刀说起，有了青龙偃月刀，耍大刀的人才懂得什么叫望而却步。青龙偃月刀又名"冷艳锯"，刀长九尺五寸，重八十二斤，刀身镶有蟠龙吞月图案。仅看这组数据，青龙偃月刀便足够巨、足够沉、足够另类，不过，就像不能把演义当历史看一样，也不可拿两汉三国的度量衡在当代说事。在我的想象中，所谓青龙便是长长的刀柄，所谓偃月便是月牙般弯曲的刀形，青龙为阳，偃月为阴，阴阳合一，"冷艳锯"便冷艳天下无敌手。青龙偃月刀又被誉为"关刀"或"关王刀"，人以物美，物以人名，堪称人与物相映成辉的典范。据说青龙偃月刀是天下第一铁匠打造的，天下第一铁匠只在月圆之夜升起炉火，怪人怪癖铸怪刀，传奇总是扑朔迷离的。据说宝刀将成之时，天空骤然起了风云，云翳间竟然滴下1780滴鲜血，这天上之血便是青龙之血，这龙血穿破月色滴答而下，便有了青龙偃月刀之名和青龙偃月刀必将舔舐1780条性命之说。又据说，青龙偃月刀后来果然杀死1300人，斩首480人。有名有姓的人物都写在三国故事里，无名无姓的人物便埋在黄土堆里，血淋淋的传说也能渲染出狞厉之美，远比我的想象摄人心魄。至于另一种说法，则应算作青龙偃月刀诞生记的民间版了。关羽武功盖世，妇孺皆知，但好马一直没有好鞍，好男一直没有好刀，英雄出世前也有凡人的苦恼。于是，年轻气盛的关羽便将河东手艺最好的师傅都请到关家庄，商议打造兵器之事。议事厅上，一位老者一捋白须——我想这位老者只能是白须，否则，抢了美髯公的风头那是断断使不得的——娓娓说道："刀分铁刀、钢刀、纯钢刀、柔钢刀、青钢刀、宝刀六等。铁久炼成钢，钢久炼柔纯，再炼成青，更炼成宝。常人只会打造铁刀与钢刀，打造纯钢刀十把要坏九把，打造柔钢刀百把要坏九十九把，青钢刀和宝刀乃稀世珍宝，可遇不可求。"关羽闻言淡淡说道："关某只要宝刀，不管打坏多少把，费用皆由我承担，绝不少师傅分文。"关羽一言九鼎，铸刀之事便算议定，铸刀的过程曲曲折折、神神秘秘，其中自然也是暗藏着玄机的。果然，公元某年某月某夜，皓月当空，苍穹朗照，清辉遍身的炉火突然迸发一道寒光，雪白明亮，闪电一般直刺天空。铸刀老者不禁惊呼："快快躲开，刀将炸也！"老者话音未落，便见一条青龙从天空经过，毫光不偏不倚，正好击中青龙腹部。刹那间，青龙被毫光拦腰霹雳斩断；又刹那间，毫光熠熠然收归刀内，天地一片寂静，好像什么事都不曾发生。刀刃被龙血淬火，刀身却未炸裂，机缘巧合，青龙偃月刀便由此炼成。听到这样的故事，我不禁冷汗淋漓，有这龙血在，有这奇迹在，关羽想不成圣人都难。

相对于民间传说，《三国演义》关于青龙偃月刀的描写反倒显出几分平实："云长造青龙偃月刀，又名'冷艳锯'，重八十二斤。"一个"造"字，一个"重"字，这把宝刀便算横空出世，再赞宝刀时，已是虎牢关三英战吕布："酣战未能分胜败，阵前恼起关云长；青龙宝刀灿霜雪，鹦鹉战袍飞蛱蝶。""灿霜雪"三字本已生辉，关羽出场更是生动："只见云雾之中，隐隐有一大将，面如重枣，眉若卧蚕，绿袍金铠，提青龙刀，骑赤兔马，手绰美髯"。穿云破雾，横刀立马，此等英雄自非凡人，青龙偃月刀和赤兔马便云雾般做了英雄的陪衬，与英雄一起腾云驾雾在历史长空中了。

当然，这不过是罗贯中的演义，真正的青龙偃月刀直到唐代才问世。有好奇者考证认为，关羽的偃月刀应为掩月刀，最早见于我国首部官方编修的军事和兵器大百科全书《武经总要前集·器图》。《武经总要》成书于北宋仁宗庆历四年，书中"刀八色"章节绘制了当时军中使用的八种刀形，除手刀为短柄武器外，其余七色均为长杆刀，掩月刀便位列其中。掩月刀刀头阔长，形似半弦月，背有歧刃，刀身穿孔垂旄，刀头与柄连接处有龙形吐口，长杆末有镈。作为重型兵器，掩月刀可劈、砍、磨、撩、削、裁、展、挑、拍、挂、拘、割，招式繁多，因其太过笨重且打造成本昂贵，主要用于演武、阵列和操练，战场之上并不多见，在清代早期甚至沦为武举考核膂力的道具。

战刀扬威于疆场，佩刀显贵于官场，或战或佩，或杀戮或装饰，刀之为刀，因时因地因人而造化出各色运命，看似手中的一个物件，却也不是一个物件。两汉三国时期，达官显贵嗜佩刀如命，不惜花重金，延名师，耗用几年甚至十几年工夫炼制宝刀。当时刀匠以阮师最为有名，据传他"受法于宝青之虚……以水火之齐，五精之陶，用阴阳之候，取刚柔之和"，所制阮家刀"截轻微无丝发之际，斫坚刚无变动之异"，如此神乎其神的绝技令我这个理科男汗颜，如此宝刀却被人用来充当门面，实在可惜。蜀国蒲元以淬火术闻名，所造钢刀锐利无比。诸葛孔明曾邀他在斜谷造刀3000把，遗憾天不假时，一场大雨坏了诸葛好事，司马懿上方谷死里逃生，蒲元钢刀并未挽蜀国于既倒。至隋唐，灌钢法代替百炼法，所炼钢刀不仅坚韧锋利，样式也丰富，常见的有仪刀、横刀、鄣刀等。仪刀为皇家禁卫军专用，横刀为军队专用，鄣刀则为普通官吏佩刀，战与佩已然等级分明。大明朝常遭倭寇袭扰，抗倭名将戚继光吸收倭刀长处，把明军最爱的腰刀做了改进，制作方法详细记录在《练兵实纪》中，但形可仿神不可仿，大明朝终归少了些杀气。抗战时的日本军刀与明时倭刀一脉相承，日本人把战与佩融为一体，这种传承不只好战这么简单，更是民族性格使然，瑞士军刀与之相比倒更像一个情趣盒。清刀种类比较繁杂，诸如腰刀、滚背双刀、脾刀、双手带刀、背刀、窝刀、鸳鸯刀、船尾刀、割刀、缭风刀等等，不过，作战所用的刀还是腰刀或双手带刀，其余的刀虽然花哨，却佩胜过战，不过是八旗子弟手提的鸟笼而已。

刀性如人性，看似生却已死，看似死却还生，向死而生，是藏着大智慧的，故而好刀讲究兵不血刃，讲究杀人于无形，与杀人不见血差之毫厘，谬以千里。刀本性刁蛮，族性却鲜明，譬如大理刀、云贵刀、壮族尖刀、阿昌刀、苗刀、峒刀、傣族刀、景颇尖刀、傈僳族弯尖刀、黎刀、藏刀、彝族短体插刀等等，都是民族符号。不过，在这林林总总的刀世界里，我喜欢的却是青面兽杨志的祖传宝刀。或因头上插过草标的缘故吧，杨志的宝刀少了官家的血腥，多了民间的磨难，青面兽杨志卖刀其实卖的不是刀，而是杨家的一门忠烈。这忠烈犹如杨志脸上的青色胎记，隐隐透着宝刀的精髓：砍铜剁铁，刀口不卷。奈何奸臣当道，不得志的杨志只得灰头土脸，招摇过市，这样的际遇本已羞煞英雄，偏偏还遇上一个泼皮牛二。青面兽一怒之下杀了泼皮，充了军，最后还不得不反上梁山，令人唏嘘。每念及此，我便觉得好刀仅仅遇到一个好人也是不济事的，还得生在一个好时代，就像一个好女嫁了一个好老公不见得就幸福，还需嫁一个好婆家。

在刀的两边对话

这是一把普通的刀，刀刃朝下，刀背朝上，刀把横斜，挂在一面白色的墙上。这是我在日常生活中经常看到的场景，在这个场景里，我看不到刀鞘，看不到刀穗，刀呈现出来的仅是刀刃、刀背和刀把三个部分。于日常用物而言，刀是无须装饰的，装饰是一种累赘。在现实中，刀又常常被装饰，装饰也是一种需要，只不过，这样的需要仅与持刀人有关，与刀无关，也与我无关。

现在，该轮到你出场了。

你一手握刀鞘，一手握刀把，刀把上的缨穗垂下来，遮住刀背和刀刃。我看到你的微笑，但我不能确认你的微笑里是否藏着一把刀，也不想确认。你不必躲躲闪闪，你说吧，你想把刀刃指向我，还是把刀背指向我？

实话告诉你，于我而言，面对刀刃和面对刀背并无区别，只要刀把握在你的手中。是的，只要刀把还握在你的手中，刀刃和刀背便都可能是我的。当然，你会微笑着说，你只握着刀鞘和刀穗，刀把并不属于任何人。你权当我会相信你的话，因为你说这番话时，刀把正在你的袖口里蠕动，你的腿正在裤子里抖动。

站稳当，别紧张，我与你探讨的只是生存问题。或者说，我只是在比喻，虽然我没有用比如、譬如、好像等词语。这些词语并不重要，你就把它当作刀穗吧，它只不过是为这个比喻增加了些许下垂感，让这个比喻看上去更像一匹锦缎而已。

当然，如果你不习惯这样的谈话方式，那么，我们就去一个空气新鲜的地方，在那里，你不必计较我们的话题是不是诗情画意，环境就是诗情画意。

同意了？好的，那我们现在就沐浴着和煦的风，一起走进一座山林吧。瞧，在山林的半山腰有一座普通的小木屋，在小木屋前有一个篱笆围困的院落，在院落里有一张石几，在石几上静静躺着一把刀。

像所有的刀一样，这把刀有刀刃，有刀背，有刀把。

你与我在石几的两端坐下，石几微凉，石凳也微凉，你与我面对面坐在微凉里，身体冷静，头脑清醒。这是多好的黄昏啊，刀背朝向你，刀刃朝向我，刀把与刀背平行，刀离你的距离与离我的距离几乎一样，如此场景看起来多么温馨和平等。

在温馨且平等的气氛里，你与我开始讨论你我共同关心的话题。

你说，刀不是用来杀人的。

我说，正确。

你说，刀是用来杀人的。

我说，很正确。

你说，刀可以杀人，可以不杀人。

我说，千真万确。

你的面色凝重起来，像一个沉思的哲人，又像厚厚的刀背，白皙的脸庞闪烁着刀刃的光泽。

你说，木刀或石刀是不杀人的。

我说，祖宗用它祭祀神祇，击打动物，他们需要食物活下来。

你说，在战争年代，钢刀和铁刀都是用来杀人的。

我说，人开始杀人的时候，你不去杀他，他便去杀你。

你说，现在是和平时代了。

我说，古人制造的铜刀一直展览在博物馆里呢！

你伸手轻轻抚摸着刀把，目光里流露出欣赏和喜悦，脸色却越来越凝重，看上去像厚厚的刀背。

你说，这么好的一把刀，不杀人要它干什么啊？

我说，是啊，好钢都用到刀刃上了，不杀人要它干什么啊！

你说，杀人之后，又能如何呢？

我说，刀已见到血光，还能如何呢？

你说，我把这把刀送给你，你最想用它做什么？

我说，我什么也不做，只看着它生锈。

你轻轻笑出声来，嘴角弯刀一样意味深长。我瞥见你把刀把朝自己身前挪了挪，刀身倾斜在石几上，刀把的一半悄然没入你的袖中。

你说，世界上本来没有刀的。

我说，有人说有刀便有了刀，但这个人不是上帝。

你说，世界上的刀本来是不杀人的。

我说，想杀人的人多了，刀便开始杀人了，杀人最多的那个人做了皇帝。

你说，其实我是最不愿意杀人的。

我说，可是，如果你不杀人，你一直紧紧攥着刀把干吗呢？

你朗声大笑起来。我觉得这场面有点像曹操和刘备青梅煮酒。遗憾的是，春光大好，竟然没有青梅，也没有酒；更遗憾的是，我并非英雄。

你说，你知道我现在最想做什么吗？

我说，不知道。

你说，我什么都不会做，我俩是朋友。

我说，知道。

你说，很久了吧？我俩一直是最好的朋友。

我说，是的，我俩一直形影不离，就像刀刃和刀背，刀背和刀把，刀把和刀刃。刀刃是我，刀背是你，刀把和刀背构成一条线，那是我俩的情谊。

我微凉的目光一直平视着你，这时，却突然发现刀从石几上消失了。你的脸庞像树间朦胧的月亮，月光静静地照在石几上。石几上刀刻着一张方方正正的棋盘。

我俩就这样坐在棋盘两端，很多年又很多年。我不知道一直这样坐下去，散发着木头气味的刀把会不会也被时光慢慢弯曲起来。

2011年12月　一稿于太原

2016年5月　二稿于太原

2017年3月　三稿于太原

暗　疾

隐·神话

　　好比架构一部鸿篇巨制，神话的开启也充满悬念。不过，再宏大的事也是隐藏在小的物里的，于我而言，在未看到任何神迹之前，我看到的会流动的事物便是村前的无名河，乡人习惯称之为大河。

　　小时候，我以为大河就是家乡河的名字，离开故乡多年才知道，家乡的河根本没有名字。不过，家乡的河源自发鸠山西麓，发鸠山却是有名的。发鸠山东麓还有一条河，那条河也很有名，叫浊漳河。发鸠山和浊漳河因一只神鸟被记录在《山海经》中，这只神鸟便是精卫。精卫不只是一只鸟，还是炎帝最小的女儿，叫女娃。女娃死后变为鸟，或与炎帝部族崇拜鸟和太阳有关，在神农氏的眼中，太阳不过是一只三足金乌，不过是一只火鸟。当然，此女娃并非彼女娲。此女娃衔发鸠山上的木石填海，方有浊漳河出焉。彼女娲炼五色石补天，功德堪与盘古开天辟地并肩。衔木石的女娃东海溺亡，显然是个与死亡有关的悲情故事，补天的女娲抟黄土为人，无疑是生殖崇拜时代最伟大的女神。此女娃也罢，彼女娲也罢，都是被神话的人物，在神话的世界里，神都是万能的，或因如此，神话只关心逻辑，不关心可能性或常识。事实上，可能性只是与人有关的话题，人的故事无论多么神奇，充其量也仅是传说而已。

　　"精卫填海"的雕塑矗立在长子城东路口，它俨然故乡独一无二的标志。其实，故乡还是炎帝和尧帝的故里。在华夏文明里，炎帝和尧帝举足轻重，只因"精卫填海"的故事到处流传，真正的主角反被历史烟尘湮没。当然，声言炎帝和尧帝故里者不在少数，长子或上党地区并非仅有的候选。"精卫填海"的发生地却非发鸠山莫属，乡人选择精卫作为当地品牌，无疑是明智的。华夏文明的曙光初升于太行山，学界对此早有定论，"与天为党"之地之所以获此殊荣，与其盛产各种神话有关。上党向来以神话之乡自居，"精卫填海"一类的故事不胜枚举，传播也很广：譬如"后羿射日"，一个勇敢者的故事；譬如"嫦娥奔月"，一个贪恋长生不死的故事；譬如"愚公移山"，一个励志的故事；还譬如"神农尝百草"，一个敢为天下先的故事。神话中的古地名至今完好地保留在上党的版图上，寻找它的踪迹并不难，可若追溯炎帝当时在上党的活动踪迹，便众说纷纭，莫衷一是。在浩如烟海的古文字中，关于炎帝的记载甚是混乱，有人说神农即炎帝，炎帝即神农，也有人说炎帝便是炎帝，神农不过是炎帝一族的名号。我对考据学并无兴趣，我觉得后一种说法似乎更靠谱一些。古人常常以一名为一族，将一族混于一名，炎帝与神农不分彼此，所有神农氏便都有可能成为炎帝，争炎帝故里者便众多。且不说陕西宝鸡、湖北随州、湖南炎陵，仅上党地区便有三处，即高平、长治县和我的家乡。有意思的是，长治郊区却率先在老顶山上建起百草园，立下神农铜像，声称老顶山便是"神农尝百草"的地方。所有声索者都言之凿凿，真相越发扑朔迷离。事实上，在文字中寻找一个没有文字的时代，这件事本身就很诡异。除了文字，那个时代的记录手段几乎为零，活化石或是最靠谱的证据，但在古文字时代，没有人懂得同位素断代法，自然也就错过了辨识的最佳时机。在当代，遗存下来的活化石凤毛麟角，辨识便难上加难。历史记录本身就是一种缺憾，以缺憾记录缺憾，缺憾便成为历史不可或缺的部分。既然如此，长治郊区的建制虽发生在20世纪70年代，并不妨碍它去争炎帝的归属；更何况，旧时这儿也曾是长治县的属地。老顶山上的神农像披发、赤膊，上身着兽皮，下身以树叶遮蔽，微微抬起的双手捧着一捆谷穗，与神话中的"人身牛首"相去甚远，或者说，这座当代神像更像一个回归人间的大力神。老顶山捷足先登，第一个把炎帝请回家，高平人却是不屑的，他们坚信"神农尝百草"的地方在羊头山。我的乡人也是不屑的，他们找出更多遗迹，论证"神农尝百草"的地方在发鸠山。羊头山位于高平、长治县和长子三地交界处，与发鸠山比邻，炎帝若在这一带活动过，足迹不可能仅停留在一个地方。我在发鸠山下长大，小时候不但不知道炎帝曾离我如此之近，甚至不知道我口中的老方山便是发鸠山，至于"精卫填海"，那是写在课本中的故事，与我有什么关系呢？若非迷上文学，我不会关心这些谜团一样的问题，偶尔与乡党聊到上古神话多发生在我们的地界，他们也很惊讶。人说"不识庐山真面目，只缘身在此山中"，乡人不仅不识"庐山"，甚至不知道此地便是"庐山"，岂非咄咄怪事？

乡人对精卫耳熟能详，或与弥散在三圣公主庙的民间气息有关。三圣公主庙位于房头村，为全国独有，庙中祭祀的是炎帝的第一任妻子（据说为长治县人）以及他的大女儿瑶姬和小女儿女娃。三圣公主庙原在村庄外，如今却被民居围困，前不久我去寻访，门楼已经塌毁，我从砖石瓦砾上翻过，透过门缝看了一眼，感觉当地百姓并未把它奉为泉神庙，倒更像善男信女求子的奶奶庙。院前有一亭阁，悬挂一匾额"灵湫",亭下为浊漳河源头,水量小不说,还落满树叶,凋敝景象尽显,与明朱载堉所著《羊头山新记》所记不可同日而语:"又西北三十里曰发鸠山,山下有泉,泉上有庙。宋政和间,祷雨辄应,赐额曰:'灵湫'。盖浊漳水之源也。庙中塑如神女者三人,旁有女侍,手擎白鸠,俗称三圣公主,乃羊头山神之女,为漳水之神。漳水欲涨,则白鸠先见,使民觉而防之,不致暴溺。羊头山神,指神农也。"朱载堉为朱皇帝的九世孙,他本有机会继承王位,却只对故去的帝王有兴趣,他曾数次到羊头山实地考察,对羊头山的记载更是详尽:"羊头山在今山西之南境,泽、潞二郡交界,高平、长子、长治三邑之间。自山正南稍西去高平三十五里,西北去长子五十六里,东北去长治八十里。所谓岭限二郡,麓跨三邑也。山高千余丈,磅礴数十里。其巅有石,状若羊头,觑向东南,高阔皆六尺,长八尺余。山以此石得名焉。石之西南一百七十步有庙一所,正殿五间,殿中塑神农及后妃、太子像,皆冠冕若王者之服。……殿西稍北二十步,有小坪,周八十步。西北接连大坪,周四百六十步,上有古城遗址,谓之'神农城'。城内旧有庙,今废。城下六十步有二泉,相去十余步。左泉白,右泉清。泉侧有井,所谓'神农井'也。二泉南流二十步相合而南。《寰宇志》云:'神农尝五谷之所,上有神农城,下有神农泉。'后魏《风土记》云'神农城在羊头山,其下有神农泉',皆指此也。地名井子坪,有田可种,相传神农得嘉谷于此,始教播种,谓之'五谷畦'焉。"

发鸠山也罢,羊头山也罢,二者介于太行与太岳之间,古时有山岭为屏,有平原为基,有森林、草地、湖泽为给养,四季分明,可猎可采可牧可渔可耕,自然最适合人类居住。三圣公主庙在房头,发鸠山也叫廉山,"房"与"廉"二字的造型不仅与房屋布局有关,还可能与炎帝"礼于明堂"的记载有关。"廉"字的本义为一手执双禾状，与传说中的炎帝形象也吻合。晋《帝王世纪》载，炎帝"母曰任姒，有蟜氏女，登为少典妃，游华阳，有神龙首，感生炎帝。……又曰魁隗氏，又曰连山氏，又曰列山氏"。魁隗者，魁伟也，自是形容炎帝之魁梧，炎帝曾创《连山易》推演四季，连山或为廉山谐音，列山也写作烈山，即羊头山。从这些姓氏不难看出，发鸠山和羊头山应是炎帝当年经常活动的场所。发鸠山主峰名方山，接近山巅处有一座出云洞，与连山之"山之出云，连连不绝"意境相仿。20世纪70年代末，我的父亲曾在方山正北面半山腰的一个村庄教书，我随父在此地生活两年，天气变化之际常见对面山顶白云缠绕。乡人告诉我，白云缠绕的地方便是出云洞。其实，史书所记出云洞位于主峰东侧，道教建筑群九窑十八洞之间，今存遗址略比拳头大些。炎帝除了创有《连山易》，还创有医书《方书》，如果说《连山易》的命名与连山有关，那么，《方书》的命名则应与方山有关；更何况，《方书》收录的中草药为365种，方山一带药材品类也为365种，这仅是一种巧合吗？小时候，我每年夏秋都会上山采药，常见品种为黄芩、丹参、黄芪、柴胡和党参，尤以黄芩、丹参为多。采回，晒干，卖到供销社，每斤收购价2毛2分钱，我每年差不多能挣到20元钱。于一个孩子而言，这是一笔可观的收入，在当时，相当于一个家庭年底的工分分红。靠山吃山，靠水吃水，长子自古以来便是医药之乡，鲍店镇的药材贸易大会闻名全国。当地药商世代口口相传："长子药材地道货，先祖炎帝品尝过。黄芪党参补性大，柴胡黄芩治病多。"又曰："丹参产自发鸠山，精卫用它治偏瘫，能顶古方四物汤，百脉通畅气血安。"以此推断，炎帝当年在方山一带尝百草的可能性是极高的。

据传羊头山上曾建有炎帝高庙，清代遭到损毁。高平、长治县和长子一直为炎帝归属争执不休，损毁的炎帝高庙便被一分为三，高平取走石碑，长治县取走塑像，长子留下神主牌位供奉在后建的色头炎帝庙内。神主牌位显然分量更重，乡人据此坚称长子才是炎帝故里，也不为过吧。

当然，这仅是一种说法而已。数年前回乡，与县文联主席李建文小聚，席间谈及上党神话，浅尝辄止，孰料喜欢田野调查的他在考据炎帝出身时，竟发现了更大的秘密。《帝王本纪》曰："炎帝神农氏，姜姓也，人身牛首，长于姜水，有圣德，都陈，作五弦之琴，始教天下种谷，故号神农氏。"那么，炎帝所都"陈"地在哪儿呢？李建文《揭秘始祖炎帝在长子的活动轨迹》一文发表在家乡刊物《精卫鸟》上，读后我既欣喜，又惊讶。在长子的版图上，至今仍保留着东陈、东北陈、西北陈、南陈四个古村落，四地呈四足鼎立之势，正中一座丘陵名大王庙岭，众山环绕，溪水拱围，俨然霸主之地。大王庙岭上原有大王庙，抗日战争时期毁弃，庙中所供奉的大王是谁，至今是个谜。大王庙岭与四地的距离几乎相等，从布局看，如果大王庙岭与"陈"无关，何来东南西北陈？如果此地便是"陈"，为何又无人知晓？《后汉书·西羌传》载："复以任尚为侍御史，击众羌于上党羊头山，破之。"《史记》载："（宣王）三十九年，战于千亩，王师败绩于姜氏之戎。"羌氏和姜氏皆为炎帝后裔，发鸠山旁的雕黄岭前有一平地，史称"千亩方"，曾是古战场。这些记载都与炎帝部族遭受的一场战乱有关，"陈"地在战乱中灰飞烟灭，也未可知。展开地图看，东陈、东北陈、西北陈、南陈呈环形，形成一座营盘。营盘之外，东有大堡头，东北有小堡头，西有西堡头，南有团城，西南有城阳，东南有辛城、倾城、青城，东北有房邑，这众多地名皆与城有关。此地西南依山为屏，北面背靠天险漳水，无论地理，还是沿用至今的地名，似乎都在证明有一座古城存在。《汉书》云："神农之教，有石城十仞，汤池百步。又城池之设，自炎帝始矣。"这些星罗棋布的村庄围起来的，或许便是炎帝初建的第一座城池，与炎帝"都陈"的记载吻合。神农氏以羊为图腾，在南陈周围，除了与炎帝部族姓氏有关的吕村、申村，倾城、青城、西北陈与大王庙岭之间还有北圈沟、中圈沟、南圈沟，显然都是圈养羊的地方。南陈西北方向的石羊岭上，还曾刻有大型石羊塑像十尊。在长子境内，以"陈"命名的庄、沟还有数处，毫无疑问，它们都应是由"陈"繁衍出的地名符号。南陈南面的苏村遗存有仓颉阁和魁星楼，如此规制并非普通场所应有。如此看来，大王庙岭便是消失的"陈"地的概率极高。大王庙岭介于发鸠山和羊头山之间，与当时炎帝由发鸠山向羊头山发展的走向也相符。

关于"陈"地位于何处的争论由来已久，学界倾向于河南安阳者居多，或与安阳为历史名城有关。不过，对新石器中后期氏族群落发掘出的猪骨成分进行测定发现，上党地区猪骨中的谷糠含量比安阳猪骨中的谷糠含量高出70%。由此不难判断，谷物种植的起源地应为上党，即使在当代，上党小米仍全国著名，尤其沁县出产的沁州黄，曾为贡品。检测分析还发现，在安阳兽类骨骼中，猪、牛、狗的数量占到90%，羊却少之又少。炎帝部落有两大标志，即黍谷和羊。炎帝所"都"之地必定是黍谷生产和羊养殖的繁茂之地，同时符合这两大标志的，唯有上党。

《帝王世纪》记载炎帝"在位百二十年而崩。至榆冈，凡八世，合五百三十年"。炎帝"百二十年"或许夸张，"凡八世"应是靠谱的。炎帝虽是神人，但以当时的交通条件，让炎帝的足迹遍及河南、山东、陕西、湖北、湖南的可能性极小。不过，阪泉之战后，炎帝后裔纷纷避难他乡，在全国各地开枝散叶倒是符合常情。也就是说，炎帝一生活动之地应为上党，炎帝后裔因变故而背井离乡，上党之外的所谓炎帝故里，只不过是炎帝后裔的故里而已。上党无疑是神农氏族魂牵梦萦的"大槐树"，炎帝当时在上党究竟活动在长子，还是高平、长治县或长治郊区，甚或潞城、黎城并不重要，或者说，炎帝在上党任何一个地方留下足迹都是正常的。众所周知，人类在上古时期的生存环境极其恶劣，这从上古神话中的诸多细节便可看出端倪，或者说，每个上古神话都是古人与天斗与地斗的传奇。"后羿射日"或是干旱的原型，"共工怒撞不周山"或是地震的原型，"大禹治水"或是水患的原型。在各种自然灾害中，洪水无疑首当其冲，古人形容洪水为猛兽，或与这种生活经验有关。其时，南方是一片泽国，黄河两岸时常洪水滔天，面对洪水这头猛兽，太行山自是上古人的首选之地；更何况，上党还是盆地，气候独特，物产丰富。前些年，我曾在《山西日报》撰文推测，随着全球气候变暖，极端气候在世界各地频频上演，暴雨、暴雪、暴风和极热、极寒气候此起彼伏，这个时候，山西的气候将会变得越来越好。本是异想天开的猜测，孰料竟不幸言中。按常理，山西采煤掏空了国土面积的七分之一，环境破坏之烈在全国名列前茅，环境修复并非一日之功，这些年京津冀屡遭雾霾侵袭，山西的气候反倒越来越宜人，令人哑言。这一反常现象似乎有悖自然规律，唯一合理的解释便是一个千年循环又回到我们身边。当大环境再次返归洪荒之时，小气候独特的山西反倒成了避难的桃源。

记得小时候，故乡前面的那条河流动辄发怒，每年夏秋都会发几场洪水。现在这条不知名的河几乎干涸，乡人也把房子从岸畔上搬到河滩边，我不禁为他们担心起来。李建文在他的长文中论证说，方山古时也称华山，炎帝"感生"之地"华阳"或许便指方山之东的古村落岳阳，发鸠山西麓的无名河或许便是炎帝长大之地"姜水"。阪泉大败后，炎帝后人"世衰"，或避祸他乡，或隐姓埋名，就像消失的"陈"地变成神农氏族的一道暗伤一样，这条河的名字也暗疾一般被岁月隐去。且不论他的观点是否正确，世间事本来就很难说得清楚。发鸠山东麓的浊漳河一路向东，经河北、河南汇入海河，村前的无名河却西下汇入沁河，又绕道泽州进入河南境内，汇入黄河。东西方向不同，路径不同，地理所致，水性使然，历史的走向也如这河流，谁能说出哪条河道才是正途呢？

时间也是一条河流，她从我们身边走过，该留下的，自然留下，不该留下的，自然也不会留下。山川如此，时光如此，人也如此，即使养大炎帝的"姜水"，现在也是一条籍籍无名的河流而已。其实，就算这条河与炎帝无关，就算这条河生来就是一条无名河，也没有什么可遗憾的。史书上有没有这条河的名字并不重要，重要的，这条河一直在这里，在发鸠山西麓，在我的村庄前面，而我的确是喝它的水长大的。

弃·传说

弃是个动作：抛弃，遗弃，嫌弃，丢弃，弃市，弃世，弃绝，弃置，当然，还有放弃。弃以名词——譬如弃儿——出现的时候，一个巨大的隐喻也出现了。

有邰国君有女，名姜嫄，她把纤弱的脚印踩在巨人的脚印上，便怀孕了。她还是个少女，她还待字闺中，但她怀孕了。孩子的父亲是个巨人或者说是只脚印，可没有人知道巨人是谁。是的，没有人知道巨人是谁，就像母系社会没有人知道父亲是谁，脚印却肯定是神迹，这神迹的唯一性便是最古老的 DNA 图谱。是的，这神迹是模糊的，又是不可替代的，还是无须证伪的，纵然如此，这件事依然是诡异的，或者说不详的。无须犹豫，在出阁之前，准确地说，在做帝喾的元妃之前，姜嫄必须把这个孩子处理掉。"弃之隘巷，马牛过者皆辟不践；徙置之林中，适会山林多人，迁之；而弃渠中冰上，飞鸟以其翼覆荐之。"在乡村，我常在某个早晨，在村外的某道野坡，遭遇弃儿。包裹婴儿的干草四下散开，婴儿的身体被狼或老鹰撕碎。我不敢直视，我从一旁慌乱而过，我很小便懂得不祥是怎样一种气息。我知道，在一个生育率和死亡率同样奇高的年代，这些弃儿都是早夭的，但我很奇怪大人为什么不把他或她掩埋起来，难道仅仅因为他或她还未成人，便没有资格占据一小片土地？乡俗竟如此残忍，令我诧异，而在传说里，弃儿的命运将会迥然不同。是的，传说里的孩子纵然命运多舛，也总能逢凶化吉，无论生之前，还是生之后，无论灾难多么深重，他都万毒不侵。是的，他如果没有超乎常人之处，传说怎能以近乎神话的方式诞生呢？毋庸置疑，姜嫄意外受孕的孩子不会死，也不可能死，因为他是神迹的儿子，他的名字叫弃。三弃而不死，三弃而后名弃，弃便是这样一个传说。弃被记载在历史中，成为周民族的祖先，弃显然又是神话，自然没有人敢去质疑他是私生子。

传说是支离破碎的，仿佛一张神秘的网。传说是可以被曲解的，虽然她貌似有一张有据可查的家谱。

帝喾姓姬，名俊，号高辛氏，今河南商丘人，为"三皇五帝"中的第三位帝王。帝喾前承炎黄，后启尧舜，以德为石奠定了华夏文明的根基，被尊为华夏民族的人文始祖。帝喾有四个妃子，每个妃子都有一段不可思议的经历，这些经历与凡人的经验相悖。元妃姜嫄嫁给帝喾之前，弃已经出生，帝喾无疑是弃的父亲，但仅是名义上的。次妃简狄是有娀国君的女儿，相传她随本氏族的两个姊妹在玄丘水中洗澡，看见一只燕子飞来，生下一只鸟蛋，简狄把鸟蛋吞进肚子里，竟怀孕了。简狄生契的故事并不比姜嫄生弃的传说夸张多少，至少鸟蛋在外形和功用上，要比脚印更接近生殖。或者说，脚印更似襁褓或摇篮，襁褓或摇篮与弃被弃的遭遇相合。总之，鸟蛋也罢，脚印也罢，都不过是生命诞生或生长过程中隐含的神秘象征。在传说中，神似显然比形似更重要。简狄生契被史家解读为一个伟大时代的开启——"天命玄鸟，降而生商"，似乎一切都在冥冥中注定。玄鸟指燕子，是契的祖先，契又是商族的祖先，玄鸟被商王朝视为图腾，不过是尊祖而已。史家把这一传说升格为"天命"，也不过是他们惯用的贴金术而已，历史的书写古今大体如此，信不信在我们，争辩真假并无意义。但在传说中，帝喾肯定会是契的父亲，因为血统的实质不重要，血统的精神才重要，虽然这个父亲也是名义上的。三妃庆都生尧的故事不够传奇，庆都本身却是传奇。相传庆都是大帝的女儿，生于斗维之野，被陈锋氏妇人收养，陈锋氏死后又被尹长孺收养，后随尹长孺来到"颛顼遗都"之地，也即今濮阳。颛顼是黄帝之孙，帝喾的伯父，"三皇五帝"中的第二位帝王。庆都无论走到哪里，头上都始终覆盖一朵黄云，帝喾母闻之以为奇，便劝帝喾纳庆都为妃。帝喾欣遵母命，与庆都结合生下尧，也即"三皇五帝"中的第四位帝王。关于尧的出生还有多个版本，乡人便认为长子才是尧的故里，否则，他也不会把长子丹朱封在此地，此地的名字也不会叫长子。当然，乡人还可举出更多遗迹证明尧当年确曾在长子一带活动过，不过，这些论据都太过民间，与史书中的神迹相比，自然黯淡许多。四妃常仪为娵訾氏，娵訾即邹屠，黄帝时迁蚩尤善者于邹屠之地，是娵与訾的合婚族。娵訾氏与帝喾联姻生下儿子挚，挚为帝喾的长子，继承了帝喾的帝位，九年之后又禅让给尧。如此看来，挚与尧是同父异母兄弟，与弃、契仅是名义上的兄弟，这四兄弟中与帝喾有血缘关系的都直接称了帝，与帝喾有名义关系的则成了后世王朝的祖先。史书记载，从帝喾时代到大周，几乎都是帝喾及其后裔的天下，帝喾被尊为华夏人文始祖，也算占尽天时地利人和吧。当然，再向前推，天下还都是黄帝的，只不过，在黄帝所有的后裔中，帝喾这一支最是根深叶茂，自然也占尽风头。在帝喾的所有子女中，以四兄弟最为荣耀，挚最大，率先即位，之后禅让给老四尧，契排行老三，却先于弃成为商王朝的先祖，弃为老二，他的后人却取商而代之建立周王朝，这四兄弟及其后人轮替坐江山的故事是不是也藏着玄机呢？

历史之美，有时美得令人心碎，令人窒息，譬如尧舜禹实行的禅让制，简直美得没有任何纰漏。既为禅让，应该只与德行有关，与血统无关。毋庸置疑，禅让制中的帝王个个高风亮节，可仔细追究起来，他们又都是黄帝传说中的后裔，遗传因子依然若隐若现。如果这传说当得真，这禅让不过是家族之间的禅让，禅让之说便有些靠不住；如果这传说当不得真，这禅让便是一朵奇异的罂粟，知道它曾经美过，知道它仅可远远欣赏，便已足矣。历史可能美到极致，现实却不可能毫无瑕疵。就像浩浩汤汤的水流，奔腾有之，急流险滩也有之。就像神圣之外还有一部妖怪史，圣贤光可照耀日月山川，奸邪却翻江倒海，兴风作浪。尧是降魔伏妖的高手，大禹是治水的能手，正与邪总是相克相生。大禹治水有功，自然成为禅让制的一个桥段，大禹又为大夏王朝的世袭制明修栈道，暗度陈仓，这或许便是历史不经意留下的破绽吧。不过，这个话题扯得远了，还是说弃。

弃被尊为后稷，在古文字中，关于弃的记载也都有板有眼。《礼记·祭法》云："周人帝喾而郊稷，祖文王而宗武王。"稷其实就是谷子，又叫粟，《说文解字》曰："稷为五谷之长。"弃为儿童时好种麻菽，成人后好耕农，善种谷物稼穑，民皆效法。尧听说后，举弃为农师，天下得其利。弃种地有功，舜便封弃于邰，号曰后稷。舜曰："弃，黎民始饥，尔后稷播时百谷。"《书·舜典》疏引《国语》云："稷为天官，单名为稷，尊而君之，称为后稷"。自此，后稷作为农神几千年来一直受到帝王百姓的祭祀，仔细推敲，弃的故事几乎就是"神农尝百草"的翻版，或者说，是"神农尝百草"的简略版。炎帝与弃之别仅是量级之别：前者为帝，后者做了一个王朝的祖先；前者一边种地，一边采药，后者只对农事有兴趣，甚至直接以谷子为号，被尊为"百谷之神"。

尝百草也罢，种百谷也罢，总归都是神一样的人物。有人说后稷只是一个官位，而非一个人，还有人说后稷历史上不曾存在，即弃也不曾存在。质疑者煞有其事，论据之一便是《史记·周本纪》所记："后稷之兴在陶唐、虞、夏之际。"根据《史记》给出的世系表，从周文王上推15代到弃只相当于夏商之际，时间上似乎出了差错。也有人认为后稷只不过是被周人假托为始祖而已，他的故事是周人依照契的传说克隆的。论者头头是道，可《史记》真的靠谱吗？《史记》的世系表真的靠谱吗？若弃是编造的，契就不是编造的？我无法证伪，但传说的确存在，后稷的庙的确存在。我曾多次去过一个叫稷山的地方，当地人称那里的稷王山是弃教人稼穑的地方，附近的闻喜有一个冰池村，是弃被姜嫄遗弃的地方。当然，稷山还有一座稷王庙，享受香火已不只千年。不过，除了庙宇，一切都是传说，而传说像神话一样都是无性繁殖。在传说里，常识可忽略，时空也可忽略，譬如有人说有邰国在今陕西武功，有人说有邰国在今山西稷山，有人说有娀国在今山东济宁，有人说有娀国在今山西闻喜。传说可以穿越，但在现实中，稷山离武功很远，中间隔着一条黄河；闻喜离济宁更远，中间也隔着一条黄河。

在我看来，弃既是一个名词，也是一个动词，还是一种生存智慧，虽然这智慧也可能破绽百出。不过，既为传说，自然不可按常人思维来揣度，这也是传说的传奇之处吧。即便凡夫俗子，也可能随时与奇迹相遇，这便是生活的不可思议吧。

五年前乔迁，友人送我几盆花，摆在阳台和客厅里。我虽还做不到"弃"，但也算一个把生活简化到必需的人，家人也不喜花鸟鱼虫，那些花草便陆陆续续枯了，仅剩客厅窗户下的一株巴西木还绿着；不过，也是一副没精打采的样子，早晚会被我扔掉的。我对花草无感觉，也不去留心它的变化，前些日子客厅里突然弥散着很重的草木气息，味道似极公园的苦槐。楼下并未生长槐树，我还以为邻居打碎了香水瓶，香气从窗户飘了进来呢。后来香气越发浓郁，我才蓦然发现窗前那株巴西木上竟悄然开出两枝花来。我甚是好奇，便去网上百度：巴西木性喜潮湿，从种子到青春期需七八年甚至更长时间，一般要长几十年后才有开花迹象。在北方，巴西木尤其不易存活，即使在南方也极少开花，在非洲，巴西木开花被视为富贵吉祥的象征。我是北人，养此木五年，不曾用心打理，今见其突然开花，香气从客厅直逼书房，心里倒有几分安慰。其实，很多事就是这样，你不刻意去做，它反倒给你一个奇迹出来，这或许便是"弃"的生活方式使然吧。

囚·寓言

司马迁是遭过难的人，对遭难人的处境自然更理解。我想司马迁写难的时候，下体一定会隐隐作痛，或者说，司马迁的下体隐隐作痛的时候，他便会去写难，且通过写难减少自己的疼痛。当然，这仅是我的猜测，就像司马迁说："西伯囚羑里，演周易。"看到这句话，我会想到另一幅场景：司马迁抚摸着自己的下体，写《史记》。

言归正题。

西伯也名姬昌，是弃的十三代孙。姬昌与弃的关系，就像八卦与九鼎的关系，你说它有它便有，你说它没有它便没有；尤其九鼎被沉入泗水之后，谜已是这一事件的唯一正解。历史既然是人写的，这当中必定布了很多局，只不过，有些局故意卖出一些破绽，有些局几近完美，远去的历史便越发如雾中花、水中月。九鼎是历史无法承受之重，也是接近完美的局，这个局最后以九鼎突然消失修成正果，颇有些死无对证的意味。就像缺乏想象力的写作者解决戏剧冲突一样，死亡的确是处理各种疑难杂症的灵丹妙药。于是，当九鼎尸骨无存之后，关于九鼎的各种说法便横空出世，五花八门，所有猜测都可能是对的，也都可能是错的，九鼎的象征意义便因此而丰富起来，且牢不可破。

姬昌的故事自然也会有死亡，死亡毕竟是人类无法逃避的难题。只不过，在姬昌这里，死亡是用来设局的，不是破局的，破解死亡的最好方式自然是死亡的对立面——生。姬昌关在大牢时已经年高八旬，这个年龄与姜子牙的出山年龄相仿，老而成精、老而成事或许是古人的一种认知，或者说，在古人那儿时光是慢的，一岁可以抵两岁。总之，姬昌推演八卦时已经82岁，活到这个年龄还不糊涂显然是个奇迹，在本该老糊涂的年龄还能把天、地、雷、风、水、火、山、泽等自然之物与乾、坤、震、巽、坎、离、艮、兑等形而上概念一一对应起来，且玩得滴溜溜转，即使更老的祖宗伏羲看到也会深以为奇。当然，历史也可以把伏羲初创八卦的年龄记载到800岁，反正后人没见过伏羲，自然不能理直气壮地去反对。在我看来，姬昌推演《周易》不只是老而无事，还闲而无事，毕竟让一个关在牢房里的耄耋老者每天去琢磨如何越狱，有些勉为其难。行动不便，思想却自由，姬昌是个囚徒，囚这个字的创造或与他的遭际有关——囚者，人在口中也。姬昌无所事事，推演《周易》不过是打发时间的游戏方式，否则，在地牢里关得久了，即使骨头不发霉，也会心理抑郁的。囚禁姬昌的人却不关心他会不会得病，只关心他是否有野心，野心这东西比八卦更像陷阱，考验自然不可避免。历史或许并不道德，写历史的人却都是道德至上主义者，记载在历史中的考验便与道德有关。

在道德这面铜镜面前，正面的和反面的东西都会现出原形，姬昌必然会面临这样一个游戏，或者一个局；更何况，在史书里，纣王不仅是别出心裁的游戏高手，还喜欢巧立刑罚，寻找刺激。他酒池肉林都玩得，炮烙、活埋、凌迟、肢解、去势、刖足、凿腮、割鼻、剜眼、拔牙、割舌、去耳、纹面以及脯、醢等花式都玩得，做一碗人肉羹更不在话下。纣王把姬昌的长子伯邑考烹成一碗热气腾腾的肉羹，嬉笑着端到姬昌面前，一道貌似二难选择题便出现了：喝，还是不喝？这是一次道德拷问：喝，则可苟活下去，但有违伦理；不喝，则会被"辟尸"，永无出头之日。纣王创造性的手段成就了他残忍的名声，可视道德为无物的纣王显然又把道德看得过于重了。纣王忽略了一个82岁老人的阅历和智商，与《周易》相比，纣王在人体器官上玩的花拳绣腿更是小儿科。考验于是失效，姬昌把化为羹的儿子喝到肚子里，让儿子实现了出自母体、回归父体的生命循环，自己也直观地完成一次"人在口中"的实践，在这一刻，他的儿子又变成他的囚徒。这个故事无疑是个寓言：纣王无德，却以道德的名义自以为是地赢了一回；姬昌有德，却视道德为空气。后人在揣度姬昌当时的心理活动时，很为姬昌的行为纠结，可姬昌在这件事上有那么纠结吗？

想起庄子鼓盆而歌的故事。

庄子妻死，惠子吊之，庄子则方箕踞鼓盆而歌。惠子曰："与人居，长子老身，死不哭亦足矣，又鼓盆而歌，不亦甚乎！"庄子曰："不然。是其始死也，我独何能无概然！察其始而本无生，非徒无生也而本无形，非徒无形也而本无气。杂乎芒芴之间，变而有气，气变而有形，形变而有生，今又变而之死，是相与为春秋冬夏四时行也。人且偃然寝于巨室，而我噭噭然随而哭之，自以为不通乎命，故止也。"

这篇文字叫《至乐》，开篇便问道："天下有至乐无有哉？有可以活身者无有哉？今奚为奚据？奚避奚处？奚就奚去？奚乐奚恶？"庄子的回答或许有些不近情理，他对事物的洞察却是一目了然的：人死不能复生。姬昌的困境本质上也如此，既然死者已逝，喝与不喝又如何？更何况，让死于非命的儿子回归自己体内，就像庄子看到妻子"偃然寝于巨室"而歌唱，这有什么好纠结的？姬昌在方寸天地演绎天地万物变化，自是通透之人，纣王拿这种小把戏考验姬昌，不过是自欺欺人。纣王放虎归山，这才是最致命的错误，他不但因之丢了江山，还落了个暴君的骂名，也算咎由自取。不过，历史本就是一团乱麻，很多事情是纠缠不清的。在这个故事中，姬昌貌似囚徒，其实他是自由的；纣王貌似设局的人，其实他才是囚徒；又或者，姬昌或许才是制造这团乱麻的人，他是一团更大的乱麻，也未可知。

1950年，兰德公司的梅里尔·弗勒德和梅尔文·德雷希尔设想出一种困境理论，艾伯特·塔克以囚徒的行为方式对此进行阐述，并命名为"囚徒困境"。

警方逮捕了甲、乙两名嫌犯，却没有证据指控二人有罪。于是，警方把两名嫌犯分开囚禁，分别向二人提供以下相同的选择：

若一人认罪并作证检控对方，对方却保持沉默，检举者便可立即获释，沉默者则被判监10年；

若二人都保持沉默，则二人将同被判监1年；

若二人互相检举，则二人将同被判监8年。

毫无疑问，这是个博弈论模型，在这个非零和游戏中，每个囚徒都将面临坦白或抵赖两种选项，囚徒最终会选择什么，则是一次利益算计。很显然，仅从自保的角度看，不管同伙选择什么，自己的最优选项都是坦白：如果同伙抵赖，自己坦白，自己会被放出去，同伙则被判监十年，坦白无疑比不坦白好；如果同伙坦白，自己也坦白，二人都将被判监八年，比起同伙坦白、自己抵赖的后果，坦白似乎仍比抵赖好。如此算计的结果，决定了两个嫌犯都会选择坦白，后果便是各被判监八年。事实上，还有一种理想结果，便是二人都选择抵赖，这样的话，二人仅被判监一年。毫无疑问，这个结果是最好的，可囚徒为了不把自己陷于最糟糕的境地——自己抵赖，对方坦白——都主动放弃了这一选项，人人企图自保，最终却都保护不了自己。囚徒困境的本质，便是困境中的人常常会本能地退而求其次，以求自身安全，困境中的人恰恰又因自己的自以为是而作茧自缚。西方学者讨论问题的方式很现实，在他们的眼中，任何事情都仿佛一桩生意，都是可以计算的。在东方哲人的眼中，所谓囚徒困境不过是一叶障目、不见泰山而已。如果每个嫌犯都坚守做人这一事物本质，不考虑利益这一计算结果，或者说，如果每个嫌犯都只考虑集体利益最大化，不考虑个人利益最优化，囚徒困境便可迎刃而解。无疑，在破解困局方面，东方智慧显然更高一筹，我这样解读囚徒困境，也并非提倡大家都去做一个"抵赖"的人。说白了，破解任何难题都须直抵事物本质，庖丁解牛便是这个道理。很多时候，所有的困境都是本质被遮蔽的结果，人深陷其中，只不过是做了一回自己的囚徒而已。

讳·演义

从历史到故事，其间的距离并不大，时间却足够漫长。当然，历史如果只是几株中草药，故事便是一锅汤，味道虽还是那个味道，水却多了。

从《山海经》《封神榜》到《三国志》，便是从神话、传说到故事的演变，无所不能的神被供奉起来，人便多了许多忌讳。忌讳是威权的副产品，而威权的撒手锏是生杀大权，死亡不过是权力的祭品，尤其权力时常变脸的时代。

三国便是这样一个时代，曹操的脸谱虽然夸张，也是有内在逻辑的。在三国的逻辑里，杨修死错了时间。

曹操虽气候初成，却还是个"挟天子以令诸侯"的角儿，甚至连准皇上都算不上，这样的角儿有些尴尬，心底终归是虚的。心虚的人最怕别人看出自己的虚来，就像生有暗疾的人最不愿被人曝光难言之隐。曹操的暗疾自己说得，别人却说不得，曹操可以调侃自己是乱臣贼子，别人却只能奉他为枭雄。这与"只许州官放火，不许百姓点灯"逻辑上异曲同工，却不可相提并论。说白了，曹操的权势无论多么炙手可热，只要他一天登不了基，他便得把脸绷紧一天。这也是没有办法的事，夹着尾巴做人的不只平民百姓，还有肚子里可撑船的丞相。在这种时候，曹操最怕别人看透他的心思，杨修若是大聪明，就该装作什么都不知道，什么也看不明白，可杨修偏偏不去装糊涂，反把曹操想到还未做到的事说了出去，这不是聪明反被聪明误嘛！更何况，想到还未做到的事都可以一概抵赖，反手给你冠以扰乱军心的罪名，你也百口莫辩。此样的风景历史上很常见，所谓翻手为云，覆手为雨。公道地讲，曹操爱才不假，不想杀人也不假，可这是你没有触到他的痛处，你若把他的暗疾揭开让人看，不被他恨死几无可能。只是这杨修聪明过了头，不懂避讳，不识时务，把自个的脑袋白白丢了不说，还害得聪明过头的曹操绞尽脑汁寻找杀人的借口。聪明人遇到聪明人，做事便大费周章，确有害己劳人的味道。其实，也怪不得曹操容不下人，只是曹操此时心底还惴惴，有些事是要藏着掖着的。倘若曹操此刻已荣登大位，做了真天子，以他嬉笑怒骂、洒脱不羁的性情，他看见杨修这样的人精是断断舍不得杀的，说不定还会引为知己，大大重用呢。也只有到了那时，一览众山小的曹操才会把一颗心放到肚子里去，自信，霸气，外加底气，胸襟就不仅仅是撑船，万马奔腾也不在话下，这样的曹操还会担心杨修看穿他的心思吗？杨修本可以被曹操引为知己的，可惜他出头出错了时间，便把头颅丢在错的时间里，杨修修炼不到家，也是命吧。

华佗死在另一时空里，我把这一时空称之为六维。其实，所谓的六维就是大脑空间，或思维空间，一种事物的两种说法，有些故弄玄虚。

当然，华佗那时并不知道六维，也不晓得六维的厉害，否则，以他对人体穴位之精研，他是断不会触这个霉头的。六维这个概念有些超前，不要说华佗，即使当代人知道六维的也很寥寥。不过，这个并不重要。当然，我并非说六维不重要，而是六维有些神秘，知不知道六维这个概念并不重要。在当代物理学家的眼中，六维宇宙并行于我们所处的四维宇宙，它很小很小，小到接近无。对于我们这些习惯了地球运行规律的人而言，六维几乎是可以忽略的。我喜欢由小及大，由大及小，如果说宇宙是十维的，那么，每个人体也该是一个独立的小宇宙，在人的小宇宙里，肉体是四维的，思维是六维的，华佗犯的错便是动了曹操的六维。曹操虽聪明过人，也不知道六维，但他知道头疼，知道头疼能要人命。头疼这件事其实也是暗疾，只不过，它可以被人说出来。对，可以被人说出来，却无论如何都不能让人碰的。华佗太迷信自己的刀法了，他想打开曹操的头颅，把疼取出来，他觉得这个过程与刮骨疗毒并无二致。华佗显然错了，关羽的手臂是四维的，曹操的头颅是六维的，岂可把二者混为一谈？甫说曹操多疑，换作我也会对华佗的动机打个问号，毕竟我根本进不到你的六维世界里，我怎么能知道你的六维世界里到底藏着什么花花肠子呢？更何况，三国时代何等奸诈，战场上斗的是蛮力，帷帐中玩的是心机，三十六计只不过是一个概数，连环计外套连环计，可谓敌中有友，友中有敌，真假难辨，曹操岂肯相信一个刚刚为关羽刮骨疗毒的人呢？于是，华佗的手术刀便成为他被杀掉的理由或罪证，事情就这么简单。

孔融死在舌尖上。这是文人的通病，古今亦然。

孔融让梨不让理，仗着建安七子老大的身份与曹操抬杠，自然是找死的节奏。但只与曹操抬杠还不至于死，仅是曹操找的一个借口而已。明眼人都看得出，曹操真正嫉恨的并非孔融的善辩，而是孔融尊崇天子、削诸侯权的主张。孔融贵为孔夫子直系第20代孙，族谱显然比曹家显赫百倍，但这并不是最重要的，关键是遵从君臣伦理的事孔家喜欢，曹家却不喜欢。曹操"表制酒禁"虽也搬出孔融祖传的儒学说事，说饮酒丧德亡国，孔融却不买账，非说丧德亡国错不在酒，而在人。若论儒学，孔融自然正宗，或者说，后来的继承者所倡导的儒学，尤其汉武帝以来所尊崇的儒学，不一定是孔家本义中的儒学。但这是个学术问题，曹操不感兴趣，孔融也不一定感兴趣，我一知半解，可以略过不表。若就事论事，曹操和孔融关于酒的说法都是有道理的，只不过是各自强调事物的一个方面罢了。从战时需要来说，缺了军粮自然要禁酒，禁酒便需说辞，曹操考虑的是经济学，也不易。孔融站在哲学角度思考酒的问题，孔融的说法似乎更有道理，可孔融偏偏在粮食短缺的节骨眼上为酒大唱赞歌，这便是孔融的不是了。眼见部队就要发生粮荒，你还在大声赞美粮食酿的美酒，这不是明摆着与曹操过不去嘛！曹操并非彻底的禁酒论者，酒也不是不可以赞美，曹操不是也说过"何以解忧，唯有杜康"吗？所谓此一时、彼一时，政治讲究的是时机，孔融"吃凉粉不看天气"，只能被曹操罢官。其实，也并非孔融"吃凉粉不看天气"，而是他"明知山有虎，偏向虎山行"。孔融执意如此，至于那顶乌纱帽罢就罢了，孔融才高八斗，才不在乎呢。才高挡不住，谁也没办法，曹操断不敢以才高为由杀人。孔融偏又酒高八斗，且夜夜邀好友三五人饮酒放歌，对国是说三道四，这便戳到曹操的痛处；更何况，改朝换代一直是曹操的暗疾，做得说不得，更质疑不得，孔融仗着血统纯正与曹操玩舌尖上的风暴，自是犯了准皇家的大忌。于是，孔融一家老少被送上不归路，可见曹操对正统的惧怕是何等之深！

当然，正统不正统不过是后人的一种说法，所谓演义，也不过是各说各话罢了。权力面前刀把子说了算，演义面前笔杆子说了算。历史是血染的，笔法却分了红黑两色。我对权力不感兴趣，对刀把子也不感兴趣，至于笔杆子里的笔墨颜色，我早已淡忘了。在键盘的年代，我噼里啪啦敲出一些声响，就像古人布下的诸多神迹，都是当不得真的。如果你有兴趣，便姑妄听之；如果你没有兴趣，便一笑了之；如果你偶尔有兴趣，偶尔没有兴趣，也由不得我，但请你无论如何也不要找我来辩论——神话是一团雾，传说是一团雾，寓言是一团雾，演义也是一团雾，隐也罢，弃也罢，囚也罢，讳也罢，谁能说得清呢？

不过，不管说得清，还是说不清，暗疾就是暗疾，任何时候都是碰不得的。

2015年7月　一稿于太原
2017年3月　二稿于太原

路边书

1

地气回升得早，春色便披挂得早，杨柳依依的景致早些年要等到清明的。清明是万物复苏的节令，节令据说是在晋地发明的，晋地的节令自然最是分明。

其实，所谓季节不过是温度变化而已。温度跌宕明显，四季便错落有致，你拥有怎样的温度，便拥有怎样的季节。

当然，你可以把这温度放在心里，也可以放在身外，只要冷暖自知，日子便安逸。

2

晨光如昨。

我在今天的晨光中遇到一个树枝，在树枝上遇到一朵花，今天的晨光便属于花吗？

晨光熹微，花细微，你可听见花开的声音？花未开之前，你或许感到孤独，花蕾却可能感到自在，那么，一花独放之后呢？

我叫不出很多花的名字，但这并不影响花争奇斗艳。我是个迟钝的人，不关心花的开放或凋零，就像花开与不开也不在乎我的心情。

3

还记得一株植物开花之后、结果之前的样子吗？

中间过程一直存在着，却常常被我们忽略。我们把精力过多地投注到花或果实上去了，对不显眼的中间过程一直习惯性漠视。

其实，即使我们一直关注中间过程也改变不了什么；更何况，这个瞬间如此短促，我们来不及分辨它是半生半死，还是生死叠加，它便倏忽不见。

这倏忽不见的瞬间便是最接近果实的瞬间，它目睹了花朵的死亡。

4

从公园的小树林穿过，我看见春天的枝头上结出几枚果实。在昨日，它们是花朵；在明日，它们是桃子；此刻它们叫毛桃，留在童年洗不掉的记忆里。

童年是残酷的。记忆中，孩子们根本不容许山坡上的毛桃成熟，便扼杀掉它们长大的机会。它们这辈子的努力，仅是想把一身的绒毛褪去，干净地做一回桃子，让昨日的一树花红再现为明日的一腮红晕，然后，在微笑欲裂未裂的时刻"啪嗒"坠地。它们的愿望多么微不足道，在童年，孩子们却从未让它们把这一愿望达成。

5

我愿意把孤陋寡闻当作标签贴在身上，以方便你对我的认知，就像在公园我通常通过标签来认识植物。于我而言，贴签的确是认识某些事物简便有效的方式，但我不能把我所处的时代命名为贴签时代。

有些植物我似乎生来就认识，它们极普通，我像它们一样普通；有些植物我怎么都记不住名字，不过，这并不妨碍它的存在；还有一些植物长得似是而非，我很难把它从同类中区别开来。

物以类聚仅是大概率事件，凡事皆有可能例外：贴签便可能是不贴签的例外，不贴签便可能是贴签的例外。我虽孤陋寡闻，对无有穷尽的可能性却从不大惊小怪。

6

坐在一棵会唱歌的树下，嗅一种挥之不去的味道，这或许便是诗。

我想我在公园嗅到了这种味道，但我不敢百分百地确定。世上的事并无绝对，不过，我可以肯定那些只见树干、不见味道的树并非好树。当然，我的肯定有些冒险，世上有只见树干、不见味道的树吗？

我喜欢槐花的味道，也喜欢槐叶的味道。槐树有槐花的甜，也有槐叶的苦，它如此富足。在童年，我却无比厌恶这种味道——尤其苦槐的味道，不仅苦，而且臭。此刻，当我穿过公园时，我却在贪婪地嗅甚至呼吸苦槐的味道，我觉得在这座园子里，苦槐的味道远比花香更醒神。

7

只要有风，阳光便美好，不管是在冬天，还是在夏天。风猛烈时，阳光便把风的凛冽稀释；阳光曝晒时，风便把阳光的酷热稀释。事物的存在便是能量交互转换，我们与世界的关联亦如是。

不过，我最喜欢的还是春夏之交的风，它是奔跑在空中的水，是雨的姊妹，它吹向哪里，哪里便是柔软的绿草地。

8

在公园西北角的小山上，我意外看见两只灰喜鹊。它们站在枝头，垂下长长的尾巴对望着鸣叫，旁若无人的样子仿佛黄昏树丛里年轻的情侣。

公园早已人满为患，人遭到喜鹊无视是正常的。问题是，什么时候城市的鸟也像人一样多，我们看见鸟的时候，也可以见怪不怪、旁若无鸟呢？

9

在石径的拐弯处，我看见一个女子弯腰捡拾路边草地上的枯树枝。她背双肩包，装束休闲，高挑的背影像极了一位与我同年同月同日生的女子。她住在公园附近，我常在公园的晨光中与她遭遇。我轻轻喊了一声她的名字，她没有抬头，她的两手握满枯枝。我很想把这个瞬间拍下来，发到微信里，犹豫一下还是作罢。她只是出于本性做自己喜欢的事，我何苦去惊扰她呢？

想起流行日本的枯山水。真的山水存于自然当中，也存于意念之间，只有心与自然共生共存，世界才干净如画。

面对如此景致我最好只去欣赏——远远地，安静地，同时，也是羞愧地。

10

公园看上去很像一件容器。

在大学实验室里，玻璃器皿仿佛魔瓶，我的化学实验几乎都围绕它们展开。遗憾的是，我对很多理论都是一知半解，譬如酒精灯的温度越高，烧杯中的分子运动得越快，反之亦然。更遗憾的是，我以为实验室理论只适于各式容器，与外面的世界似乎并无关系。

其实，公园也是一件容器。

春天来了，气温慢慢回升，公园里的花和叶子越来越茂密，人流也越来越汹涌，花、叶子和人多像不断运动的分子！这时候，我最怀念的却是冬天。在飘雪的夜晚，公园仿佛我一个人的，行走在青石路上，公园里除了我，便是我的脚步声。

11

春天的精彩在于色彩。看到世界缤纷人总会感慨语言的苍白，好像语言是河岸边随意捡拾的卵石，颗粒赤裸分明。

其实，语言的表情是丰富的，暗藏心思更是汹涌。只不过，这一切都仿佛缓慢漂移的冰山，需要人用眼用鼻用嘴用手用脚用心去发现，当然，肌肤的感受力也不可忽略。语言是放飞在思维弦上的云朵，是播种在大脑平原的植物，是浇灌在大脑沟回的流水，她有时波诡云谲，有时郁郁葱葱，有时跌宕起伏，多姿的风情并不比春天逊色。语言为人而生，她也是生命，甚至是更复杂的生命，怎么会苍白呢？

其实，苍白的不是语言，而是站在语言背后的人。人喜欢把自己的无助归咎于物或工具，人为自己寻找的理由才最是苍白！

12

在我的长篇散文《虫洞》中，南沙河还是一条无可救药的臭水沟，数十年几乎没有什么改变。《虫洞》刚出版不久，南沙河已非昨天的模样，站在南沙河桥上望一眼飘带般的快速道，我才意识到文字的真实竟如此易碎。

看来我所能记录的，只能是瞬间的（时间？），局部的（空间？），我的（我是谁？）。

时光匆匆，我不该比时光还匆匆。我唯一可以做的，便是慢下来，仔细打磨每个字、每个词，让每个字词都变成可触摸的、有温度的流沙。

13

所谓历史都是后人的误读，真相只存在发生的瞬间。

闪电过后，谁能完整还原它的轨迹？一块沉默的石头如是，一片静止的泥土如是，一条奔走的河流如是。发声或不发声，动或静，坚硬或柔软，都改变不了真相易碎的本质。

文字不可能准确记录发生的瞬间，影像也仅在复制它观察到的场景，谁也无法彻底透视事件背后的隐秘关联，更无法全面探测事件中人的思维和心理波动。真相如此残酷，我们所能做的，仅是努力接近而已。从这个意义上讲，历史都是过去时，已藏在过去，真相都是进行时，只停留在发生的瞬间。时光不过是所有瞬间的不间断连缀，逝者如斯，过去之后便是一地皱纹，谁能把真相完整地舒展开来，让它清晰如初？

14

人之所以高于动物，只因人看世界的方式复杂于动物。在日常里，人却喜欢做非此即彼的判断，不是黑，便是白，即使强调辩证，也仅是黑与白的辩证。

其实，事物很多时候既不是黑的，也不是白的，而是灰的。当然，你也可以标榜自己是红的，像白一样血统纯正，可世上有纯正的东西吗？

我喜欢灰，这黑白的混合物。看到灰时我会想到炉膛里的灰烬，这燃烧后的暖，也会想到香火的余烬，它也是暖的。

15

如画的风景习惯以图片的方式呈现在你的面前，或者说，你习惯把眼中的风景当作一幅幅图画来收藏，留存，让它沉淀为记忆。夜深人静，当你在一盏灯下打量这些图画时，你是否意识到这整洁的画面中缺少了一些东西？

是的，我关心的是它的声音在哪里？它的气息在哪里？它细微的裂隙、颤动或无望的挣扎在哪里？

镜头是局限的，文字是蹩脚的，人一直临渊而立，却忘记了沟谷之深。事实上，再高级的技术也是光滑的、僵硬的，在或粗粝或曲折或凹凸不平的生活面前，人多么自以为是。

16

所谓审美，便是我看到的花便是我的花，我看到的草便是我的草。在文字中，花或草只有与写作者建立联系才有审美价值，否则，我只能把它归于植物学。植物学与印刷术在本质上并无二致，即使它以花草之名抛头露面。写作者所要表达的，仅是自己与世间万物的关系，如果这个关系建立不起来，表达便是无效的。

无效即垃圾。

美学也审丑，同时还有洁癖。美学允许你建立各种合情或不合情、合理或不合理、合法或不合法的关系，却不允许你亵渎智商。

17

任何东西都是有味的，任何东西都是无味的。文字亦然。

味道有或无不在舌尖上，而在大脑里。换句话说，真正的味道便指人与物的关系，或曰意识与物的连接程度。森林里有一棵树倒下，如果你不在场，倒下引发的空气振动便无法与你的耳鼓建立联系，声音便不会回响在你的大脑里。

不要把经验中的存在误作当下的存在，望梅止渴是止不了渴的。

同理，人与物的关系成立，味道便存在；人与物的关系不成立，味道便不存在。两情相悦是这个意思，臭味相投也是这个意思。

18

文字也会癌变。譬如居高临下的绝对性表达，譬如柔肠似水的心灵鸡汤。

癌变不一定死人，当头棒喝或醍醐灌顶会吓死人。癌变或许不会死人，但癌细胞会慢慢侵入骨髓，扩散，疯长，让骨头变软或疼痛。

文学也是疼痛的，但文学的疼痛并非癌变的疼痛，而是让人解乏的汗湿心扉，而是让人揪心的命运攸关。或者说，文学并非分泌物或润滑剂，而是轰轰烈烈的情爱。

19

文字还是一把中草药，需要慢慢煎熬才有药效——如果确有药效的话。

把来自山野的草药洗净，剁碎，扔到一口砂锅里慢慢熬煎。药味弥漫之际，你还会记得草药的形状吗？

其实，草药真正的形状便是它碎尸万段的气息，便是它弥散在舌尖上进而侵入大脑里的味道。

20

语言总是若即若离的，仿佛梦中飘忽的指尖或如兰的气息。

在你想要表达且用语言表达之后，你会发现，在你表达之前，在你即将表达与表达完成之间，以及在你表达之后，竟有许多信息被你有意或无意间遮蔽或遗漏。被遮蔽或遗漏的信息或可交给读者来填充，或可留待自己以后增补，不过，即使经过填充或增补，你所表达的信息也不可能是完整的。

完整是不可能完成的任务，我们所能做的，仅是表达的瞬间足够真诚。

21

颠覆与创生一个词会产生同等酣畅的快感，且无关乎道义和良知，这是词难以言说的妙处。

词当然也是生命，不过，词的生命不在词本身，而在词产生的场，而在场中旋转的"弦"。"弦"是词性存在的自由状态，是意义传达的中性介质，它时刻需要被激发。"弦"是某个波长或频率，是一维的，其上并无附着物，因此，在颠覆或创生一个词时，我们才不会产生罪恶感。

词的魅力在于她延伸或发散出来的气息，这气息是弥久醇香的，是更高级的生命，她可以超越词本身而独立存在。

22

文学不过是一个人的太极——你是你的圆心，你是你的半径，你在你无限扩张的两极之间，寻找你与万物的关联。

写作者的终极任务并非重复呈现他人眼中的世界，而是一心建构自己想象中的世界。写作者真正该关心的并非世界的大或小、简单或复杂，而是写作者建构的世界究竟是否属于自己。

属于你的，便是属于世界的，世界却可能与你无关。文学允许自私，允许只爱自己，所谓见微知著，便是只有懂得自己的微小，才有可能懂得世界的显著。懂得世界的显著，才有可能洞察自己微小中潜藏的无限可能性。

23

走进庙观的时候，我总被香火气息困扰。远离尘世，却总弥散着尘世的烟火气，到底庙观更尘世，还是人间更尘世？

人喜欢追问，追问又总遭到事实的质疑，人自以为的事实便可能是存疑的。世上或许只有一种事实，它被哲学追问，被怀疑审视，哲学透过怀疑来抽丝剥茧，这事实便根深蒂固，便无须遮蔽，这事实便是规律或道。

宗教与哲学本质一致，此本质自然也是规律或道。规律或道是唯一，或者说，世上真正的规律或道只有一个，但寻找规律或道的路径却有无数条，世界便因这似是而非的路径而扑朔迷离。

24

于文学而言，客观世界的真实性是个伪命题。你眼见的便是真实的？你不曾看见的便是不真实的？

散文随意，率性，有人便以为散文是文学中最寻常的文体，是流水账，一如日记，谁都可以信手涂鸦几句。如此论调荒谬至极。我不反对日记是散文之一种，但散文并非日记，或者说，并非所有的日记都是散文。日记人人可记，散文并非人人可写。

越是寻常便越难。

散文是个人的历史，是俗世的历史，散文的世界距离史实更近一些。请注意，我说的是史实，不是真实。史实不过是每个人眼中的历史，真实则分物质和精神两种，在物质真实存疑的前提下，文学追求的只能是精神真实。当然，我们不可因之便把物质肢解得面目全非，但在文学建构的世界里，精神真实无疑是第一位的。

25

一棵树倒下。又一棵树倒下。

树本身并不重要，树倒下才重要，作为观察者和聆听者，写作者更关心树倒下的动作和声音。当然，写作者也会关心树，关心树上的枝丫、叶片、花朵或果实，但写作者不会把树当作概念固化下来，更不会、也不应该把树当作某个流派的象征。

写作者或会关心概念，但不会呈现概念，也不会因为拒绝概念便拒绝思想——概念是僵硬的，是名利的附庸；思想是鲜活的，是森林、空气或流动的生命。

概念是作品的副产品，还是留给那些爱好概念的人——不管同代人，还是后人——去总结和命名吧，这一切都不关写作者的事。

26

最宗教是自己，最残忍也是自己。

所谓美学，便是个体生命内心自我摧残式的修炼。修炼是一座熔炉，也是一座冷却塔，从膨胀到塌缩，从塌缩到膨胀，个体宇宙都是这样炼成的。

美学的第一特质是精神自由，精神自由的至高境界是自己把自己放逐，自己做自己的苦行僧。美学最真的形态是悲剧，悲剧的至高境界是让生命在回归自然中一点一滴坐化——这件作品一旦完成，你便是自己最后的雕塑。

27

滴答。滴答。

这是时间虚拟的声音，事实上，时间根本没有声音。

不过，时间虽然没有声音，却有速度，在人的经验世界里，时间的速度如此均匀，这均匀便是时间的残酷性，仿佛凌迟。是的，时间一直以亘古不变的节奏消磨人的意志，当人试图以奔跑与之对抗时，却发现只有慢才是有效的。

时间也是有方向的，史蒂芬·霍金便给出三种时间箭头，即热力学时间箭头、宇宙学时间箭头和心理学时间箭头。在心理时间里，磨难是慢的，选择并热爱磨难是一种人生态度，还是一种人生智慧，因为磨难是生命最好的底色，就像匀速是时间行走的本质。

28

对所有赐给我磨难的人，我既不爱，也不恨，但将终生感谢。

赐给我磨难的人，便是将我的时间拉长的人，还有比时间变长更珍贵的礼物吗？赐给我磨难的人，还是让时间弯曲的人，还有比时间弯曲更有张力的阅历吗？

我从时间的皱褶处经过，遇到磨难。我觉得珍惜磨难便是珍惜时间，如果时间是光滑的，生命便是一堆失去力量的软骨。

磨难让时间弯曲而明亮，让生命坚强而高贵。我感谢所有赐给我磨难的人，但他们并非我爱着的人。

不爱，便不会有恨。

29

一滴露珠滴落，它的美是弯曲的，它的力因弯曲而天生，就像植物的向阳性或向水性。

我喜欢原生态的、持久的生长过程，但也不反对你撼动树干或修剪枝叶。不过，你最好不要动摇土壤和草木的根本，更不要伤及露珠的肌肤。

其实，你做什么土壤和草木不在乎，露珠也不在乎，就像你在肌肤上涂抹脂粉。肌肤并不惧怕物理磨损，指望化学制品维持弹性无疑饮鸩止渴。肌肤一旦遭到化学制品的侵蚀，早生的皱纹便显得格外衰老。

肌肤上的皱纹远没有时间皱纹美丽，就像乳房下垂的曲线并非露珠滴落的曲线。

30

美的死亡通常有三种方式：或把美的生命堕落给人看，或把美的生命结束给人看，或把美的生命破坏给人看。

第一种是精神的，第二种是肉体的，第三种或许精神和肉体兼而有之。

也仅是或许而已。有时候，精神和肉体很难分开，就像血与肉、肉与骨头貌似三样东西，实际上却有着千丝万缕的联系。

31

我观察过一座城市的死亡，也观察过一座石窟艺术群的死亡，从本质上讲，它们都是文化的死亡。

文化死亡最残忍的部分，便是把残骸完整保留下来，一直向后人展示，且在展示中反复刺激集体的死亡记忆。文化生长的时间长度远远大过植物或动物生长的时间长度，文化的死亡便因之显得格外残忍和悲怆。

无疑，这是一把钝刀在不断砍伐疼痛的神经，且不卷刃，不磨损，不生锈。怎样的神经才能承受如此折磨？人为什么要把文化死亡看作另一种创生——死亡文化之创生？

32

不想、不需，也不能与人分享的，才可能是自己的。

譬如孤独。譬如爱情。

孤独是绝望中的绝望，是希望中的希望；是痛苦中的痛苦，是快乐中的快乐；是低谷中的低谷，是巅峰中的巅峰。

爱情是隐私中的隐私，是隐于根下的露珠，她的纯净无人看得见，也不可以让人看见。

孤独拥有爱情的质地，爱情拥有孤独的品格，但孤独不是爱情，爱情也不是孤独，孤独和爱情却又都是透明的易碎品……嘘！请不要碰她，她会疼。

33

你看着我，我看着你，无须开口，你我已在对话。即使开口，你我也并非要从对方那里攫取什么，而是想通过语言碰撞看看会发生什么。

人不过是幽暗的粒子，只有与其他粒子不断发生碰撞，才会一点点明亮起来。拒绝碰撞的人就像说孤独是痛苦的人，前者不懂沟通，后者不懂孤独。

碰撞是世上最好的运动，孤独是世上最好的静止。运动是为了静止，静止是为了运动，碰撞或孤独不过是理智藏而不露的爱或性罢了。

34

生活是一种场域，历史也是一种场域。

阅读生活必先阅读身边的历史，但不必拘泥于呈现过的历史。所有的呈现都是残缺的，如果能用自己的方式捕获到历史背后隐藏的气息，你便是成功的。所谓历史只不过是某个场域的辐射源而已，重复是无意义的，重建才是阅读的最好途径。也就是说，要学会把他人的历史变成自己的历史，而不是拾人牙慧，人云亦云。

不要把目光盯在看得见的东西上，真正的东西是看不见的，只能感受和领悟。

懂生活的人擅于把身边的一切都变成自己的空气，且让空气清新起来，明亮起来。读史也如此。

35

历史是一部老旧的机器，阴谋、阳谋、错误、失误和林林总总的阴差阳错都是它的零件。

历史本有多种走向，决定最后走向的却是最后时刻付诸实施的选择。过程相同，结局不一定相同。结局仅是过程的多种可能性之一，最后出现的是什么便是什么，无法更改，也无须更改。

相信过程决定结果便是相信谎言。谎言是美丽的，河流泥沙俱下，从不间断，河面上漂满折断的摇橹、解体的舢板、鸟兽的尸体和两岸或山谷飘来的残枝败叶，你怎么可能透过比迷雾还迷雾的场景，看到唯一的结局呢？

河流脏一点并不可怕，在河流的拐弯处失去方向也不可怕，怕就怕你坚信自己行走的河道是唯一的河道，相信自己看到的方向是唯一的方向。

36

清水洗面。多年来，我一直保持这样的生活方式，已经忘记香皂是什么样子。

这仅是一种习惯，一种自然养成，与我的大学专业无关。我在化学实验室浸泡多年，并未患上化学制品恐惧症，甚至比大多数人更熟悉化学制品的特性。也与节俭无关，读大学时我的手头是拮据的，但那时我是用香皂的。

仅是一种习惯，无他。

有人告诉我，不用香皂无法把脸洗干净。我不怀疑他的好意，不过我更想知道，无缘无故便把污渍涂抹在脸上，香皂还管用吗？

37

时代越浮躁，人越向往隐居。如果把你隔绝在无人的地方，自己种，自己吃，自己睡，活着真的有意义吗？

想做好自己，必先明白自私的真意。想成为森林中的一棵树，必先长成一棵树。众多的树都生长才能出现森林，森林中的阳光和空气又同时属于每一棵树。

我从不否定独立存在，甚至向往独立存在，但独立存在并非与世隔绝。人的价值必须经由自己去实现，同时，还需通过他人来反证。或者说，只有为他人而独立存在，活着才有意义。

真实的自私和真实的无私同等重要，可有时候，人习惯了表里两张皮，树皮并非最丑陋的事物。

38

盛世都是奢靡的。

盛者，成于皿也。盛世的器皿不过是一具丰满的肉身，创造力解放，力比多释放，藏于肉身的人性也蠢蠢欲动。

透过一座玻璃房子，我看到成群的欲望蠕虫，贪婪，且白而胖。

有一天……我是说，有一天，玻璃房子如果被意外打碎，氧化反应便会毫不犹豫地发生，我将看到白色的肉体蠕动着变紫变黑。是的，我将看到一地蝉蜕，一地空空的壳，仿佛天边一刺便破的暮色，显现出无尽的破败和苍茫。

39

其实，我是喜欢暮色的，尤其被金色的光芒照耀着的暮色。

一场盛大的葬礼，得病的人死了，活着的人还在漫漫长夜里继续吃药。这个时候，病与不病并不重要，谁病和谁不病也不重要，重要的是治病的大夫怎么说。

有些病是细菌，会传染的。一人得病，便人人可能有病，得病的人死与不死反倒不重要了。

天要下雨，娘要嫁人，由他去吧。

40

光影是自然的一部分，光影里的世界可是真实的一部分？

变形，夸张，隐藏，凸显。瞬间捕获的，都是易逝的。我看光影时，光影其实是自然的一双眼睛；光影看世界时，世界也是一双眼睛吗？

伸出手，光影站在汗毛上，晶莹剔透。乌云从天上飘过，该下雨了。

41

我喜欢雨中行走，喜欢在雨中与凉爽的事物遭遇，譬如一个人，一棵树，或一块石头。喜欢站在一片水洼前发呆，喜欢从浅浅的水洼里看见自己。

其实，我什么也看不到。

一个人与一棵树有什么不同？与一块石头有什么不同？我经常与此类问题邂逅，答案或不假思索便可脱口而出，仔细琢磨，任何肯定或否定的回答却都可能是荒谬的。

42

如果有雾在，你会怀疑你看到的；如果没有雾呢？

肉眼所见的都是有限的，人之所以怀疑什么或相信什么，只因人以为自己是物性与神性的叠加，而在星空之外或微观里，人性与物性却是相通的。怀疑或相信与事物本身无关，与事物置身的背景有关，人常常抽离背景去观察事物，结论便可能是混乱的。

其实，混乱的不是世界，而是观察和感受世界的眼睛和心。人以为自己看到的便是真实的，实际上，人看到的仅是事物的一小部分。静止或运动都是相对的，背景不同，事物呈现出的面目便可能不同。越向后退，背景便越阔大、越真切，只有把事物和它可能的背景合二为一，人才可能与完整的真实相遇，这显然又是不切实际的。

43

一些看似简单的问题实际上并不简单，譬如好人和坏人。

人是利益动物。只有作恶才可获利，人便可能去作恶；只要行善也可获利，人便可能去行善；如果作恶和行善都可获利，人大多还会选择行善。如此看来，一个社会最大的悲剧不是有多少人表现得像坏人，而是有多少本可以做好人的人被逼做了坏人。

当然，也有例外。我的悲哀便是看见某些人一次又一次把底线击穿，一次又一次把丑陋的人性当作艺术品展示给人看，我却只能沉默。

沉默与麻木是近义词。众生麻木不仅是一个时代的悲剧，更是一个时代无以复加的灾难。

44

阳光是刺眼的，仿佛人性。

上帝也不喜欢一切太过完美，他在造人时，随手在人的毛发、肌肉、骨骼和血液中扔进一些恶的碎屑，让人在长大和衰老的过程中慢慢剔除。

上帝只是不想让人过于懒惰，人却自作多情，竟把恶当作资本玩起阴谋。如果智商足够也还罢了，可笑的，一些智商很低的人也去玩这种勾当，除了让自己变得比恶更丑陋，还能结出什么样的果呢？

自以为是不只是恶，还是智商的瑕疵。可悲的是，小丑都是这样表演的。

45

太阳底下没有多少新鲜事，世间所有的记录都是人创造的。

看到底线如地下水一样不断沉陷，沉陷，再沉陷，我终于明白，在人性面前，词汇其实极其单薄和单调，仿佛飘在河面上的叶子。

其实，叶子更像人性，它由绿到枯黄的渐变过程如此漫长，又如此短暂，在这一刻，调色板像词汇一样瘠薄。

46

染缸是我见过的最丰富的事物之一，丰富而不天然，便可能是可怕的。

由染缸来制定规则，染出的布料便是花花绿绿的。但这还不是最可怕的，如果染缸里不小心添加了腐蚀剂，布料便可能是千疮百孔的。其实，这也不是最可怕的，如果这染料是天然的腐蚀剂，着色的时候还氧化不出洞来，这染料便有机会转移到你的肌肤上了。

你可以把染色的肌肤当文身，我不会说那是皇帝的新衣。

47

神是用来敬畏的，不是用来供奉的。

供奉神的人，白天念佛，晚上杀人；敬畏神的人，把神藏在心底。

48

生是一种活法，死也是一种活法。在生或死面前，我唯一可以保持的姿态，便是爱或尊重。

脱离生死本身的向度来讨论生死，生死便是一个空壳，一个概念。讨论概念是危险的：你若强调这一面，另一面便是破绽；你若强调另一面，这一面又是破绽；你若强调两面，两面之间的过渡地带又成破绽。

生或死都以自己的方式存在，所有关于生死的争论都与生死无关。

49

黄昏是一天最悲悯的时刻，或者说，悲悯的色彩便是黄昏的色彩。

在早晨学会懂得，在中午学会通达，在黄昏学会悲悯。悲悯是生命河流上最美、最硕大的浪花，她不一定最绚丽，但肯定最温柔。

黄昏之后呢？

我将在月光下遇见一棵菩提树，它是无形的。

50

天光显现，大地还睡在黑暗当中。这一刻适合修禅，不适合做事；适合问佛，不适合观照众生。

其实，佛性便是最大的人性，佛学便是最大的人学。佛以众生为弟子，众生便是佛光中的万物。佛从不与人过不去，人不可因此便无所敬畏，甚至以为自己就是世界的神，可以一边制定规则，一边凌驾于规则之上。当然，也不可把自己膜拜的神当作世间唯一的神，只要不合己意，便以神的名义兴师问罪。

前者或可叫霸权主义，后者或可叫恐怖主义。

如果把国家、民族或集体神化为一座庙或龛，人何处安放？

51

看人修剪树木也有快感，就像园林工人把移花接木当作享受。

如果把移花接木从植物转到人，这种行为是否更接近人格分裂？

把自己龌龊的那一半寄生到对手身上，同时把脏水也泼到对手身上。

也是一次赃物转移，还是一次精神意淫。人格分裂者喜欢追随精神胜利法一路奔向高潮，且堂而皇之地站上道德的制高点，让自己成为圣人。

某一日，突听訇然一声，神龛倒了，神龛下的影子也倒了。此刻，地上空留一株枯树桩，神龛上的泥塑却不见踪影。

52

公园西北角的假山被拆了，正在建地铁车站。公园的东门被封了，正在修缮。上下班的行走路线被迫改变，我从南到北或从北到南穿越公园的时候，发现可供选择的路线更多，植物也更茂盛。

我喜欢变化，即使千篇一律的行走。南门外的南沙河开始种植水草，蓄积雨水，河流中段又见自然繁殖的薄薄苔藓。不管晨光中，还是夕阳里，都能看见倒映在河中的楼群，但我最爱的还是河底浅浅的绿——它仿佛创伤处新生的肌肤，医者的再造之功或不可缺，自身的修复才更令人欢喜。

53

时常被自然里微小的事物或变化感动。
感动离死亡很近；不感动，离永久死亡更近。

54

公园里的那片槐树林有半个多世纪了。

木叶落尽的时候，它无疑是坚硬的；绿叶葱茏的时候，它还是坚硬的；槐花挂满枝头的时候，它依然是坚硬的。它一直缓慢地生长，结实地生长，所有坚硬的树木都是这样长大的。

站在明亮的空地里打量，我爱它的木纹胜过它的年轮，爱它的年轮胜过它的高大，但我知道，我最爱的还是它经历过的风雨。

55

一只鸟儿从树上飞起又落下。又一只鸟儿从树上飞起又落下。

盯着这样的场景发呆，总会产生虚幻的感觉，仿佛鸟儿与树的和谐仅是城市人现世的理想寄寓。事实上，在我的乡村记忆里，动物与植物的关系是复杂的，或者说，只有在那样的场景里，才可以观察到人所兼有的动物和植物的双重属性：像动物一样贪婪、掠夺、占有和弱肉强食；像植物一样吐纳生长所需的阳光、氧气和水分，且与同类一起安静地开花、散叶和结果。

鸟儿会是动物或植物的例外吗？

我不知道，不过在此刻，自由自在便是我奢侈的理想。

56

生命大体可分为两类：一类与呼吸有关，譬如人、动物、植物和微生物；一类与气息有关，譬如泥土、石头、金属和水以及它们的制造物。在我看来，世间万物即使不会呼吸，也是有气息的，都值得我们珍爱和尊重。

有一类生命更神奇，她仿佛自由的鸟儿，兼具呼吸与气息双重特质，她的名字叫艺术。艺术是有气息的生命与会呼吸的人合二为一的神秘交媾，她的眠床是圣洁的，还是梦幻的。或因如此，艺术才鸟儿一样，比所有生命都迷人。

57

鸟儿是迷恋歌唱的，不过，歌唱于鸟儿仅是喜好，并非权利。

有谁不喜欢歌唱的权利呢?

歌唱如果不是发自内心，歌声便会变调。歌声变成纯粹的权利，权利便是双刃剑，这把剑即便仅是装饰，也会伤人的。刀刃对着他人、刀背对着自己并不意味着安全，刀背杀人是看不见血的。

排他的话语权无异于自我囚禁，鸟儿筑的巢便是开放的。鸟儿懂的道理人不一定懂，放下屠刀虽不一定立地成佛，但至少是一次人性的回光返照。

58

还说鸟儿。

鸟儿站在枝头的姿态无疑是独立的，因为鸟儿不关心反叛。反叛仅是一种对抗姿态，而非完全意义上的独立精神。反叛仅在宣示自己拒绝什么，充其量是独立精神的萌芽，离独立精神还很远。

独立是自由，还是创建。独立不排斥什么，但会告诉我们它是什么。独立的意义在于创生自由，在于自成一体。此一体仅是众多一体之一，它与众多站在一起，独自存在。

就像树上歌唱的鸟儿。

59

我最熟悉三种动物：狼、狗和猪。狼独来独往，此处无肉，便到别处找肉吃，脾气有点刚烈；狗或有主人，或无主人，或流浪，或不流浪，不管什么情况，只要不仗势，便不会狂吠；猪似乎最安静，吃了睡，睡了吃，无所事事时便在圈里拱来拱去，臭气熏天。

狼似乎是智性动物，狗似乎是情感动物，猪却是一堆肉。狼有狼的生存法则，狗有狗的生存法则，猪也有猪的生存法则，不必以猪的善良来揣度狼的烈性或狗的忠诚，猪的价值充其量仅是案板上的一堆肉。

当然，我还熟悉羊、鸡、兔子、牛、马、驴、骡子和蛇，它们的性情也大体如此。我尊重每个生命选择的生存方式，不过，动物与动物的距离先天存在，我只喜欢与狼共舞。

60

树根扎在泥土里的方式有多种，我偏爱树根裸露于地的形态。越是古老的树，越是生命力旺盛的树，越喜欢把自己的根裸露出来，这是怎样的自信和坦荡啊！

人也如此。复杂的人总选择以最简单的方式与世界沟通，简单的人总选择以最复杂的方式与世界交往，所谓智慧，不过是敢于且善于做减法而已。

小的树把根裸露出来便死了，老的树把根掩藏起来并无意义，生命之美便是错位，被撕裂便成为常态。其实，偶尔撕裂并不可怕，常态性撕裂也不可怕，怕就怕有人把撕裂之后的伤疤当作花朵——瞧，这垃圾上的绽放多么妖娆！

61

像植物生长一样，人都有自己的习惯。

在任何场合，面对任何事物，我都会出神或走神，这或许是我不喜欢摸方向盘的原因之一。我像恐惧高度一样恐惧速度，即使坐在副驾驶的位置上，我的大脑也会停止思考。

不思考，毋宁死。

我喜欢在大地上行走，尤其喜欢一个人自由漫步。在路上，路边的风景好与不好我都可以视而不见，周边的事物与我有无直接交流，我的思维都处于开放状态。这与接地气无关，而在书斋里，空气无疑是稀薄的。

思考也是一种习惯。有时我在想，一个人在玻璃后面坐久了，会不会变成白痴？

62

在路上我经常会遇到一个人，被遇到的这个人往往与我反向而行。

在我们所能感觉的时光里，时间箭头永远指向同一方向，譬如日复一日的早晨、中午和夜晚。我们只能追随它的步调，无法改变它的轨迹。不过，在上班的路上，我可以从西走到东，她可以从东走到西。在下班的路上，我可以从东走到西，她可以从西走到东。我们的时间指向一致，空间指向却有多种可能。

并肩而行固然美好，反向而行也无缺憾。道路即风景，相遇便是缘。千百年修得一次擦肩或回眸，我与她的缘分便是我们或是同一时代的人，或是同一时空里的人。

63

如果说我有什么好习惯的话，便是走路、思考、写作；如果说我有什么坏习惯的话，便是抽烟、喝酒、熬夜。大夫说后者是恶习，在我看来，习惯恶与不恶不只有医学一种定义。医学固然科学，但它建立在统计学的基础之上，仅是一种概率，每个人却都可能是个例外。于我而言，抽烟、喝酒、熬夜便是我愉悦的生活方式。

人之所以为人，便因一人一性。习性迥异，统计学便只有参考意义；更何况，每个人都是一个独立的宇宙，每个宇宙都有自己的运行规律，怎么可以千人一面呢？

习惯只有适合与否，并无对错之分。做自己喜欢的，便可能是最好的。

64

步行上下班已数年，我每天到单位的第一件事，便是去水房洗一把脸。年轻人看我的眼神有些怪怪的，我并未在意。有一天，终于有人忍不住问道：赵老师，你在家不洗脸吗？我回头看她一眼，不禁莞尔：你觉得呢？她也觉出自己问得唐突，便嘤嘤地说：总看见您在单位洗脸嘛。我差点笑出声来。

想起小时候。不管上山，还是下地，只要走到河边，便会掬起一捧清水洗脸，风吹过来，浑身顿感清爽。现在的年轻人离自然太远了，他们不懂得流水清风，偶尔出一回汗，恐怕还是在跑步机上吧？

65

走路的速度越来越慢，我想，这不是生理原因，而是心理原因。

老了便会慢下来，成熟了也会慢下来。停顿在时光里，一点一滴回忆过去，这也是延长生命的方式。

老是智慧，还是态度。老了便包容了，远去的时光便是温暖的，不管它曾经贫穷，还是多灾多难。回到旧时光里，与破败的景象站在一起，这时候，谁还会嫌弃旧时光的简陋或悲苦呢？更何况，我已是满心皱纹的人，我衰老的心比多皱的躯体更令人悲悯。

66

我会不由自主地跟着一个背影走很远一段路。当然，她只是恰巧走在我前面而已，我不在意她的容貌，却在意她的步态。

背影透露的信息远比容貌可靠：一个人心态健康思想便少滞塞，生活方式健康身体便少滞塞，气息运转畅通生命便生动。

我能够从背影里读到我想要的信息，不管这背影是被冬装包裹，还是被夏装凸显。只要运动，曲线便会说话，曲线由心而生，外在影响几可忽略。

恒久的快乐不因容貌而改变，由内而外的生命光泽可以遮蔽身体的诸多缺陷。

67

我的愿望简单而荒谬：希望同事关系像路人一样。

偶尔我会问自己，人与人的关系是不是可以更干净一些？这似乎是每个人的愿望，可交往过程中，大多数的人都希望对方更干净一些，却很少关心自己是否浑身泥水。

当然，我说的泥水不只限于体外。很多人只记得清洁体外，却忘记清洁体内，这是多么糟糕的事。

68

一个人走在公园里，一个人走在雨中，一个人走在雨洗过的空气里，想一想都舒畅。

我们远离这样的场景有多久了？

人越来越关心自己的整洁，离自然却越来越远。甚至，有人在关心自己整洁的同时，还随手污染了自然。

水至清则无鱼，我信。可事情绝不会这么简单，河道呢？鱼呢？养鱼的人呢？

洁癖是心理问题，更是社会病。你若担心泥水湿了鞋，怎么去体验雨中行走的快乐？

69

亲近固然美好，背叛其实更美好。

亲近太多，负载也太多，一棵树长了太多的枝叶，早晚会被累弯腰的。背叛多一次，枝叶便少一些。让一些枝叶离去，让一些凋零更彻底，不要把枝叶留下的瘢痕当作伤痛，更不要用别人的丑陋来惩罚自己。

秋天最大的意义不是收获，而是舍弃，而是把自己送进冬天，干净地做回自己。

把喧哗留给叶子吧，在冬天，风越是猛烈，树越是安逸。

70

所谓这个世界，便是我眼睛看到的世界；所谓世上事，便是我与世界相关联的事；既然一切由我开始，也必将到我而终，我所反对或赞美的，其实都是我自己。

把外界当作对象是人一贯的思维模式，也是人与世界最大的误会。大多数的人终其一生都活在这个误会当中，至死不醒，这是多么悲哀的事。

71

人流匆忙，谁在怀念过去？谁走在转生的路上？

在饥馑的童年，野菜是救命的，同时也是苦难的象征。可如今，野菜早已登堂入室，转身脱胎为时尚标签，同时也是一种生活品位。

转身或脱胎皆非转生。

认知总是错位的，这一切并非野菜的错，也非厨师的错。价值有时体现在无用当中，出世或收藏便因之风行。

72

公园像个老人世界，看到晨光里衰老的躯体，我想植物的衰老要比动物体面一些。

如果让我选择，我愿意做一棵树。是的，我愿意做一株植物，而不是一只动物。植物的欲望是适可而止的，动物的欲望是无止境的，植物任何时候都比动物干净。

或许，植物是素食主义者；或许，植物是苦行僧。

我每天都在行走，但我算不上苦行僧。苦行僧并非人人坚守的生活方式，但一个人如果完全被欲望控制，无异于行尸走肉。

73

漫步街头，偶尔我会站在橱窗不远处，默默地看着橱窗玻璃不明显的反光。

我看橱窗是平面的，橱窗看我也是平面的。我看橱窗是凹凸的，橱窗看我也是凹凸的。我与橱窗互为镜像，我看到的镜像仅是众多可能性之一种。

74

在大街上，我看见一个女孩踏着滑板车去上班，看见又一个女孩踩着旱冰鞋去上班。她们从人行道上快速滑过，我只看到她们的背影。不过，我相信她们是美丽的，因为她们是健康的。

问题是，上帝造人时只给人装了两条腿，人为什么非要把腿变成轮子，甚至为身体插上翅膀呢？

75

城市登高望远的地方并不多，除了高楼大厦。高楼大厦里的人渴望登高望远，即使他的身体一直坐在椅子上。

坐得高不一定看得远，即使你屁股底下的垫子是金子做的。

灾难大多时候都匍匐在脚下，但你不要以为自己飞得足够高便是安全的。风起于青萍之末，最终却要卷到天上去，这就是生活的悖论。

登上山峦，记住山外有山；走进人群，不忘人外有人；目光能走多远便走多远，心能放多低便放多低。

76

在山中，雷声劈头盖脸而过。这一刻，我知道自己与自然的距离亦远亦近。

通过雷声认识一座山，好似通过文字认识一个人。因为距离便不为表象所迷惑，凭借声音或文字获得的感受反而是本质的。

于个体而言，表象与本质有时并不一致，但生命最终显现的还是本质。距离能够让我们直觉本质，是因为本质从不改变，我们的一生只不过是努力完成本质而已。这不是回归，而是让本质凸显出来，让本质更具质感。

本性难移，人生仅是显现本性的过程。

77

路过假树的时候，我总会嗅到一种异样的味道。

公园的假树其实是没有味道的，就像一个没有气息的人。迷恋装扮的人都忽略了一个简单道理：文化与学历无关，文凭是靠不住的；能力与职位无关，权利是靠不住的；品位与美丽无关，外表是靠不住的……树身是假的，寻根有意义吗？即使树身是真的，可根烂了，埋怨空气有意义吗?

自欺欺人的人最是可悲。事实上,他早被时间淘汰了,却觉得自己仍站在舞台中央,光芒万丈,就像一棵假树。

78

看到树叶落下来,我想到放下。

可什么是放下?

有的人以积极的心态净化或升华欲望,有的人以消极的心态对欲望失望或绝望。前者放下的只是欲望,更热爱生活;后者放下的却是生活,觉得什么都没有意义。

树叶落下来,它走在回归泥土的路上。

79

通达者就该做一条树根,把自己活埋,至于长出的树干是什么样子,不去看,也无须看。至于别人看到的树干是什么样子,那是别人的事,不去管它,自己有一块石头靠着睡觉便好。至于石头是否有心,是否用心,那也是石头的事,不去管它。石头下面是泥土,上面是灰尘,低的不一定低,高的不一定高,石头也不会管它。

正所谓石头心何在,何心问石头,石头本无用,用时无石头。

80

世界很简单,世界很复杂。在这个简单而复杂的世界里,认识一个人的小很容易,认识一个人的大却很难。

简单或复杂不过是一念之差，很多人却死在这一念里。一念就是执念，一个人幸与不幸，就看这辈子能否遇到点破你执念的人。

世界还是一束光，意念即光之波，万物即光之粒子。意念与万物乃世界的波粒二象，或者说，世界即意念与万物的混沌，不可分割。

81

我经常从迎泽湖边经过。

晴天的时候，湖上波光粼粼；阴天的时候，湖面波澜不惊。

我喜欢阴天的湖面，光是冷的，湖面便清清楚楚。我更喜欢不阴不晴的湖面，大雾笼罩下的湖水，便是混沌吗？

一只鸟斜刺里从我面前掠过，我担心一伸手，鸣声便落满一地。

2016年6月　二稿于太原

2017年3月　三稿于太原

我与世界的N种关联方式

消失，或即将消失

迎泽公园西北角的假山被拆除了。

上班途中，看到山脚的槐树、椿树被砍掉枝丫，看到黄色的机械臂在半空中张牙舞爪，我以为又是公园改建呢。记得两年前这座假山刚被修整过，土路被蜿蜒的石径取代，补栽的灌木填充了路边和林间的空地，假山显得愈发幽静。已经七年了，工作日里的每个晨昏我几乎都从假山中间穿过，《虫洞》里的许多文字便是在此间觅得的。山脚的空地、树木、流水不断在《虫洞》中呈现，这个地方是我上下班的必经之地，也是《虫洞》的入口和出口。然而，一夜之间，这一切都将从我的视野中消失。

拆掉假山，建设地铁车站，我们无法阻挡春夏秋冬按部就班的轮替，也无法阻挡一座城市拆旧建新的更迭。这座城市应该属于生活在这里的每个人，却又不为这里生活的每个人主宰，他们在城市面前往往是被动的，但这并不妨碍他们去爱这座城市，去留恋或想象这座城市。我是这座城市的居留者，也是这座城市的过客，这座早被煤炭挖空的城市又将被更现代的隧道穿越，在这不断的变迁中，还会有多少熟悉的风景消失呢？在这不断的消失中，我是该欢喜，还是该伤悲呢？

我知道，风景是城市喜欢的，地铁车站是城市喜欢的，以喜欢代替喜欢，喜欢便是喜欢消失的理由。我知道，生活在这座城市的人又会叹息一番，有的甚至念念不忘，你或许便是其中之一。于世界而言，你的喜欢只是之一，世界只在意大概率，不关心唯一。于你而言，你的喜欢或是唯一，可那是你的事，世界会在意你怎么想吗？

看到熟悉的风景突然消失，我不由生发出这番感慨。我以为我看到的消失便是消失，可它们真的消失了吗？或许，它们仅是暂时烟消云散，它们的气息随时可能聚集；或许，它们仅是从此处移到了别处，某一日它们还会回来；或许，这仅是我的错觉，物质守恒，消失不过是另一种重生……

错觉也是艺术表现之一种，回到现实当中，错觉便指我所见的与原以为的情状有了感知出入。这样的现象生活中屡见不鲜，我的困惑在于：我所见的就不是真实的吗？原以为的就是真实的吗？或唯心，或唯物，这是我们通常看世界的方式，非此即彼的选择无疑是产生困惑的根源。在我们的经验世界里，很多事物已被约定俗成，我们以此为框、以此为镜，以一种固有的视觉打量周遭，一旦看到的与过往经验不一致，便以为自己是错的。其实，我们今天的经验只不过是过往经验的叠加，它们又何尝不是错的呢？

春天来了，万物苏醒，生机勃勃。抬眼望去，满园的植物都是安静的，都是自足、自由、自在的。我很羡慕它们，可生命姿态虽是它们的，生命意志却可能是我的，它们又何尝不羡慕我呢？人与物的关系不可能一成不变，就人与人而言，我眼中的你，你眼中的我，不也是这个样子的吗？

"一叶障目，不见泰山。"这是古训，它存在的前提是叶子的大小约等于或大于眼睛，且与眼睛保持零距离或足够近的距离。当然，如果一枚叶子大过一座泰山，距离便不再如此重要——这种可能性显然与经验世界格格不入，可谁又能保证这样的事情不会发生呢？

想起一个流行在西方的"20问"游戏。

"是动物吗？"

"不是。"

"是矿物吗？"

"不是。"

"是绿色的吗？"

"不是。"

"是白色的吗？"

"不是。"

……

正在玩这个游戏的人叫约翰·惠勒，他是玻尔的弟子、爱因斯坦的同事，是量子力学领域举足轻重的人物，还是易经文化的痴迷者。游戏的规则是这样的：一方预先确定一样东西，另一方通过提问来推断这样东西是什么。提问不超过20次，提问者每次得到的回答都是"是"或"不是"。约翰·惠勒的提问很快，出题者回答的速度却越来越慢，有时还要集体讨论。约翰·惠勒似有所悟，胸有成竹道："是云吗？"出题者异口同声道："是！"众人哄堂大笑。

其实，出题者事先并未确定谜底，他们只是商量了一个原则，即不管约翰·惠勒说出什么样的词，只要这个词与先前的答案不矛盾，便是正确的。约翰·惠勒在一篇文章里回忆道："云"产生出来的过程，其实是设谜者和猜谜者共同建立起来的。"云"无疑是大自然最不确定之物，是善变者之象征，"类比引发洞察"，约翰·惠勒由此推断到，关于"大自然如何回答"或者"上帝在玩骰子"时会发生什么，存在某种不可预测性。为此，他设计了"延迟选择实验"模型，通过这个模型验证了自己的推论："我们此时此刻做出的决定，对于我们有足够理由说，它对已经发生了的事件产生了不可逃避的影响。"约翰·惠勒还特别强调道："没有一个过去预先存在着，除非它被现在所记录。"

观察是一种干涉，记录也是一种干涉，在干涉未发生之前，一切都是不确定的。

毋庸置疑，此前穿越迎泽公园的时候，我是观察者；此刻写下这些文字的时候，我是记录者；而在我观察之前，那些消失的风景可曾存在过？在我记录之前，那些消失的风景可是我记录的样子？

房间，或森林空地

只因写过一篇《第八宗罪》，看到"八恶人"这个名字，我便有了观看这部电影的欲望。

镜头缓缓拉近，画面里出现一条老树根，树根上浮现一张刀刻的脸，沧桑的线条让我想到一个字：恶。渐渐，镜头又推向远处，曾占满整个画面的树根慢慢张开为两只手臂，木雕一样的人竟然是受难的耶稣！

是的，这是一幅耶稣受难图，十字架立在茫茫的雪原里，耶稣痛苦的头颅上顶着洁白的雪。

寂静。十字架。雪。越是无声，越是无以言说，我被这无声世界触动，脑海竟一时空白。

可这部电影是有声的，所谓无声，只因我的误操作。

打开声音，从头再看，我竟有些不知所措。音乐的出现让一切变得具体起来，紧张起来，仿佛一幅无有边际的画面突然碎裂一地。一辆马车从雪原中奔驰而来，飞扬的马蹄和急促的音乐让我意识到，一个恶人马上就要出场了。而在音乐未出现之前，整个画面都是寂静的、洁白的，我只是被茫茫的雪原牵引，只是被悲伤的十字架牵引，只是被雪原上孤独的马车牵引，我不知道将发生什么，也不关心会发生什么。

从无声世界进入有声世界，我便在想，如果一直没有音乐，如果只有一座兀立的十字架和一辆奔跑的马车，我会从这幅画面里看到什么？想到什么？

我不知道。

与《八恶人》一样，《房间》也是2015年度奥斯卡金像奖获奖影片。

一位17岁的女中学生被一个老男人拐带，她被囚禁在一座棚屋里七年，与老男人生了一个女孩一样漂亮的男孩。故事没有渲染性和暴力，却选择从男孩的五岁生日开始。男孩在四堵墙里长大，他只能通过天窗和电视认识这个世界："屋里的植物是真的，树是不存在的，只有电视上有。"这是男孩眼中的世界，云彩之上就是天堂，宠物是真的，电视里看到的树、河流、动物，甚至人都是假的。这样的认知显然与母亲有关，母亲并非想欺骗孩子，她只是无法回答孩子关于世界的追问。直到有一天，母亲决定与男孩一起出逃，在这个计划里，男孩必须独自面对外面的世界。这时候，母亲不得不告诉男孩，外面的大树和电视里的大树一样，都是真实的。母亲费尽口舌解释，男孩突然泪流满面。

毫无疑问，这部电影就是一个隐喻：特殊境遇中看到的世界与正常状况下看到的世界并不一样。在《房间》里，这个不一样的世界就是男孩的世界，于男孩是真实的，于我们却是不真实的。以此类推，我们在地球上看到的世界就是真实的吗？地球之外的世界又是什么样子的？重返现实，母亲的痛苦远远大过孩子，因为她曾拥有过关于现实世界的记忆。母亲在回答电视主持人的提问时说：孩子没有父亲。显然，母亲的话违背了生物学，但在母亲的心目中，那个老男人早被她杀死了。主持人却不这么看，她一再追问那个老男人是不是孩子的父亲，母亲饮泣而去。母亲关心的是心理学，主持人关心的是生物学，这样的错位感受出现在《房间》里，到底谁是正确的？

树木组成森林，森林便是树木的世界。在海德格尔看来，森林虽大，"林间空地"才是思想的藏身之所，才是世界上最诗意的地方，就像《八恶人》中没有音乐的雪原。海德格尔没有错，不过，他的诗意建立在与整座森林建立关联又消除关联之后，是去蔽的，又是被遮蔽的。试想一下，一个人走遍整座森林，坐在寂静的"林间空地"上看天空，他会看到什么？他与男孩在《房间》里看到的天空是同一片天空吗？或许，他们在某时某刻看到的天空就是同一片天空，可很显然，他们看到的并非同一个世界——海德格尔不仅知道森林的存在，还知道"林间空地"的存在，《房间》里的男孩却只知道四堵墙壁！

任何时候，被遮蔽的视角都是局限的。于外面的世界而言，《房间》是被遮蔽的；于太阳系而言，地球是被遮蔽的；于宇宙而言，太阳系是被遮蔽的；宇宙到底有多大？它也被遮蔽了吗？

于我而言，从《房间》的天窗上看到的，唯有上帝，就像在无声的雪原上看到的，只有受难的耶稣。

叠加，或坍缩

> 我是我的叠加，你是我的坍缩
> 你是你的叠加，我是你的坍缩

这是我在一首诗中的起句，它似乎"白马非马"一样诡异。如果你活在常识里，你或许会对我的表达感到疑惑、惊讶，甚至觉得可笑。

可我笑不出来。

量子力学认为，物质在未被意识之前，都处于叠加态，一旦被意识，便会发生坍缩，物质的坍缩态便是我们观察到的状态。毫无疑问，这是个科学命题，同时又是个哲学命题，或者说，这样的叙述就是一种哲学，一种近乎玄学的哲学。

举个例子。此刻我正在写作，在你未进入我的书房之前，或者未看到这些文字之前，你无法确定我在写作或者曾经写作。在这一切发生之前，我或在写作，或曾写作，于你而言，我写或不写、曾写或不曾写都是未知的，都是不确定的，这一刻，我处于混沌不清的叠加状态。然而，当你进入我的书房之后，或读到这些文字之后，我的状态便被确定了，我将因你的观察而瞬间坍缩。物理学家把这种状态称为量子状态，他们通过无数次精确的实验完成了科学验证。

其实，量子状态便是意识，或者说，意识便是典型的量子状态。如此，意识似乎也具有某种物理属性，或者说，意识与物质的关联就像爱与性的关联一样，远非我们想象的那样简单，意识不但不该被科学拒之门外，甚至是科学最深不可测的研究对象。如此，所谓的"不以人的意志为转移的客观规律"便可以寿终正寝了。

　　当然，意识的存在状态远比一滴水、一块石头、一棵树复杂，而且，它可能更真实。

　　量子力学是诡异的，它不但证明了人的意识不能和物质世界分开，而且物质世界反而可能是意识产生的结果。验证这一结论的经典实验有两个，一是双狭缝干涉实验，一是薛定谔的猫。我曾在《虫洞》中专门讨论过这两个实验，有兴趣的朋友可以去读读这本书。在这里，我想特别强调的是，量子力学的横空出世颠覆了我们的传统认知，人类辛辛苦苦建立起来的经验世界随时可能倒塌。首先受到冲击的便是认识论，不过，这并不意味着前人建构的哲学大厦都会变成废墟。

　　凡事都可能出现意外，最让我意外的便是量子力学与中国传统文化的不解之缘：道学、佛学不仅可以与量子力学进行跨越2000年的对话，量子力学领域最顶尖的人物还大多痴迷《周易》，量子力学的奠基人玻尔便是太极的信徒。其实，海德格尔的存在主义哲学与量子力学也是殊途同归的，海德格尔与玻尔是同时代的人，同为老子的推崇者，这样的现象显然并非偶然。《道德经》曰："玄之又玄，众妙之门。"老子开启的这扇门无疑是量子状态的，是心学或意识的，是思想的"林间空地"。东西方文化的演变各有自己的路径，在海德格尔开辟"林间空地"之前，西方哲学或许是伟大的，但在老庄哲学面前却是教条的；宗教或许是神秘的，但在佛学面前却是世俗的；即使经典的牛顿物理学，在量子力学面前也是矮了一头的，甚至是对唯物论的嘲讽。牛顿说作用力等于反作用力，那么，既然物质可以作用于意识，意识为什么就不可以反作用于物质呢？

　　量子力学相信物质因测量而产生，心动的本质也是一种测量。心一动，意识便不再自由，它将瞬间坍缩到具体概念之上。也就是说，世界并非客观存在，它只有被意识，才可能以确定的状态呈现。这样的说法无疑是玄妙的，科学已然"虚无"如斯，哲学、文学和艺术如果还无法抵达"众妙之门"，就好比一个妙龄女子不解风情，又何趣之有呢？

王阳明说："你未看此花时，此花与汝同归于寂；你来看此花时，则此花颜色一时明白起来。"

与量子力学齐头并进的还有相对论，相对论的奠基人爱因斯坦在生命的最后也曾断言，宇宙中一切源泉的力量是"爱"。爱因斯坦在给女儿的信中写道："当科学家们苦苦寻找一个未定义的宇宙统一理论的时候，他们已经忘了大部分充满力量的无形之力。爱是光，爱能够启示那些给予并得到它的人。爱是地心引力，因为爱能让人们互相吸引。爱是能量，因为爱产生我们最好的东西而且爱允许人类不用去消除看不见的自私。爱能掩盖，爱能揭露。因为爱，我们才活着，因为爱，我们死去。爱是上帝，上帝就是爱。"

爱其实也是一种意识。当我这样说时，爱便在我的面前发生坍缩，她是具体的，像流水一样可以触摸。

"如果我们想要自己的物种得以存活，如果我们发现了生命的意义，如果我们想拯救这个世界和每一个居住在世界上的生灵，爱是唯一的答案。"聆听爱因斯坦的临终告诫，你还怀疑意识的力量吗？

解构，或镜像重建

解构是一种坍缩，因为解构也是一种意识。

《虫洞》的写作历时六年，最初构思的主题与死亡有关，我命名其为"穿过死亡的指缝，生命像一只鸟"。在决定写这本书之前，这本书一直处于模糊不定的状态或曰叠加态，我企图通过科学、哲学、艺术来解读各种非正常死亡，初稿呈现出来的状态却支离破碎，我只得把它搁置起来。毋庸置疑，在这一刻，它是一部未完成的作品，但它已因我的观察而发生坍缩，只不过，这次坍缩是一次对"死亡"的不成功解构而已。一年之后，我重拾此书，这时候，"死亡"主题隐身，"虫洞"主题却幽灵一样显现出来。"虫洞"这一概念横空而出无疑是一次灵光闪现，它是一种偶然，也是一种必然。此后，我长时间地浸润其间，几乎被它散发出的气息窒息——这气息是生命，是死亡，是蛰伏和飞翔，也是我匍匐于生活磨难中的诗意栖居。我不断从这个洞里走进走出，每次进出都仿佛蛇蜕皮一样，搞得自己筋疲力尽。从这个角度讲，与其说我在解构"虫洞"，还不如说"虫洞"在解构我。六易其稿之后，《虫洞》终于带着缺憾进入印刷厂，这时候，我对"虫洞"的解构总算告一段落。我知道，死亡是生活坍缩的一种方式，《虫洞》也是生活坍缩的一种方式，《虫洞》真正的坍缩却发生在出版之后。于《虫洞》而言，出版是一个标志性事件，在此之前，它一直停留在坍缩之中。换句话说，自从我萌生了写这本书的念头，坍缩便开始了，出版只不过是让这种坍缩画上休止符。这时候，我对"虫洞"的解构已经完成，读者对《虫洞》的解构才刚刚开始。也就是说，作者的解构存在于写作当中，读者的解构存在于阅读当中，这两个过程的发生虽有前后次序，却仿佛光的波粒二象性，本质上是并行不悖的。那么，出版之后呢？阅读之后呢？毫无疑问，所谓完成，只不过是意味着另一种建构的开始，所不同的是，作者的重新建构基于书与作者对生活的重新解构之上，读者的重新建构基于书与读者的生活阅历之上。于是，又一组镜像开始出现，解构与建构便构成一个无有止境的过程。

作者，读者；解构，建构……我与世界的关联、你与世界的关联便是这样建立起来的，我与你其实一直处于纠缠状态之中。我与你是纠缠，我与世界、你与世界却是一种命名，文学便是个体对世间万物万象的重新命名过程。这种命名是打着情感烙印的，也是我与你产生共鸣的管道。

总之，作者与读者的关系类似量子纠缠。量子力学实验证明，如果把同一量子体系分成若干部分，在未被测量之前，你永远不会知道它们的准确状态；如果你测量了其中之一的状态，那么，其他状态便会同步调整自己的状态，并与被测量的状态相对应。测量即干扰，好比作者或读者对一本书的解读，作者与读者又仿佛一部书中飞出的两枚碎片，生活中二者貌似陌生，但因书的缘故，作者与读者便会建立关联，纠缠不清。譬如此刻，当我谈论《虫洞》的时候，《虫洞》便自成一个量子体系：如果你读过《虫洞》，你便知道我在说什么，你与我便存在纠缠；如果你没有读过《虫洞》且不了解"虫洞"这个概念，你便不在这个体系内，我所传达的信息便是无效的。

生日那天，诗友刘文青为我订制了以《虫洞》一书为造型的蛋糕。这样的创意只有诗人才能想象出来，我被友情感动，也被这"美味的书"带来的惊喜感动。在我的经验里，这美味的制品显然并非《虫洞》，但因复制了《虫洞》的形貌，它传递的信息便会触动我心底的《虫洞》情结，这情结类似母亲对孩子的爱。这一举动看似友情，实际上却给我出了一道难题，这难题又不只友情。我在想，如果某一天，《虫洞》真的可以做成蛋糕，我把它吃下去以后，书中的文字还可以存储在我的大脑里，我还会像今天这样迷恋文字吗？这种可能性是存在的，芯片技术是可能的实现途径之一，云技术也是可能的实现途径之一。不过，怎么把它变成现实于我并不重要，重要的是，这样的事情一旦发生我该如何面对呢？

我们在解构世界，世界也在解构我们，解构其实是一种双向行为，我们所有的努力只不过是让模糊的镜像更清晰地呈现出来而已。有时候，呈现不是为了呈现，而是为了打碎，打碎不是为了打碎，而是为了重建，解构与建构便是无穷尽的。我们处于世界当中，我们是解构者，又是被解构者，我们是建构者，又是被建构者，我们与世界的镜像便永远处于变动不居当中。

如此看来，写作者的野心只不过是建构一个与众不同的世界镜像，世界其实就是一座镜像的森林。

简单，或繁复

所谓"自由之思想，独立之精神"，本质上极似液体微粒的布朗运动：悬浮、撞击、不规则、永不停歇。在中国文化史上，最典型的时期非春秋战国莫属——固有秩序"礼乐崩坏"，大混乱开启了精神爆炸的大时代。"百花齐放，百家争鸣"，自由能量极大释放，思想繁荣超乎想象，群峰林立的景象令人啧啧称奇，当然，最神奇的还是诸子百家的神游八极。可以毫不夸张地说，那代人的想象力和思辨力几乎突破了人类的思维极限，巅峰过后，便是汉武帝"独尊儒术"的乐极生悲。从诸侯争霸的狂欢到江山一统的落寞，无序也罢，有序也罢，终归跳不出潮来潮去、世事轮替的更迭，在这个循环当中，大道至简俨然一条终极真理，一直屹立不倒，这也是令人难以想象的。之后数千年，美学更是将其奉为圭臬，发展至今，简单甚至就是美的代名词。

我不否认简单之美，但美之真相果真如此简单吗？

或因古汉字简洁的缘故，后人对古人的很多表达是心存敬畏的。我以为，古人所说的大道至简可能仅指道可简单，而非其他也可简单，后人将之推广到所有，显然有误读之嫌。所谓"万物之始，大道至简，衍化至繁"，古人眼中虽无《创世纪》，但宇宙之创始无疑也是古人关注的最重要事件，所以老子先论"道生一"之简，而后才谈"三生万物"之繁，从这里也不难看出，简与繁不过是一物之双体，仅是阶段不同，并无高下之分。由道而生变化是事物的一个发展阶段，由变化而达道是事物的另一个发展阶段，这个链条无有穷尽，只可化繁为简，不可去繁剩简。"衍化"之变实际上就是技，道与技相互对应，因道而生技，不通技无以达道，道不过是忘技之境，不过是对技的超越。或者说，技是过程，道是结果，只有通过道之至简才可破解技之多变途径，只有通过技之繁复，才可抵达道之至简境界。若如是，一个完整的审美过程便应由简单和繁复共同来完成，繁复和简单并非两种风格，而是一物不可分割的两个部分。从古至今，无论庄子冥想而来的混沌说，还是霍金科学推演的M理论，都验证了事物的本相是混沌不清的，是难以泾渭分明的，世界本相如此繁复，呈现世界本相的美学自然不该简单。以繁复之美呈现至简之道，这或许才是美学的真谛，就像光的波粒二象性，波粒和谐共存，须臾不可分离。简单和繁复的关系亦然，或曰：简单中藏有繁复，繁复中蕴含着简单，谁也无法把二者拆分开来。这种说法貌似诡辩，其实，只不过是世界或万物本来就混沌的另一种自证罢了。依照相对论或量子力学理论，我们看到的世界或万物只是一种或几种可能性，我们以为看到的事物很清晰，其实可能是模糊的，我们以为看到的事物很模糊，其实可能是清晰的。宇宙混沌一片，回归现实当中，我们看宇宙万物的眼睛却不可模糊，感受宇宙万物的心也不可模糊。你或许觉得我的话前后矛盾，其实，这不过是宇宙之大与现世之小造成的不得已，作为思想自由之美学，绝不可被茫茫宇宙吓倒，也不可被现世的局限束缚手脚。放眼宇宙或洞察微观，所有事物在本质上都存在悖论，因这无处不在的悖论，美学才显得扑朔迷离，仿佛海德格尔的"林间空地"：既是光亮之所，又是黑暗之所；既是声音之所，又是沉默之所；既是让显现之所，又是让隐匿之所。事实上，繁复和简单一如光亮与黑暗、声音与沉默、显现与隐匿，二者无疑就是美学的双核，只不过是一个显性、一个隐性罢了，我们既不可将二者对立起来，更不可二者只取其一。

毫无疑问，《红楼梦》便是这样的典范。或者说，《红楼梦》之所以美，概因其是一部呈现了多种可能性的样本。美便是可能性，便是繁复，为简单而简单，不过缘木求鱼。即使回到寻常事物当中，寻常之物也有繁复与简单纠缠不清的韵味，譬如树。抬眼望去，大树小树无处不在，如若仔细观察，你会发现它们有什么不同或相同吗？

在我看来，树大体可由三部分组成，即树根、树干、树枝，树梢、树叶、花朵又可算作树枝的组成部分。树根是繁复的，树枝是繁复的，树干是简单的。从生命角度来看，树根在泥土中汲取营养，树枝在阳光和空气中汲取营养，它们与生长的关系最为密切。从实用角度来看，树干则是最有用之物；当然，有些树木的果实也是实用的一部分，不过，无论多么鲜艳美味的果实，它的构图也是简单的。生长（树根、树枝）无疑是漫长的过程，却是繁复的；成材（树干、果实）无疑是希冀的结果，却是简单的；繁复之过程与简单之结果不过是同一事物的不同部分。如此看来，简单与繁复应是事物不同部分的不同呈现方式，而非同一部分的两种不同面目，二者是不可分离的，是血与肉的关系。

世界如此复杂，我们认识世界的过程不过是不断颠覆与被颠覆的过程：

　　我不想颠覆什么，可世界早把世界

颠覆了很多年。一只倾覆的陶罐

一棵倒伏的树，一对颠鸾倒凤的影子

如此这般，世界不会因之而疯癫

纠缠或从根开始，不一定到根结束

一个人躺在一个人之上，一个人站在

一个人之上，一个人穿过一个人

如此这般，世界并不在乎繁衍或删减

这是我2015年写的最后一首诗，我不能不繁复，不能不简单，即使我误入歧途。

怪坡，或虚幻之途

那么，正途在哪里呢？

很久以来，我们都喜欢把眼前的一切看作风景，去模仿，去复制，去想象，不管它是好的，还是坏的。这是我们习以为常的认知方式，至少，我们赖以信赖的经验或传统训诫是这样子的。在做这一切的时候，我们一直试图强化自己的存在，实际上我们却置身事外。仿佛惯性中奔跑的火车，我们把自己从眼前的世界中游离出来，构建了一座看不见的篱笆，我们强调万物皆生命，却又在暗示物就是物，生命就是生命，人才是主宰。我们凌驾于物之上，一直寻找各种词汇和色彩去还原这物的世界，可物的世界到底是什么样子的？我们与物的世界到底是什么样的关系呢？

想起怪坡现象。

所谓怪坡，便是我看到的是下坡，其实是上坡，我看到的是上坡，其实是下坡。我是存在，坡也是存在，我看到的是真实的，坡的客观存在也是真实的。那么，到底我看到的更真实，还是坡自身的存在更真实？

　　毫无疑问，坡本身的存在是一种真实，我看到的坡也是一种真实，二者有时一致，有时不一致，有时甚至截然相反。即使所谓的一致，也是相对而言的，事实上，现实世界与我眼中的世界不可能完全一致，物与我随时都在变化，物与我也随时可能成为影响着、决定者。物与我好比客与主，好比你与我，我们通常把这样的关系分成三种状况来讨论：其一，你是你，我是我，互不干涉；其二，你中有我，我中有你，相互交叉；其三，你非你，我非我，互为镜像。第一种状况将你与我彻底分割开来，无疑是简单粗暴的；第二种状况貌似接近真实，其实也是似是而非的；第三种状况似乎形而上一些，它也不可能脱离其他关联而独立存在。事实上，很难把这三种状况彻底拆分，或者说，每一种关联都是某种预设条件下的可能性，而你与我的关联是不可能有预设条件的。换句话说，在一个敞开的体系里，任何一种状态都是一种可能性，最大的可能性便是多种状态的叠加。叠加状态收纳、兼容了各种可能性，它纠缠、混沌、神秘，无序，游移，动荡，在各种因素交互作用的结果未呈现之前，我们无法预测结果；即使结果呈现之后，我们也很难把每种关联一一剥离出来。

　　在我们的经验里，物游离于我之外而独立存在着，我也游离于物之外而独立存在着，物与我相互游离，唯物与唯心便因侧重点不同而相互排斥，彼此为敌。然而，物与心真的是排他性的吗？二者真的可以各自游离、独自存在吗？貌似不是问题的问题，却误导了我们很多年，我们曾经以为颠扑不破的真理，竟是蒙蔽我们的迷幻剂，且仍在蒙蔽我们。的确，牛顿发现苹果落地的奥秘之后，我们以为已经找到了挣脱地心引力的方式，其实，我们认知到的地球仅是一个简化版的地球，是世界的皮毛。的确，牛顿处理事物的理想化方式解决了我们面临的诸多现实难题，但他同时也带领我们偏离了事物客观运行的轨道。我承认，牛顿对现实世界的贡献居功至伟，他近乎公理的三定律让我们相信给他一个杠杆，他便可以撬动地球。可事实上，即使给他一百个杠杆，地球也纹丝不动。牛顿仅为我们架构了一个理想世界，这个世界不是客观的，更非世界的全部，甚至不及世界的万分之一。在某个时期，牛顿三定律无疑是照亮黑暗的灯塔，我们却因之而沉睡其中不肯醒来，是不是也很悲哀？

春节期间，引力波被发现曾制造过小小的波动，但也仅是小小的波动而已，我们很快便回归到原来的沉寂状态。其实，引力波并不像想象中那样神秘，它好像一对男女谈恋爱，还未手拉手，雄性激素和雌性激素便已激情分泌，荡漾其间。又好像两个牛仔在打架，架势刚刚拉开，拳脚还未施展，杀气已腾腾而来。恒星与恒星之间的引力波仿佛人与人之间的气息，只要懂得类比，外星空的事物便不难理解；更何况，在此之前相对论已诞生了100年，量子力学与相对论也几乎并行了100年，超弦理论还在四维宇宙之外寻找到了与之对应的六维宇宙，且认为物质最终的存在状态都是音乐一样神奇的"弦"。引力波，气息，"弦"，多么虚无又相似的状态，或许它们才是世界运动的基本形态。霍金在《大设计》中说："由于存在万有引力等定律，因此宇宙能够，而且将是从无到有自己创造了自己……没必要借助上帝引燃蓝色导火线，让宇宙诞生。"霍金认同了宇宙"无中生有"的老庄学说，他创立的依赖模型的实在论认为，依赖模型不仅适用于科学，还适用于所有人理解世界的心理，因为它满足四个条件：它是优雅的；它包含很少任意或可调整的元素；它和全部已有的观测一致并能解释之；它对将来的这种观测做详细的预言，如果这些预言不成立，观测就能证伪这个模型。这四个条件无疑也是一件美学作品得以成立的前提，霍金的"实在论"强调观测，它是现实主义的，却又使传统的现实主义和反现实主义流派之争变得毫无意义，对牛顿"宇宙应该是由上帝创造的"信仰更是莫大的讽刺。霍金说哲学已经死了，它跟不上科学，尤其物理学的发展。海德格尔说哲学已经终结，思想正在召唤我们。然而，可笑又可悲的是，我们却还像鱼缸中的金鱼一样，优哉游哉在摩擦力有无当中，幻想有一天惯性会让我们破缸而出……

是的，可笑又可悲的不是引力波很快被忘却，不是虫洞、白洞以及占到宇宙96%的暗物质、暗能量至今仍不不被人识，而是人类坠落在经验的黑洞里，乐不思出。

宇宙如此之大，地球如此之小。即使爱因斯坦、霍金相继为我们打开一扇又一扇天窗，我们在天窗里看到的世界也非世界的全部，更何况小小寰球呢？认识世界的任务永远在路上，起码到目前为止，我们应该相信爱因斯坦、霍金的智慧：心与物是无法分割的，心为物而动，物因心而存在。

心与物的关系又一次让我想到玻尔的波粒二象性。世界不过是一束光，心即光之波，物即光之粒子，心与物便是世界的波粒二象，二者相依而生，相依而亡。遗憾的是，长期以来哲学对意识的偏见一如艺术对科学的偏见，似乎意识是虚幻缥缈之物，就像科学仅是一门实用技术。其实，哲学也罢，科学也罢，艺术也罢，只要能够抵达大道之境，它们便是相通的，便是无有高下的。换句话说，真正的哲学是自洽的，真正的科学是自洽的，真正的艺术也是自洽的，自洽的哲学、科学和艺术则是融会贯通的。任何一种理论做到自洽并不难，难在此自洽与彼自洽是否融合，是否和谐，是否共存。当一种自洽体系需要预设必要条件，或者拒绝甚至排斥另一种自洽体系的时候，这一自洽体系一定是存在瑕疵或漏洞的。万物自洽，万物融通，这才是真理的正途，非此，便是个体生命制造出来的虚幻之境，他有他个体存在的价值和理由，但非终极之道。譬如吸毒者，他可以制造一个不一样的世界供自己虚度，但他无法把这个虚幻世界带回烟火人间。

蛛网，或虚拟现实

很久没有看到蛛网了：在树与房屋之间，在房屋与房屋之间，在一座又一座空房子的房梁上或屋檐下。

很奇怪，童年的一些莫名记忆多与一些小的动物有关，譬如蛇、蝎子、蛆、牛蝇、癞蛤蟆，又譬如蜘蛛。这样的记忆里暗藏着些许惊惧，于前几者，不适来自阴森的皮质、声音或某个特异的器官；于后者，不适来自横空而挂的网——我曾经担心，我如果被这张网捕获，今后的日子会是什么样子的呢？

同样是悬荡，秋千与蛛网对人的心理暗示截然不同。蛛网本身或许也是美的，蛛网上的灰尘、碎叶、微小的虫子，还有居于中央的蜘蛛却让我感到不适。这种不适多是一种审美反射，互联网渐渐让我淡忘了记忆中的蛛网恐惧，却又让我陷入无形的网络虚无当中。起初，我以为网络仅是一种信息传播工具，就像报纸、电台、电视一样，网络只不过是比传统媒体更快捷而已。如今，网络已扩张为另一种时空，一个叠加在现实之上的、更广大的虚拟现实。网络以超常的速度创新着人类的思维方式和生活方式，这种创新永不会停歇下来，直到有一天，网络把人超越时空的思维也物质化，就像人工智能程序阿尔法狗。"一切皆有可能"，这不是一个商业宣言，而是我们面临的现实困境。机器人概念早已深入人心，李世石被阿尔法狗打败，人并没有感到惊慌，如果某一天，被植入芯片的智慧狗也战胜了人呢？习惯了"狗咬人不是新闻，人咬狗才是新闻"的我们，能适应狗与人平起平坐吗？互联网+和智能制造已令人惴惴不安，量子传输又在实现孙悟空变出无数个孙悟空的梦想——最新研究表明，量子传输可以把一个人的信息完整地从地球传输到火星上，让两个完全一样的人同时生活在不同的时空。科学的创造力越来越匪夷所思，科学的破坏力同样不容小觑。设想一下，如果把我们的完整信息传输到世界各地，在世界的各个角落变出无数个自己来，世界会不会惊慌失措？我们会不会手足无措？

在传统的信息传输中，如果我想把一本书的信息传输到异地的你的手中，我必须扫描全书，然后通过网络系统把信息传输到你的设备里，你接收信息之后再把它打印出来。传统传输仅限于文字和图像，书的颜色、气味以及纸张的厚度和手感都是无法传输的。量子传输则基于量子纠缠，传输功能远远强大过传统传输：只要我与你发生量子纠缠，我获取的所有信息你都可以同时获取，且无须任何信息传递工具。也就是说，如果我与你处于量子纠缠状态，只要把一本书的信息作用于我，你便可以同步接收，且与我获取的信息完全一致。打一个比方，如果说传统传输是经典物理的，是一种物理"复制"，那么量子传输就是隐形的，是一种量子"克隆"，即使它"克隆"的仅是小小的量子态！很显然，量子传输是不受时空限制的，如此，古典神话便可能变成当今的现实。

原以为阳光下的世界就是真实的世界，世界却原来一直隐藏在黑暗当中。知白守黑，无中生有，老庄虽然破解了开启世界的密码，可他们并不能告诉我们明天将有什么事情发生。一切都是混沌的，当你意识到天将放亮时，却发现黑夜就在不远处。

一切都难以预测，猛然回首，才发现自己也是一只蜘蛛。世界越大，我们越小，从现实到虚拟，从网下到网上，从信息到智能，我们的一生其实都在辛辛苦苦织一张网，一张有形或无形的网，一张挣不脱的网。显现的或遮蔽的，都是存在的；现实的或想象的，都是可能发生的；不论世界有多大，万物有多神奇，于个体而言，最终都不过是自己与周边事物建立起的关联而已。

是的，似乎不建立关联，一切皆可归零。海德格尔便是这样认为的，他告诫人们要去寻找"林间空地"，要"诗意地栖居"。在这个不断膨胀、不断坍缩的世界里，"林间空地"里的诗意固然重要，"弦"一样无处不在的气息更重要，它甚至比诗意更具张力。气息既是生命赖以生存的空气，也是物质最终的生命形态，它不但存在于"林间空地"，也存在于石潭里、草根下、流水中，还有蝴蝶的翅膀之上。在一个气息充盈的世界里，"林间空地"并不像想象中那样狭窄，万物的微妙关联也不再像经验世界那样直观和简单——就像两颗微小的粒子，即使相距万里之遥也可发生纠缠。量子力学是残忍的，它颠覆了我们所有的常识。量子力学也是可爱的，它企图揪住我们的头发，穿越大气层，抵达暗物质密布的外星空，抵达"弦"一样的六维宇宙，让我们遨游自由之境。我们这些活色生香的人却一边苦思冥想生命的奥义，一边抱着泛黄的旧日历不放，这才是我们真正的悲哀。

当然，泛黄的事物也是一种气息，我们不能排斥它，但也不能只站在"林间空地"之外，只站在地球之上，远远地呼吸它。引力波扰动时，我们真切感知到了时空隧道的存在，遗憾的是，我们至今依然活在自己织的网中，无忧无虑地做一只蜘蛛。是的，有时候人类的选择并不比蜘蛛多多少，可如果不去选择，不去改变，人与蜘蛛又有何不同呢？

网不过是一种场域，在这个场域里，一切都可关联，一切关联都可能测不准，但这并不妨碍我们穿越这个场域，抵近或站上一座峰巅，就像走进"林间空地"。这时候我们会发现，世上真正的巅峰其实只有一座，它独立，平坦，无有边界，它开放，纠缠，无始无终。或者说，这个场域就是道，它始即终，终即始，故而无有始终。

2016年3月19日–4月5日　一稿于太原

2017年3月　　　　　　　二稿于太原

河流不关心方向

　　《虫洞》的创作到了后期，我大脑里渐渐生发出一个强烈愿望，这愿望还是我反复修订《虫洞》的动力，我曾经打算把它作为《虫洞》后记的标题——"我只是想告诉你，世界本来是个什么样子"。很庆幸，《虫洞》出版时责编把这个标题去掉了，否则，我该多么难为情。越喜欢，越着魔；越着魔，越执着；越执着，越喜欢……毋庸置疑，这是个怪圈，这样的怪圈一旦被某个意念统摄，不管你多么清醒，都会陷入思维的盲区，作茧自缚。我的愿望便是这样一枚茧，我以为是柔滑的蚕丝搭建的塔，其实是看不见的绳索编织的笼子。此刻回头再看，我当时的愿望竟如此大而不当，竟如此野心勃勃，而在当时，我居然全然没有意识，我是不是也很自以为是？荒唐的是，我一直在嘲笑自以为是是人类的"第八宗罪"，我多么不可救药！

　　事实上，我不可能知道世界本来是个什么样子，也不可能告诉你世界本来是个什么样子。在此刻，在《虫齿》收笔之际，我突然意识到自己犯了个错误。虽然如此，我依然相信我们之前看世界的惯有方式是存在问题的，或者说，长久以来我们对世界存在太多的误读。我还相信，犯错并不妨碍我继续思考这个世界，除非我停止呼吸。

以现代物理学为镜子来观照世界，我们的很多生活经验或常识是经不起拷问的。长久以来，我们一直在"单纯"地看世界，这种"单纯"离世界原貌相去甚远，这无疑是一种误读。当然，这样的误读仅是现实层面的，它已经变成一种认知习惯。我们习惯了把经典物理学当作圭臬，并以此来解读生活，其实，这是一种理想化的解读，是一种简单甚至粗暴的解读，可怕的是，它一直在不自觉中发生。世界从来不是理想状态的，它远比我们所理解的要复杂，之前我们苦于缺乏手段，只得把它简化，现在相对论和量子力学已为开启复杂之门提供了钥匙，很多人却以为那是科学家的事，与自己无关，与生活无关。这种观点显然是荒谬的，遗憾的是，它是当今社会的主流认识。比如，我们相信眼睛，可眼睛看到的就是真实的？就是事物的全部？眼睛能看到思维吗？能看到"心"吗？我们习惯了"眼见为实"，事实上，我眼睛所见的仅是我眼睛所见的，与你眼睛所见的不可能一样，与他眼睛所见的也不可能一样。那么，到底谁眼睛所见的是"实"？其实，所谓"眼见为实"仅是我以为我眼见的是"实"而已。还比如，我们以为声音是一种客观存在，事实上，声音的形成很复杂，它需要物体振动、空气传播、耳鼓接收和大脑刺激等多个环节来共同完成，缺一不可。振动仅是产生声波的前提，并非声音的必然，在真空里声音是不存在的，耳鼓损坏时声音也是不存在的，大脑坏死时声音还是不存在的，于失聪者和死者而言世界就是无声的。声音是一个完整的声波产生、传送、感知、认知链条共同作用出来的形态，并非某一物质的独立存在。经验却告诉我们，不管我们在不在场，声音都会在那儿，这当然也是一种误读。

文学是另一种误读，只不过，与现实层面的误读相比，文学的误读是自觉的。每个写作者建构的世界，都是写作者眼中、心中或想象中的世界，都是"我"的世界，这个世界不可能是写实的，于写作者而言却是合理的。我们本来对世界的认识就存在误读，写作者还会刻意强化自己的误读，这种误读便是彻头彻尾的"误读"了。

《虫洞》让我陷入不断的思考当中，因为思考，又有了《虫齿》。

《虫齿》是一部什么样的书呢？

因了《虫洞》的教训，我想我关于《虫齿》的任何说法都可能是错误的，还是三缄其口为好。不过，我可以肯定地告诉你，《虫齿》与《虫洞》有关，或者说，《虫齿》是在《虫洞》搭的台阶上迈出的一小步。对，就是一小步，我不奢望自己能够走多远，我也不一定有脚力走很远。思考过，努力过，完成过，于我便足矣。《虫齿》之后，我又创作了长篇小说《虫人》，我希望她能在《虫齿》的台阶上再迈出一小步。从《虫洞》到《虫齿》到《虫人》，从散文到小说，我的思考在变，表达方式也在变，我的做法或会被人诟病，但只要安心思考和诚实表达，文体便不应成为障碍。我或可把《虫洞》《虫齿》《虫人》命名为"虫系列"，也或可称之为"虫族三部曲"，这个并不重要，重要的是怎样找到自己的路，且坚持走下去。

写作者都有一个白日梦，或大或小，或清晰或模糊，我也不例外。不过，我无论如何都没想到自己会创作这样三部书，这的确是个意外。人每时每刻每分每秒都在与自己打交道，却很难看清自己，这是多么悲哀的事。某一天，人突然觉得自己看清了自己，又会变得十分固执，这无疑还是危险的事。摇摆在悲哀与危险之间，我连自己都看不清楚，却声称要给读者一个本来的世界，我该多么可笑。好在我一直以为悖论便是人的宿命，虽然我可能走在错误的刀锋上，但这并不妨碍我去改变自己惯有的看世界的方法；更何况，任何人做出的任何改变都可能是有价值的，至少值得鼓励。是的，我想改变的仅是惯有的看世界的方法，而非惯有的世界，我看世界的方法处于不断变化当中，矛盾自然难免。我清楚，我不可能找到完全正确的看世界的方法，不过，我坚信我可以找到适合自己的看世界的方法。也许有一天，有人会指出我看世界的方法错了，没有关系，这仅是我看世界的方法而已。也许有一天，有人会认可我看世界的方法，也没有关系，这样的方法或许本就存在很多人的心底，只是他们还未说出而已。

写作不过是跟着一条河流在走。

河流以为知道自己会流向哪里，其实，河流根本不知道自己将流到哪里。既然如此，我又何必去关心河流的方向呢？是的，我只管像河流一样不停地流啊流啊，哪一天流不动了，便该歇下了。

2017年3月19日　于太原

赵树义，山西长子人，60年代生人，现居太原。中国作家协会会员，山西省作家协会第六届全委会委员，供职于《人民代表报》社。出版有《虫洞》《虫齿》《灰烬》《远远的漂泊里》《低于乡村的记忆》《且听风走》等。著有长篇小说《虫人》。

《虫洞》获2013—2015年度"赵树理文学奖"散文奖。

喜欢行走，喜欢冥想。喜欢宅在书房，把文字当作卵石打磨。